혈비도무랑

혈비도 무랑 2

김종휘 新무협 판타지 소설

초판 1쇄 찍은 날 § 2003년 8월 11일
초판 1쇄 펴낸 날 § 2003년 8월 20일

지은이 § 김종휘
펴낸이 § 서경석

편집장 § 문혜영
편집책임 § 유경화
편집 § 장상수 · 박영주 · 권민정
마케팅 § 정필 · 강양원 · 이선구 · 김규진 · 홍현경

펴낸곳 § 도서출판 청어람
등록번호 § 제1081-1-89호
등록일자 § 1999. 5. 31
어람번호 § 제2-0242호

주소 § 경기도 부천시 원미구 심곡1동 350-1 남성B/D 3F (우) 420-011
전화 § 032-656-4452 팩스 § 032-656-4453
http://www.chungeoram.com
E-mail § eoram99@chollian.net

ⓒ 김종휘, 2003

값 7,500원

ISBN 89-5505-776-8 04810
ISBN 89-5505-774-1 (SET)

혈뢰무랑

김종휘 新무협 판타지 소설

2

마교로 간 장천

도서출판
청어람

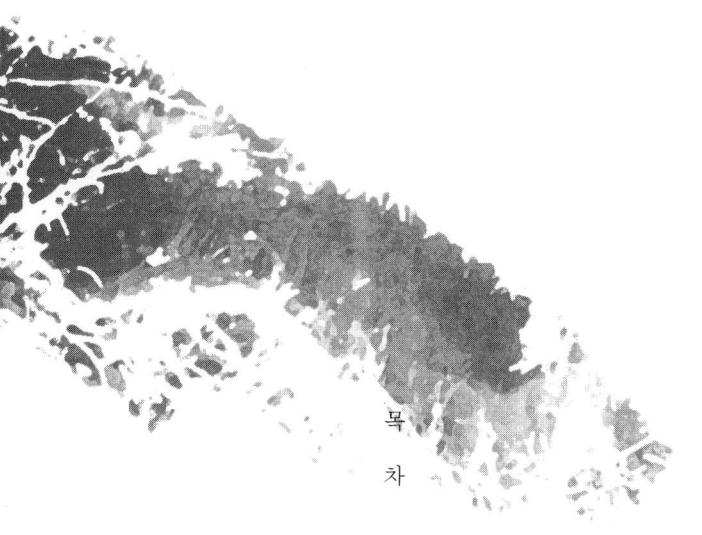

목
차

제8장

개방제일미 사도혜(2)

일행은 그 소리에 놀라 자리에서 일어나 병장기를 꺼내 들었다. 그 중 사도혜는 보호하기 위해 장천을 가슴에 끌어안은 채 자신의 연검을 뽑아 들고 사방을 두리번거리기 시작했다.

"산을 타고 울리기 때문입니다. 호랑이는 상당히 먼 거리에 있으니 경계를 늦추도록 하십시오."

경험이 있는 구궁(九弓)은 아무것도 아니라는 듯 모닥불에 나무를 집어넣으며 말했다. 쌍도문 일행은 사냥꾼 출신인 그를 믿는지라 아무런 내색 없이 병장기를 집어넣었지만 개방의 인물들은 긴장을 풀지 않았다.

무엇인가 크게 경계하는 듯한 모습, 단순히 호랑이만을 경계하는 모습이 아니었기에 구궁은 그들이 뭔가 감추고 있음을 알 수 있었다.

'그런데 개방 사람들의 모습은 호랑이보다는 무엇인가 다른 것을 경계하는 것 같은데… 뭐지?'

최대한 빨리 개방이 감추고 있는 것을 알아내지 못한다면 자신들 역시 큰 위험에 빠질 수도 있다는 것을 느낀 구궁은 무슨 수를 써서라도 알아내야겠다는 생각이 들었다.

'어쩔 수 없군. 궁극의 미동계(美童計)를 시작해야겠군.'

미동계. 그것은 감숙성 일대에서 처음 나온 엄청난 계략이었다. 미인계나 미남계보다 한 수 위의 힘을 지닌 이 계략은 남녀노소를 가리지 않는, 거의 모든 이에게 통하는 무시무시한 계략이었으니 감숙성에서 이 계략에 빠지지 않는 이는 청년들과 일부의 중년 계층을 제외하고는 거의 없다고 해도 과언이 아니었다.

물론 미동계에 만년동인(萬年童人) 장천(張天)이라는 불세출의 미동이 필요한 것은 어느 누구도 부정할 수 없는 사실이었다.

[장천.]

[예, 사형.]

[미동계를 사용하여 개방의 비밀을 밝혀내라.]

[헉!]

장천은 등줄기로 식은땀이 흘러내리는 것을 느꼈다. 금단의 비계인 미동계만은 사용하고 싶지 않았기 때문이다.

하지만 구궁의 표정이 너무도 단호한지라 장천은 어쩔 수 없이 미동계를 사용할 수밖에 없었다.

장천이 사용하는 미동계는 결코 미인계나 미남계처럼 이름만 있고 자세한 방법이 없는 그런 어정쩡한 기술이 아니었다.

미동계, 그 첫 번째는 춘풍비접(春風飛蝶). '봄바람에 나비가 날아가네' 라는 조금은 유치한 이름의 초식이었다.

장천은 갑자기 머리가 아픈 듯 그 자리에 쓰러지고 말았다.

"천아!

자신의 옆 자리에 있던 장천이 쓰러지자 놀란 사도혜(司徒慧)는 급히 달려가 안아주었다.

"누나, 아무래도 빈혈이 있나 봐요."

"그런 것 같구나."

장천의 얼굴에서 혈색이 사라지는 것을 보며 사도혜로선 믿지 않을 수 없었다. 물론 이것은 경맥을 통해 흐르는 피를 잠시 차단하는 고난도의 기공일 뿐이었다.

"엄마… 엄마……."

자리에 누운 장천이 엄마를 찾자 사도혜는 더 이상 참지 못하고 그의 옆에 가서는 토닥여 주기 시작했다.

"천아, 기운을 차려야지."

걱정스러운 사도혜의 말에 장천은 푸르스름한 혈색에도 방긋이 미소를 지었다. 이름하여 유혹지화(誘惑之花). 유혹하는 꽃이란 이름의 초식으로 천천히 사도혜를 자신에게 끌어들이는 장천이었다.

그녀가 어느 정도 덫에 걸렸다고 판단한 장천은 다음 장으로 들어서니, 이름하여 화접지몽(花蝶之夢). 바로 꽃나비의 꿈이라는 절정의 초식이었다.

"누나, 그런데 나 궁금한 게 있어요."

"뭔데?"

"누나는 왜 그렇게 이뻐요?"

"응?"

그 말과 함께 장천이 사도혜의 품에 안기니 귀여운 동생 같은 장천의 모습에 사도혜의 입가에는 미소만이 그려질 뿐이었다.

'이쁜 건 좋은데… 좀 씻어줘요' 라 말하고 싶은 장천이었지만 대의를 위해선 꾹 참을 수밖에 없었다.

화접지몽을 위해선 먼저 그녀의 환심을 사기 위한 말을 계속해야 한다. 나비에게 꽃의 환상을 심어주기 위해선 향긋한 향기가 있어야 하기 때문이다.

한참을 귀여운 어린 동생과 이야기하는 듯한 기분에 빠진 사도혜로선 도저히 그 마수에서 벗어날 수 없었으니 권모술수가 판치는 강호의 전형적인 모습이었다.

이런 식으로 장천은 천천히 사도혜에게 접근하여 개방의 중요한 기밀 자료를 입수할 수 있었으니 그녀가 전해준 정보는 다음과 같았다.

첫째, 검문산의 일과 같은 일이 쭉 벌어지고 있다는 것이었다. 개방의 조사에 따르면 제일 먼저 이런 일이 일어난 곳은 장백산이었고, 그후로 주기를 두고 계속 그 흐름이 서쪽으로 이동하고 있다 한다.

둘째, 백수마왕의 실종. 백수마왕은 장백산에 살고 있는 사파의 고수로 모든 맹수들을 조종할 수 있는 능력을 가진 이다. 무공 자체는 맹호격권(猛虎擊拳)이라는 이류권각술에 지나지 않지만 맹수들을 조종하는 능력을 가진 이라는 것이다. 하지만 더 중요한 것은 이전에 서장무림에서 역시 이와 비슷한 인물이 사라졌는데 바로 천랑무녀(千狼巫女)라는 여인으로 늑대를 조종할 수 있는 힘을 지녔다.

그 이외에도 남만에 사는 만사독인(萬蛇毒人)이라는 독사를 조종하는 인물과 화봉마녀(花峰魔女)라는 벌을 조종하는 여인도 사라지는 등 강호에서 잇달아 짐승을 수족처럼 다루는 사람들이 실종되고 있는 것이다.

셋째, 백수마왕의 실종에 많은 개방 인물들이 나섰고 검문산에 녀석이 나타나자 선발대로 경공에 능한 네 명이 나서게 됐다는 것이다. 앞으로 삼 일 정도 후면 개방의 본대가 도착하기 때문에 마을 사람들을 끌어들이는 척하면서 시간을 끌려고 했는데 그것이 구궁 때문에 실패로 돌아간 것이다.

장천은 사도혜에게서 이런 여러 가지 사실을 밝혀낸 후 구궁에게 전음을 통해 알렸다. 구궁은 장천이 보내준 정보에 따라 일행과 비밀리에 전음을 통한 회의를 나누었다.

이 회의에는 놀랍게도 공동파의 고도리도 참여하고 있었는데 사실화룡신도의 일을 제외하고는 고도리(高道理)가 쌍도문에게 해를 끼친 일은 전혀 없을 뿐더러 개방과의 마찰에선 자신들을 도와주기까지 했기 때문에 어느 정도 그를 일원으로 인정한 것이다.

하지만 사람이 많으면 많을수록 전음을 통한 회의는 어려울 수밖에 없었다. 애석하게도 개방의 사람들을 속이고 전음해야 하는지라 아직 여러 사람에게 한 번에 전음을 날릴 경지가 아닌 일행은 일일이 같은 말을 몇 번이나 반복하는 수고를 해야 했으니 하수들의 슬픔이라 할 수 있었다.

[그렇다면 검문산의 호랑이들은 백수마왕이 조종하는 녀석들이 분명하군요.]

[그렇소. 아무래도 개방 측은 백수마왕을 잡아들여 그 배후를 알아내려 하는 것이 분명한데 이거 차라리 개방 측 의견을 따르는 것이 나았을 것 같군.]

[아닙니다. 개방의 일은 자칫 민초들의 희생을 만들어낼 수도 있었던 일, 전 사형의 결정이 틀리지 않다고 봅니다.]

네 사람은 잠을 자는 척 누워서는 이 일에 대해 각자에게 전음을 날리고 있었는데 백수마왕이라면 심상치 않은 일이었다.

수많은 맹수들을 다스리는 그라면 검문산에 얼마나 많은 맹수들이 도사리고 있을지 알 수 없기 때문이다.

사냥꾼들이 단 한 사람도 살아 돌아오지 못한 것도 어느 정도 이해할 수 있는 일, 문제는 녀석들의 공격에 대처할 수 있는 방안이었다.

[음… 경공술에 능한 개방의 인물들이라면 충분히 맹수들의 공격에서 도망칠 수 있겠지만 우리로선 고도리 대협과 장천이 걱정되는군요.]

그 말에 고도리는 얼굴이 빨개질 수밖에 없었지만 구태여 변명은 하지 않았다. 그가 장법과 도법에 능한 것은 사실이지만 경공은 아직 이류 정도 수준에 지나지 않기 때문이었다. 물론 혼원일기공과 현명신장이라는 상승의 무공을 익히기 위해서 경공에 시간을 투자할 수 없었던 이유도 있었다.

쌍도문의 입문 무공인 쌍용승천도법을 익히기 위해선 반드시 경공법에 많은 수련을 쌓아야 하고 구궁은 숲에선 어느 누구보다 빠른 사나이였기 때문에 문제는 장천과 고도리였던 것이다.

장천은 쌍용승천도법을 높은 수준까지 익혔다고는 하지만 따로 경공술을 연습한 것이 아니었기 때문에 이런 숲에선 당연히 속도가 느릴 수밖에 없었다.

[일단은 다른 수를 준비해야 할 것 같습니다.]

고도리는 떠오르는 수가 있는지 일행에게 의견을 내놓았고 구궁이나 요운은 썩 괜찮은 생각이었기에 찬성하지 않을 수 없었다.

한편 이들이 이렇게 회의하고 있을 때 장천은 사도혜의 품에서 잠을 자야 하는 처지에 빠졌다. 개방의 인물들이야 냄새에 이력이 났으니 사도혜와 같이 자는 장천을 질투했겠지만 그로선 미칠 지경이었다.

미동을 유지하기 위해선 무엇보다 청결해야 되는 것이 원칙이었다.

더러운 미동을 어느 누가 안으려 하겠는가.

물론 이런 이유는 아니었지만 어쨌든 장천은 청결하기 그지없었는데 그런 그가 게으르기 그지없는 사도혜와 같이 자려니 엄청난 고행일 수밖에 없었던 것이다.

'흑흑흑, 어머니, 왜 저를 이렇게 귀엽게 낳으셨습니까? 흑흑.'

귀여운 것이 한탄스러운 장천이었다.

크나큰 고행을 겨우 참아낸 장천은 피로감에 의해 여위어가는 얼굴로 다음날 여정을 계속할 수밖에 없었으니 사도혜의 마음은 찢어질 듯이 아파왔다.

'아, 나의 품으로 천이를 감싸주어야겠구나.'

"으헉!"

생각과 함께 행동이 나가는 사도혜는 이미 천이를 안고 있었으니 더욱 괴로워질 수밖에 없는 장천의 여정이었다.

이렇게 두 사람이 잘 놀고 있을 때 구궁은 열심히 일한 덕분에 그 노력의 성과를 찾을 수 있었다.

'흔적이다.'

호랑이의 발자국을 발견한 구궁은 그 흔적으로 보아 호랑이가 지나간 지 얼마 지나지 않았다는 것을 알 수 있었는데 그와 함께 인간의 발자국 역시 발견할 수 있었다.

개방의 보고에 의하면 발자국의 주인은 백수마왕일 확률이 높다고 생각한 구궁은 일단 흔적을 찾기는 했지만 녀석들과 마주쳤을 때의 일에 대해서 생각하지 않을 수 없었다.

'역시 고 소협의 계획대로 하는 것이 가장 나을 것 같군.'

생각을 굳힌 구궁은 요운에게 살짝 신호를 보냈다.

구궁의 신호를 받은 그는 시간이 됐음을 알고 천천히 개방의 인물들에게 다가가서는 장천에게 정신이 없는 사도혜의 등 뒤에서 천천히 검을 뽑아 들었다.

"사매!"

그 모습에 개방 문도 한 명이 놀란 목소리로 소리쳤지만 이미 요운의 도를 막을 수 있는 시간은 지난 뒤였다.

"사도 소저의 목숨이 아깝다면 그 자리에 멈춰 서시지요!"

요운이 사도혜의 목에 도를 갖다 댄 후 자신을 향해 덤비려던 개방 문도들에게 소리치자 그들은 어쩔 수 없이 멈추어 설 수밖에 없었다.

"이 더러운 자식."

"글쎄요, 저희들도 살기 위해선 어쩔 수 없다고나 할까요?"

"응? 무슨 일이에요, 요운(廖澐) 사형?"

[장 사제, 넌 그냥 보고만 있어라!]

갑작스런 사태에 장천으로선 당황하지 않을 수 없었으나 요운의 전음을 듣고는 어쩔 수 없이 입을 다물었다.

공동파의 고도리 역시 곽무진(郭武進)에 의해 혈도가 짚혀 움직일 수가 없는지라 쌍도문의 일행이 무슨 일을 꾸미는지 개방으로선 긴장되었다.

"아무래도 우리로서는 백수마왕을 상대하기가 조금 껄끄러워 어쩔 수 없군요."

"너희 자식들!!"

"쌍도문이 정파의 갈래라고는 하지만 엄밀히 말하면 정사지간의 문파, 뭐 당신들을 백수마왕에게 건네준다면 이곳의 일은 조용히 마무리 지을 수 있으니 유리한 쪽을 선택한 것뿐입니다."

구궁이 음흉한 미소를 지으며 말한 후 천천히 개방 문도들의 혈도를 짚자 이제 상황은 쌍도문 악당들에게 주도권이 돌아갔다고 해도 과언이 아니었다.

　쌍도문을 의심하고는 있었지만 이렇게 갑작스럽게 당하리라고는 전혀 생각지도 못한 사도혜는 노기가 치솟아올랐다.

　용두방주이자 자신의 스승은 언제나 쌍도문을 조심하라고 일러주며 쌍도문은 언젠가는 강호에 큰 피를 불러올 것이니 항상 경계를 늦추지 말라고 했던 것이 이제야 생각난 그녀였다.

　'흑흑, 사부님, 죄송합니다.'

　미동에게 빠진 자신의 어리석음을 한탄한 사도혜는 억울함에 눈물을 글썽일 정도였는데 그때 누군가가 자신의 앞에서 빤히 보고 있다는 것을 알고는 흠칫했다.

　"헉!"

　눈물을 글썽거리는 자신을 보고 있는 인물은 바로 장천. 장천은 천천히 사도혜의 눈물을 닦아주며 말했다.

　"좀만 참고 있음 사형이 풀어줄 거야."

　"흥!"

　사도혜는 장천의 말을 믿지 않고 콧방귀 뀌며 고개를 돌렸는데 사실은 장천의 얼굴을 보고 귀여워서 웃음이 나오려는 것을 참으려고 한 행동이었다.

　'흑흑흑, 사부님… 전 천이를 잊을 수 없어요. 흑흑.'

　역시 쌍도문이 밉기는 하지만 장천의 미동계 마수에서 벗어나지 못한 사도혜였던 것이다.

　구궁은 개방의 일행을 줄로 단단하게 묶은 후 사제들에게 허튼짓 못하게 감시하라 지시한 후 산을 올라가기 시작했고 얼마 지나지 않아 날카로운 기운이 사방에서 느껴져 오기 시작했다.

으르릉!

아니나 다를까, 주위로 맹수들의 으르렁거리는 소리가 들려와 사람들은 모두 크게 긴장하였다.

"백수마왕! 당신을 만나기 위해 개방의 선발대 녀석들을 잡아왔소!"

구궁이 백수마왕이 있을 것이라 생각되는 곳을 향해 소리를 지르자 그 순간 큰 웃음소리가 숲 일대를 뒤흔들기 시작했다.

"하하하하하!!"

일행은 그 목소리의 주인이 백수마왕이라 생각하며 조심스럽게 목소리가 들리는 쪽으로 고개를 돌렸다.

울창한 숲 때문에 빛조차 새어 나오지 않는 어둠 속에서 드디어 한 사람이 그 모습을 드러냈는데 사람들은 크게 놀라지 않을 수 없었다.

백수마왕. 장백산에서 그 악명을 휘날리고 있는 그의 얼굴이라고 보기에는 전혀 믿기지 않는 모습이었기 때문이다.

긴 장발을 끈으로 묶은 십칠 세 정도의 청년이 곰 가죽으로 만든 옷을 입고 호랑이의 등에 탄 채 천천히 앞으로 나오고 있었다.

두 손의 손톱은 날카롭게 세워져 있어 마치 맹수를 보는 듯했고 육식을 즐기는 맹수들의 이빨처럼 송곳니가 날카롭게 드러나 있었다.

물론 손톱과 송곳니만 보면 무섭다고 생각할 수도 있겠지만 두 눈썹이 조금 처져 있고 검고 큰 눈동자에 보조개가 있는 새빨간 볼은 미남자였으니 무섭다고 하기에는 좀 무리가 있어 보이는 모습이었다.

꽤 잘생긴 얼굴을 가진 미청년인지라 일행으로선 저자가 정말 백수마왕일까 하는 의심이 들었다. 그를 태우고 있는 호랑이가 그런 생각을 알기라도 한 듯 어흥 하는 소리와 함께 산을 뒤흔들 기세를 보였다.

"하하하! 나 백수마왕에게 바치는 개방의 선발대라고 했는가?"

"그렇습니다. 저흰 사파에 속하는 문파인 쌍도문의 문도들입니다."

"쌍도문? 난 정파의 일문이라 알고 있는데?"

"하하하! 그것은 정파의 이목을 속이고 대업을 이루기 위함이요."

"음……."

조금 믿어지지 않는 구궁의 말이었지만 일단은 귀찮게 여겨지던 개방의 문도들을 잡을 수 있다는 생각에 백수마왕은 묶여 있는 개방의 문도들을 가리키며 말했다.

"그렇다면 저자들을 나의 앞으로 끌고 오너라."

"예."

구궁은 그 말에 개방의 포로들을 끌고 앞으로 나서려 했는데 그때 백수마왕이 고개를 내저으며 말했다.

"아니, 자네가 아닌 저 소년에게 끌고 오라 하게."

"예?"

"저기 저 소년에게 포로들을 끌고 오게 하라고 했다."

완전히 의심이 사라지지 않은 백수마왕으로선 구궁과 같이 덩치 큰 무사보다는 어린 장천이 끌고 오는 편이 훨씬 더 안전하겠다고 생각한 것이다.

그 말에 장천은 할 수 없다는 듯이 한숨을 쉬며 사도혜 앞으로 가며 말했다.

"누나, 날 너무 미워하지 말아요."

"……."

장천이 자신의 말에 아무 대꾸도 없는 사도혜를 보며 천천히 밧줄을 붙잡고는 백수마왕에게 걸어가기 시작하자 일행을 포위하고 있는 맹수들이 으르렁거리며 경계하기 시작했다.

백수마왕의 앞으로 다가설 즈음 장천의 귀로 구궁의 전음이 들려왔다.

[지금이다!]

"하압!"

장천은 재빨리 허리에 차고 있던 도를 뽑아 들더니 빠른 속도로 사도혜의 몸에 묶여 있는 밧줄을 끊은 후 백수마왕을 향해 공격해 들어갔다.

크어엉!

갑자기 장천이 공격해 들어오자 호랑이가 크게 놀라며 뒤로 몸을 날렸기에 백수마왕은 간신히 장천의 도에서 벗어날 수 있었지만 크게 당황한 듯 어리둥절한 표정을 짓고 있었다.

"젠장, 실패다!"

"다 갈기갈기 찢어버려!"

고도리는 장천이 실패하자 소리 지르며 앞으로 몸을 날렸고 그의 뒤를 이어 쌍도문의 일행도 백수마왕을 향해 쇄도해 들어갔다.

사실 고도리가 전음을 통해서 만들었던 계획은 개방 사람들을 이용하는 것으로, 그들을 포로로 잡은 뒤 백수마왕에게 넘겨주어 방심하는 순간을 틈타 쓰러뜨린다는 계획이었다.

많은 맹수들을 거느리고 있는 백수마왕을 상대로 하면 자신들 역시 크게 다칠 우려가 있기에 고도리가 만들어낸 계획인데 너무 성급하게 공격하는 바람에 완전히 실패하고 말았던 것이다.

일행이 백수마왕의 지시로 공격해 들어오는 맹수들을 막으며 혈전을 벌이고 있을 때 장천과 사도혜는 백수마왕을 상대로 치열한 격전을 벌이고 있었다.

"차압!!"

언제 허리에 차고 있는 연검을 뽑았는지도 모르게 빠른 속도로 검을 휘두르며 사도혜는 장천과 연환 공격으로 백수마왕을 공격했고, 호랑이는 반격도 못하고 뒤로 물러서고 있었다. 그에 반해 호랑이의 등에 타고 있는 백수마왕은 무엇인가를 고심하고 있는 듯 생각에 잠겨 있는 표정이었다.

"흥! 호랑이의 등에 타 여유를 부리기는!!"

그것을 보며 사도혜는 더욱더 공격 속도를 높이고 있었는데 사실 백수마왕은 여유를 부리고 있는 것이 아니었다.

'음… 요대가 반쯤 끊어졌는데 어째서 벗겨지지 않는 거지?'

아름다운 여인은 요대로 생각되는 곳에서 연검을 뽑아 들어 공격하고 있었다. 그런데 장천이 밧줄을 풀어줄 때 검집에 해당하는 부분까지 갈라져 버렸으니 연검을 뽑아 든 이상 가죽으로 만든 요대가 끊어질랑 말랑 하고 있었던 것이다. 그래서 내심 언제 바지가 흘러내릴까를 기대하고 있던 백수마왕이었다.

그의 바람이 하늘에 닿았는지 툭 하는 소리와 함께 간신히 붙어 있던 가죽 요대가 끊어졌고 천천히, 아주 천천히 사도혜의 바지가 흘러내리고 있었으니 마침내 그의 입에서 기대의 미소가 흘러나왔다.

"누나, 조심해요!"

드디어 바지가 엉덩이를 지나 다리로 흘러내리려는데 긴급한 상황을 눈치 챈 장천이 소리치며 급히 그녀를 향해 뛰어들었다.

"까악!!"

갑작스럽게 자신의 허리를 향해 뛰어드는 장천을 보며 사도혜는 크게 놀라다 장천이 급하게 자신의 허리춤을 잡고 있자 그제야 그 이유를 알았다.

"누나, 조심해야지."

"고맙구나."

상황을 알아챈 사도혜는 끊어진 요대를 바로잡았는데 그 순간 살기가 뻗쳐 옴을 느낄 수 있었다.

"괘씸한 꼬마 녀석! 죽여 버리겠다!"

기다리고 기다리던 순간을 장천이 망치자 노기가 치솟아오른 백수마왕은 장천을 향해 살기를 띠며 공격하기 시작했고 드디어 본격적인 싸움이 시작되었다.

호랑이의 등에 탄 채 맹호격권으로 압박해 들어가기 시작하자 장천은 전과는 달리 밀리고 있었다.

아직 허리춤을 추스르지 못한 사도혜는 장천을 도와주지 못하고 있었기에 상황은 더욱더 급박하게 치달아가고 있었다.

'뭐야! 호랑이와 완전히 한몸인 것 같잖아!'

전에 들었던 것과는 달리 엄청난 파괴력을 가진 그의 맹호격권은 근처의 나무들을 두 동강 내버릴 정도의 기세인데다가 간간이 호랑이의 앞발 공격과 이빨 공격이 가해지고 있었기 때문에 대전 경험이 적은 장천은 금세 맹호의 발톱에 큰 상처를 입고 말았다.

"크윽!!"

"죽어라!"

어깨에 상처를 입고 쓰러진 순간 맹호는 자신의 앞발로 뭉개 버릴 기세로 뛰어들어 장천은 크게 놀라지 않을 수 없었다.

쿵!!

엄청나게 큰 호랑이의 앞발은 산 전체를 울릴 정도로 땅을 찍었지만 간신히 몸을 날린 장천은 허벅지에 상처를 입는 것으로 그치고 목숨을 부지할 수 있었다. 하지만 호랑이의 앞발 공격이 이어지고 있었기에 장천은 얼마 지나지 않아 녀석의 공격에 목숨이 잃을 판이었다.

장천이 백수마왕의 공격을 받자 요운과 곽무진은 그를 도와주기 위해 달려가려고 했지만 맹수들의 공격 때문에 움직이기가 여의치 않았다.

보통의 짐승이라고 생각할 수 없을 정도로 빠른 속도로 움직이는 맹수들은 무공을 익힌 사람과는 다른 움직임을 보이고 있었기에 처리하기가 쉽지 않았던 것이다.

"헉!!"

호랑이 앞발을 피해 땅을 구르던 장천은 얼마 지나지 않아 위기에 봉착했다. 나무 둥치에 걸려 더 이상 피할 곳이 없어진 것이다.

"흐흐흐, 이 꼬마 자식! 나의 즐거움을 뺏었으니 그 대가를 치르게 해주마!!"

백수마왕은 더 이상 도망칠 곳이 없어 당황하는 장천을 보며 소리치고는 그대로 자신의 애마인 호랑이에게 장천을 짓뭉개도록 지시했다.

어흥!

호랑이가 포효를 내지름과 동시에 그대로 앞발을 들자 장천은 이제는 죽는구나 생각하며 눈을 감았다.

피융!

하지만 아직 죽을 나이는 아니었는지 바람을 가르는 소리와 함께 한 개의 화살이 날아와서 정확히 호랑이의 발목에 꽂혔다.

크허헝!!

앞발에 화살이 꽂힌 호랑이는 고통스러운 듯 두 발로 벌떡 일어서더니 그대로 나동그라졌고, 그 여파로 백수마왕은 바닥으로 나가떨어지고 말았다.

하지만 고양이 같은 몸놀림으로 허리를 희한하게 꼰 백수마왕은 안전하게 땅으로 착지하고는 그대로 바닥에 나동그라진 호랑이의 뒷덜미를 잡고 소리쳤다.

"어떤 녀석이 내 호랑이에게 화살을 쏜 게냐?!"

크헝!!

그 순간 호랑이는 무슨 경기라도 들린 듯 발광하는 것을 멈추었고 백수마왕은 천천히 녀석의 앞발에 박힌 화살을 뽑아주었다. 얼굴을 일그러뜨리며 상당히 분노 어린 표정으로 화살이 날아온 방향을 쳐다보는 백수마왕이었지만 애석하게도 그곳에는 활을 가진 사람이 한 명도 없었다.

"웅?"

분명 커다란 덩치에 활을 가진 놈이 있었던 것 같은데 그 모습이 보이지 않자 백수마왕은 이상하게 생각되었는데 다시 뒤를 돌아본 순간 나무 둥치에 걸려 있던 꼬마 녀석도 사라진 것을 알게 되었다.

분명 화살 쏜 녀석을 찾기 전까지만 해도 있었던 녀석이 한순간에 그 모습과 기척마저 사라지자 이상하게 생각될 수밖에 없었는데 그때 또다시 바람을 가르는 소리와 함께 백수마왕을 향해 한 개의 화살이 날아들었다.

"훙!!"

백수마왕은 그 소리에 가볍게 손톱을 세워 맹호격권으로 날아오는 화살을 쳐내려 했는데 놀랍게도 화살은 그의 손을 피하듯이 움직이더니 옆으로 날아가 또다시 애호의 몸에 박히고 말았다.

크헝!!

앞발에 이어 또다시 화살이 박히자 호랑이는 몸부림치려고 했지만 백수마왕이 녀석의 뒷덜미를 잡고 주먹으로 그대로 아가리를 갈기니 호랑이는 그만 그 자리에서 기절하고 말았다.

"나뭇가지잖아!"

호랑이의 옆구리에 박힌 화살을 본 백수마왕은 그것이 나뭇가지로 대충 만든 화살임을 알고는 크게 놀라지 않을 수 없었다.

나뭇가지로 대충 만든 화살로도 호랑이의 가죽을 뚫을 수 있다면 예사로운 능력이 아니기 때문이었다.

또 분명히 화살이 바람을 가르는 소리를 들으며 그 방향을 예측하고 손을 휘둘렀음에도 화살이 피해가듯 방향을 바꾸어 다른 곳에 박히자 긴장하기 시작했다.

덩치 큰 궁수와 쌍도를 쓰는 꼬마를 찾기 위해 숲 여기저기를 살펴보고 있었지만 좀처럼 그 모습은 보이지 않았는데 그때 등 뒤에서 살기가 밀려오는 것을 느낀 그는 급히 고개를 숙이고 고양이 낙법으로 앞으로 튀어 나갔다.

"이년이!!"

자신을 향해 살기를 뿜은 이가 허리춤이 벗겨지려 했던 거지여인인 것을 본 백수마왕은 노기를 터뜨리며 맹호격권을 사용하여 공격해 들어가기 시작했다.

무공이라면 강호의 이류 수준에 지나지 않는다고 소문이 난 백수마왕은 놀랍게도 상당한 고수였다.

초식이 다채로운 연검 공격을 마치 흐느적거리는 것처럼 몸을 움직여 피하며 빠른 속도로 쇄도해 들어오자 사도혜는 당황하지 않을 수 없었다.

연검은 제대로 익히면 초식의 변화를 예측할 수 없어 다양한 공격이 가능하기는 하지만 위기에 봉착하여 정신이 흩뜨러진다면 도리어 자신의 살을 벨 수도 있는 무기였다.

백수마왕이 강한 기세로 쇄도해 들어오자 실전 경험이 거의 없는 사도혜의 초식은 크게 흩뜨러질 수밖에 없었고 그녀의 손등에는 상처가 생기며 피가 사방으로 뿌려지기 시작했다.

사도혜의 얼굴에서 당황하는 모습이 역력하자 그는 입맛을 다시며 더욱 압박해 들어가기 시작했는데 뭐, 냄새가 나기는 하지만 그 정도야 백수마왕에게는 향수와 같은 냄새이니 미인인 사도혜를 산 채로 잡아 마누라 삼으려고 생각하는 그였다.

하지만 역시 예뻐도 냄새가 좀 나는 사도혜는 계륵 같은 존재인지라 숨어 있던 장천이 더 이상 참지 못하고 백수마왕을 향해 공격해 들어왔다.

"죽어라, 백수마왕!!"

"헉!"

갑자기 어린 녀석의 목소리가 터져 나오며 뜨거운 기운이 자신을 압박해 오자 그는 급하게 뒤로 몸을 날리며 공격을 피해냈다.

정신을 차리고 앞을 쳐다보자 쌍도를 쓰는 어린 꼬마 놈이 서 있었는데 그의 도가 불에 타오르는 듯 보이자 놀라지 않을 수 없었다.

"화룡신도!!"

내공을 주입하면 불을 뿜는 칼에 대해서 들어본 적이 있는 백수마왕은 장천의 칼을 보고 크게 놀라며 소리쳤다.

강호십대신병 중 그 말단에 속하기는 하지만 십대신병의 서열은 가지고 있는 자의 무공에 의해서 정해진 순위였을 뿐이지 화룡신도의 위력이 떨어지는 것은 아니었다.

십대신병 중 하나만 가지고 있어도 강호 초고수의 반열에 들 수 있다고 알려져 있어 백수마왕도 십대신병에 대해선 귀청이 떨어지도록 들었는데 난데없이 건방진 꼬마가 십대신병 중 하나인 화룡신도를 들고 있자 크게 놀랐던 것이다.

　하지만 역시 소문이 좀 과장되었다는 것을 증명하듯이 현재 소유주의 실력은 형편없었기에 조금 실망이 가는 백수마왕이었지만 어떻게 생각하면 그게 더 좋은 일일 수도 있었다.

　"흐흐흐, 너에게는 과분한 그 칼을 내가 접수해 주겠다!"

　십대신병에 눈이 돌아간 백수마왕은 사도혜는 내버려 두고 손톱에 내공을 집어넣어 장천을 향해 공격해 들어가기 시작했다.

　"하압!!"

　장천은 쌍용승천도법의 초식을 사용하여 백수마왕의 공격에 맞서갔지만 지금 장천의 공격은 화룡신도를 사용하기 전보다 더 약해졌다고 할 수 있었다.

　쌍용승천도법은 말 그대로 쌍도술. 이 도법은 애초부터 똑같은 도로 펼칠 수 있게 만들어진 도법인만큼 같은 도를 사용해야 그 미묘한 초식을 이어갈 수 있었지만 현재 장천이 사용하는 것은 아버지인 장춘삼이 준 도와 공동파의 문주가 준 화룡신도를 각 손에 들고 있는 상태였기에 초식의 흐름이 무게가 무거운 화룡신도 쪽으로 기울어져 있었다.

　장천이 어느 정도 실전에서도 초식의 변화를 줄 수 있는 실력이라면 이런 무게의 미묘한 차이는 금방 해소되었겠지만 아직 익혀가는 단계인만큼 그 실력은 줄어들 수밖에 없었다.

　공동파에서 고도리를 상대로 화룡신도를 사용한 것은 고도리가 화룡신도의 능력을 잘 알고 있었기 때문에 어느 정도 경계할 수 있었지만 백수마왕의 경우에는 화룡신도를 극성으로 끌어올렸을 때의 위력을 모르고 있는지라 그런 위협은 전혀 소용없었다.

"헉헉!"

병장기를 들고 있지 않은 백수마왕을 상대로 장천은 간신히 버티고는 있지만 시간이 지나면서 그 피로도가 심해지고 있었다.

쌍용승천도법의 초식이 기울어지면서 내력의 소모가 평소보다 더 많아졌기 때문에 생기는 현상이었다.

'젠장! 사형들은 뭐 하고 있는 거야!'

귀여운 사제가 죽기 직전인데 도와주러 오지 않는 사형들을 욕하는 장천이었다.

"하압!!"

그때 몸을 추스른 사도혜가 장천을 도와주기 위해 다시 빠른 속도로 쇄도해 들어와 연검을 휘두르자 장천은 간신히 숨통이 트일 수 있었다.

"흥! 계집과 꼬마가 겁도 없구나!"

사도혜가 다시 자신에게 검을 휘두르며 공격해 들어오자 백수마왕은 코웃음 치며 뒤로 물러서서는 조용히 내공을 두 손에 모으기 시작했는데 그 순간 그녀는 크게 놀라지 않을 수 없었다.

"마라독수(魔羅毒手)!"

"마라독수?"

백수마왕의 손이 검게 변색되기 시작하자 사도혜는 크게 놀라며 소리쳤는데 마라독수는 마교 독인당의 고수들이 주로 사용하는 무공으로 두 손에 독기를 모아 상대를 공격하는 수법이었다.

마라독수에 사용되는 독은 상당히 독성이 지독한 것으로 한번 스치기만 해도 하루를 넘기지 못할 정도였기 때문에 사도혜는 크게 긴장하였다.

"흐흐흐, 마라독수를 알아보는군. 마교에선 이 독수와 함께 나의 내공을 두 배로 올려주는 신단까지 선물로 주었지. 흐흐흐."

"음……."

백수마왕이 마라독수를 가지고 있을 거라곤 생각지 못했던 사도혜는 크게 긴장했다. 그때 장천이 품에서 하나의 작은 도기 병을 꺼내더니 그곳에서 네 개의 환단을 꺼내어 두 개를 사도혜에게 건네주며 말했다.

"누나, 저자의 말을 들어보니 독수 같은데 일단 이것을 먹어요."

"이건?"

"쌍도문의 비전 해독제인데 저자의 독을 어느 정도는 막아줄 거예요."

"음……."

다른 사람이라면 조금 꺼렸겠지만 환단을 건네준 사람이 장천이었기에 사도혜는 아무 의심 없이 환단을 입에 넣어 삼켰다.

해독제를 먹었다고는 하지만 그것이 독을 완전히 막아주지 않는다는 것을 알고 있는 사도혜는 천천히 자신들의 앞으로 다가오는 백수마왕을 경계하며 자세를 취했다.

"흥! 화기는 독기를 제압할 수 있다는 것을 모르는가 보지?"

장천은 아버지가 준 도를 도집에 집어넣고는 화룡신도를 휘두르며 백수마왕을 공격하기 시작했다. 화룡신도로 쌍용승천도법을 사용하면 그 위력이 줄어든다는 것을 느꼈기에 독기를 제압하기 위해 다른 도법으로 그를 공격하기 시작했다.

"가소로운 것!"

백수마왕은 마라독수로 단번에 승부를 지을 목적인지 공력을 극성으로 끌어올려 장천을 향해 장법을 시전하기 시작했다.

맹수의 몸놀림과 같은 빠른 신법을 바탕으로 한 그의 독장은 순식간에 대기를 독기로 가득 채우며 장천을 몰아세우고 있었지만 화룡신도의 화기가 독기를 태우고 있는지라 그의 주변에는 독기가 미치지 못하고 있었다.

사도혜로서는 장천을 도와주고 싶었지만 지금 이 순간도 마라독수의 독기를 간신히 버티고 있는 터였기에 자신이 나선다면 오히려 방해가 될 것임을 알고 함부로 나서지 못했다.

"천 동생! 힘내!"

"맡겨줘요!"

자신있게 소리치는 장천이었지만 현재의 상황은 그리 좋다고 할 수 없었다. 화기가 독기를 막는다는 간단한 지식만을 가지고 있을 뿐 한손도법의 초식에는 그리 익숙하지 않기 때문에 독장을 피하는 데에도 진이 빠질 지경이었다.

하지만 점점 화룡신도에 익숙해져 가는 자신을 발견할 수 있었다.

화룡신도가 자신의 몸처럼 느껴진 장천은 생전 느껴보지도 못한 몸놀림으로 백수마왕의 독장을 피해가고 있었는데 시전하고 있는 자신조차 이상할 지경이었다.

'내 몸이 왜 이러지?'

마치 귀신에라도 홀린 듯한 느낌으로 싸우며 장천은 도저히 자신의 몸이라고 믿어지지가 않았다.

점점 더 빨라지는 보법에 화룡신도의 불길은 더욱 거세게 타오르며 사방에 작열하고 있었지만 화기는 전혀 느껴지지 않았고 대지를 태울 듯한 열기가 마치 자신의 몸에서 흘러나오고 있는 것처럼 느껴졌다.

이러한 놀라움은 백수마왕도 다르지 않았다.

처음에는 익숙지 않은 한손도법으로 자신의 독장을 피하기 급급하던 녀석이 갑자기 다채로운 보법을 밟으며 자신의 장을 피해가더니 이제는 간간이 화룡신도를 휘둘러 공격하는데 그 한 곳 한 곳이 위험하지 않은 곳이 없었다.

자칫 잘못하면 꼬마 녀석에게 목이 달아나는 수도 있겠다고 생각한 백수마왕은 더욱 몸을 빠르게 움직이며 몰아가기 시작했지만 이상하게도 자신이 몰아가면 몰아갈수록 장천의 몸놀림은 더욱 빠르게 변하며 공격도 매서워지고 있었다.

사도혜는 장천이 백수마왕을 몰아가자 크게 기뻐하다 어느 순간 장천의 눈을 보고는 크게 놀랐다.

"헉!"

화룡신도를 휘두르며 백수마왕을 몰아붙이던 장천의 눈에서 검은 동자가 점차 붉은색으로 변해가고 있기 때문이었다.

입가에 지어지는 미소와 붉은 눈동자는 마치 악귀를 보는 듯했고 그의 몸에서 서서히 붉은 불길이 타오르자 그 경악은 더욱 커졌다.

"크아아!!"

백수마왕을 공격해 가던 장천은 갑자기 작은 입을 벌리며 그를 향하여 크게 고함쳤는데 그 순간 엄청난 불길이 백수마왕을 향해 압박해 들어가기 시작했다.

"헉!"

놀란 그는 급히 뒤쪽에 있던 나무를 타고 올라가 몸을 피하고 아래를 내려다봤다. 이미 장천이 불길을 쏘아낸 곳은 큰 불바다가 되어 모든 것을 재로 만들어 버리고 있었다.

"뭐야, 저 자식!!"

갑작스런 사태에 백수마왕은 나무 위에서 황당한 듯 소리쳤는데 그런 것을 아는지 모르는지 장천은 백수마왕을 죽이기 위해 화룡신도를 들어 그가 올라가 있는 나무를 향해 휘둘렀다.

쿠구궁!!

한 아름 정도의 나무가 장천의 일도에 두 동강이 나서 쓰러지자 백수마왕은 일이 크게 잘못됐다는 것을 깨닫고는 다른 나무로 몸을 날리며 휘파람을 불었다.

휘파람 소리가 울리자 일행을 공격하던 맹수들은 갑자기 몸을 돌려 뒤로 도망가기 시작했다.

"무슨 일이지?"

요운은 맹수들과 싸우느라 정신이 없었고, 갑작스런 불에 이들이 도망치자 그제야 장천이 불길에 휩싸여 날뛰고 있는 것을 볼 수 있었다.

"장 사제!"

요운은 크게 놀라 장천을 불러보았지만 장천은 들리지 않는 듯 화룡신도를 휘두르며 일대의 나무들을 자르며 발광할 뿐이었다.

"큰일 났어요! 장 동생이 화룡신도로 백수마왕과 싸우다가 미쳐 버렸나 봐요!"

"미치다니, 무슨 말입니까?"

사도혜가 놀라서 뛰어와 소리치자 요운이 그녀의 팔을 잡고 물었다.

"백수마왕이 마라독수를 사용하자 장 동생이 화룡신도만으로 싸우기 시작했는데 갑자기 눈이 붉은색으로 변하더니 저렇게 되어버렸어요."

"음……."

도저히 무슨 일인지 알 수가 없었다.

하지만 이렇게 가만히 내버려 둘 수는 없었다. 숲이야 다 타버려도 상관없었지만 소주인 장천이 이러다가는 숲의 불길에 타 죽을 것 같았기 때문이다.

"젠장!"

기다릴 수 없다고 생각한 요운은 내공을 돋우어 몸을 보호한 채 그대로 불길 속으로 뛰어들었다. 뜨거운 불길이 작열하고 사방에서 불에 타 나무들이 쓰러지고 있는 가운데 요운은 멀리서 발광하고 있는 장천을 발견할 수 있었다.

"크아악!!"

마치 귀신에라도 씌운 것처럼 장천은 화룡신도를 휘두르며 사방을 불바다로 만들어 버리고 있었기에 요운은 쉽게 접근하기가 어려웠는데 그때 뜨거운 불길 속으로 하나의 인영이 빠르게 파고드는 모습이 보였다.

"구 사형!"

"요 사제는 장 사제의 뒤로 돌아가 마혈 짚을 준비해라!"

"예."

숲에서는 누구보다 빠른 구궁이 지시하자 요운은 고개를 끄덕이고는 빠른 속도로 움직였다.

한편 장천은 지금 미칠 지경이었다.

현재 그의 몸은 자신이 마음대로 조종할 수가 없었다. 정신을 똑바로 유지하고 있음에도 몸은 제 마음대로 움직이며 사방을 불바다로 만들고 있었던 것이다.

짐승 같은 괴성을 지르며 미동의 모습을 완전히 구겨 버려 장천은 눈물이 날 지경이었는데 그때 자신을 향해 공기 가르는 소리가 들려왔다.

"크어엉!"

물론 보통의 장천이라면 피하기 어려웠겠지만 제 마음대로 움직이는 몸은 쉽게 물체를 피하면서 뒤로 물러섰는데 놀랍게도 그것은 구궁

사형의 화살이었다.

"크르르릉!!"

장천은 화살이 날아오는 방향을 보며 으르렁거리기 시작했는데 마치 짐승 같은 모습인지라 한심하지 않을 수 없었다.

'쳇! 낭랑한 목소리 다 구겨졌군.'

하지만 이런 생각을 하기보다 일단은 자신의 몸을 다시 찾는 것이 중요하다고 생각한 장천은 천천히 정신을 집중하기 시작했다.

분명 떠돌아다니던 원귀가 자신의 몸을 지배하고 있을 것이라 생각한 장천은 아버지가 가르쳐 준 도가의 구결을 외우며 이 귀찮은 원귀를 몸에서 쫓아내기 시작했다.

장천이 정신을 집중하고 있는 동안에도 몸은 구궁의 화살 공격을 피하고 있었는데 더 이상은 참지 못하겠는지 장천의 몸은 빠른 속도로 구궁이 있는 나무를 타고 오르기 시작했다.

"헉!"

설마 장천의 경신술이 이렇게 빠르리라고는 생각하지 못한 구궁은 급히 뒤로 몸을 날려 다른 나무로 피했지만 마치 다람쥐와 같은 장천은 어느새 그의 등 뒤에서 화룡신도를 들고 사악한 미소를 짓고 있었다.

"젠장!"

구궁으로선 도저히 장천의 도를 피할 수 없음을 깨달았다. 그때 누군가가 자신의 뒤에서 빠르게 쇄도해 들어왔다.

"차압!"

장천의 뒤에 나타난 이는 다름 아닌 요운. 그는 구궁의 지시대로 장천의 뒤쪽으로 숨어들어 가며 마혈 짚을 준비하고 있다가 장천이 구궁에게 정신이 팔려 있자 급히 뛰어나온 것이었다.

"큭!!"

요운의 습격으로 마혈이 찍힌 장천은 신음 소리와 함께 땅으로 곤두박질쳤고 요운은 급히 떨어지는 그의 몸을 안은 채 불길 속을 빠져나오기 시작했다.

"휴!"

간신히 불길 속을 빠져나온 요운은 안도의 한숨을 쉬고는 장천을 쳐다보았는데 녀석은 멀뚱멀뚱한 눈으로 간절히 마혈을 풀어주기를 바라는 것 같았다.

하지만 아직 눈동자에서 붉은 기운이 빠져나가지 않았기 때문에 애처로운 눈빛을 거부하고는 천천히 그의 손에 쥐어진 화룡신도를 빼앗으려 했는데 그것이 이상하게도 빠지지가 않았다.

"뭐야?"

마치 화룡신도와 장천의 손이 하나가 된 듯한 모습에 크게 이상하지 않을 수 없었다.

'도대체 무슨 일이 있었던 거지?'

장천이 이상하게 변하고 화룡신도는 그의 손에서 떨어져 나오지 않자 요운은 크게 당황하였는데 그때 구궁이 지저분한 바지를 털며 다가와 장천의 입에 환단을 하나 집어넣었다.

"사형, 그 환단은?"

"진정제."

"……."

하긴 일단은 조금 진정시키긴 진정시켜야 한다는 생각에 고개를 끄덕인 요운은 불길을 피해 산 아래로 내려갔다.

제9장

사천당가에 부는 혈풍

검문산의 큰 불길은 순식간에 산 전체로 퍼져 가기 시작했기에 구궁으로선 크게 당황하지 않을 수 없었다.

이렇게 가다가는 많은 사람들이 산불에 의해 죽음을 당할 것이라 생각했기 때문이다.

하지만 다행히 하늘의 도움으로 얼마 지나지 않아 큰 비가 내리며 산불은 잠잠해져 갔고 거대하게 번져 가던 기세는 서서히 사그라들었다.

"휴!"

불길이 모두 사라지자 요운은 안도의 한숨을 쉬며 뒤를 돌아보았는데 그곳에는 아직 정신을 차리지 못한 장천이 무진에게 안겨 있었다.

무슨 연유인지 이상한 현상을 겪은 장천의 몸이 걱정되어 살피니 몸 안의 장기만 다소 손상되었을 뿐 그리 큰 부상은 아니었다.

"그나저나 큰일이군요. 백수마왕을 놓쳤으니 말입니다."

고도리가 불길이 사그라져 가고 있는 숲을 보며 탄식하듯 중얼거리자 구궁 역시 그의 말에 동감을 표시하며 말했다.

"그렇소. 그를 잡을 수 있었다면 마교의 계획도 알아낼 수 있었을 텐데 말입니다."

마교에서 무슨 이유로 백수마왕을 장백산에서 불러냈는지는 알 수 없지만 오늘 그를 놓침으로 인해 많은 사람이 또 그의 손에 죽음을 당할 것이란 생각이 들었다.

이 산에 백수마왕이 다시 나타날 확률은 적어졌기에 일행은 산을 내려가 처음 출발했던 마을로 향했다.

마을에 도착할 때까지 정신을 회복하지 못한 장천은 마을의 의원에게 맡겨져 치료를 받을 수 있었다.

"음……."

"장 사제의 상태가 어떻습니까?"

요운은 좀처럼 깨어나지 못하는 장천의 상태를 물었는데 의원은 고개를 저으며 말했다.

"깨어나기는 할 것 같은데… 완전한 치료가 불가능할 것 같군요."

"예? 도대체 무슨……?"

"심마입니다."

"심마요?"

심마란 무인들에게 자주 일어나는 현상으로 아무리 뛰어난 무인이라 하더라도 심마에 걸리면 주화입마를 겪거나 미쳐 버리는 수가 있었다.

심마에 대한 정확한 원인은 밝혀지지 않았지만 대체적으로 마음속의 큰 불안이 그 원인이라고 알려져 있었다.

하지만 심산에서 수행하고 있는 은거 고인에게서도 심마가 찾아오는 일이 있었으니 단순히 마음속의 불안이 원인이라는 것은 조금 부족한 면이 있었기에 많은 무인들은 심마를 해결하고자 수많은 세월을 보내곤 했다.

이런 심마는 특히 사파의 고수들에게 자주 생기는데 보통 일 갑자 단위로 이러한 심마가 다가온다고 알려져 있었다.

정파의 안정된 심법과는 달리 빠른 내공 습득을 가능하게 하는 사파의 내공은 그만큼 안정감이 떨어져 심마가 정파보단 심하게 밀려오지만 정파의 고수들 역시 심마가 일 갑자의 내공마다 찾아왔다.

"심마라니……"

무슨 원인이 장천에게 심마를 불러일으켰는지는 알 수 없었지만 그때의 장천은 심마에 빠져 미쳐 버린 무인과 거의 비슷한 감이 있었기에 부정할 수는 없었다.

"아직까지 심마에 대한 원인은 의가나 무가에서도 자세하게 밝혀지지 않았기에 저로선 이분을 치료할 도리가 없군요."

"어떻게 사제를 완치시킬 방법은 없겠습니까?"

"글쎄요… 두 사람이라면 가능하겠군요."

"두 사람이라면?"

"신선곡 곡주와 견즉사의 호청명이라면 가능할 겁니다."

"……"

견즉사의 호청명은 자신들이 찾아가고 있는 사람이었지만 워낙 방랑벽이 심한 사람인지라 어떻게 찾을 방법이 없는 인물이었다.

그렇다면 장천을 고칠 수 있는 곳은 신선곡밖에 없다는 뜻인데 신선곡 또한 만만한 곳이 아니었다.

신선곡은 사천 북부에 있는 곳으로 근 사백 년의 역사를 가진 무가였다. 하지만 이 신선곡이 무가보다 더 이름을 날리는 것이 있으니 바로 의술 분야였다. 대대로 곡주는 화타를 능가할 정도의 의술을 가지고 있다 전해졌다.

이러한 신선곡은 매년 삼천 명가량의 돈없는 초민들에게 무료로 의술을 베풀어주고 있을 정도로 평판이 좋지만 정파의 무인에 한해서는 단 한 사람도 치료해 주지 않고 있었다.

과거 무림 정파의 양대 산맥 중의 하나인 무당의 장문이 큰 병을 앓아 신선곡을 찾아갔지만 그들이 그 치료를 거부함으로써 약 삼십 년에 걸쳐 두 문파 간에 큰 싸움이 벌어졌었다.

물론 승자는 무당이었지만 신선곡은 멸문의 위기에 처해서도 결코 물러서지 않았다. 신선곡을 돕기 위해 마교가 가세하고, 거기다가 신선곡의 도움을 받은 초민 수만 명이 신선곡을 돕기 위해 몰려왔기에 무당파는 어쩔 수 없이 물러설 수밖에 없었다.

쌍도문은 정파 사에 모두 친분을 두고 있다고는 하지만 정파의 일맥이었기에 신선곡의 곡주가 장천을 치료해 준다는 것은 거의 불가능하다고 할 수 있었다.

"으음……."

누워 있던 장천은 신음하며 눈을 뜨고는 자신이 있는 곳이 숲이 아니자 이상하게 생각하며 주위를 두리번거렸다.

"사제, 정신이 드는가?"

"예, 요운 사형. 그런데 여긴?"

"우리가 산에 오르기 전 머물렀던 마을의 의원 댁이네."

"의원 댁이요? 누가 다치기라도 했어요?"

장천은 의원 댁이란 말에 크게 놀라며 소리쳤는데 요운은 겉으로 보면 멀쩡하기 그지없는 놈이 심마에 들었다니 도저히 믿어지지가 않았다.

"심마가 아니었나?"

"그런가 본데? 그럼 무슨 문제였지?"

대충 의원 댁에서 약 몇 첩을 지은 후 일행은 다시 객점으로 돌아왔는데 그때 개방의 문도들이 천천히 일행 앞으로 다가왔다.

놀랍게도 사도혜는 전에 봤던 거지 차림새가 아니라 깨끗한 복장을 하고 있었기에 사람들은 크게 놀랐다.

일행의 앞으로 다가온 사도혜는 향긋한 향기가 풍겨오는 비단 옷자락을 휘두르며 나비처럼 장천에게 다가가더니 두 손으로 그의 볼을 쓰다듬으며 말했다.

"천아, 이제는 괜찮은 거야?"

"예, 누나."

사도혜의 걱정 어린 말에 장천은 미소 지으며 말해 주었다. 과거와는 달리 사도혜의 몸에서 지독한 냄새가 아닌 향기로운 냄새가 흘러나와 장천으로선 쉽게 그녀를 가까이로 받아들일 수 있었던 것이다.

"그런데 누나, 오늘은 왜 이렇게 깨끗하게 차려입었어요?"

"글쎄? 왜 그럴까?"

그녀는 장천의 물음에 도리어 질문을 던지더니 천천히 장천에게 다가와 볼에 살짝 입을 맞추었다.

"우와~"

장천은 느닷없는 사도혜의 행동에 크게 놀랐다. 그 표정을 보며 그녀는 만족했다는 듯이 미소를 짓고는 천천히 뒤로 물러서더니 말했다.

"언제 시간 있으면 장사로 놀러 와! 그때는 경단보다 맛있는 거 많이 사줄 테니까."

"예, 누나."

장천의 대답을 들은 사도혜는 천천히 객점 밖으로 나갔다.

"쳇! 끝까지 쌍도문을 철저히 무시하고 가는군요."

"개방의 용두방주 세력이 우리를 배척한 것이 하루 이틀이었나? 그러려니 하고 참게나."

무진의 투덜거림에 요운은 아무것도 아니라는 듯이 앞에 있던 차를 마시며 말했다. 구궁 역시 아무 일도 아니라고 생각하는 듯했기에 무진은 그저 참을 수밖에 없었다.

고도리는 사도혜의 뒷모습을 보며 아쉽다는 듯 입맛을 다시며 말했다.

"그나저나 이제부턴 어디로 가실 것입니까?"

"사천당문으로 한번 가보려고 합니다."

"당문이오?"

"예, 일단 당문의 당이(唐二) 어르신이 구 사숙님과 안면이 있으시니 인사라도 드릴까 해서 말입니다."

"아, 예."

하지만 구궁은 사천당가로 가는 다른 이유가 하나 더 있었다. 그것은 바로 화룡신도. 사천당가와 쌍도문 간의 친분은 오립산이 문주였을 때부터 있었던 만큼 화룡신도가 오립산에 의해 만들어졌다면 분명 사천당가가 많은 도움을 주었을 것이 분명했기 때문이다.

장천이 화룡신도에 의해 심마에 빠져들었다고 생각한 구궁은 사천당가에서 이 화룡신도에 대해서 조사해 볼 생각으로 일정을 잡은 것이었다.

사천당가의 당가타에 도착한 것은 검문산 근처의 마을에서 출발한 지 십여 일 정도가 지난 후였다.

과연 당가와 관계된 인물들이 사는 곳이라 당가타는 여느 마을과 다른 모습을 띠고 있었다. 지나가는 한 사람 한 사람마다 한 수의 재간이 있는지 손끝에 암기를 다룰 때 생기는 굳은살이 엿보이고 있었던 것이다.

거리의 어린 꼬마들은 벌써부터 나무로 만든 비표(飛鏢)를 들고 암기 연습을 하고 있었고 군데군데에는 각종 암기를 팔고 있는 상인들의 모습이 보였다.

한마디로 암기의 마을이라고나 할까? 하지만 당가타의 상점에서 볼 수 있는 암기는 거의 대부분이 강호에서 흔한 암기였고 침과 같은 암기의 종류는 거의 전무했다.

모두 큰 형태의 암기만 존재하고 있었던 것이다.

당가타의 골목을 지나 일행은 곧 사천당가의 당가장에 도착할 수 있었다. 당가는 보통의 한 가문의 장원과는 달리 무림의 문파라고 할 정도로 거대한 곳이었다.

성이라고 해도 손색이 없을 만큼 거대란 장원인 당가장에 도착한 일행이 근처에서 망을 보고 있는 이에게 다가가 쌍도문의 표식을 보여주며 쌍도문의 소주가 당가의 가주에게 인사하러 왔다고 전하자 바로 들여보내 주었다.

하지만 당가로 들어섰다고 해도 그것은 외전에 지나지 않았다. 외전은 당가에 머물고 있는 다른 성씨의 사람들이 머무르고 있는 곳으로 당가 외가의 사람들이 모여 사는 곳이었다.

외전에서 기다리고 있던 일행은 얼마 지나지 않아 다른 곳으로 안내되어 갔다. 일행이 도착한 곳은 바로 당가의 심장부라 할 수 있는 당가 가주가 거처하는 곳이었다.

장천 등이 도착했을 때는 이미 당가의 수뇌부라 할 수 있는 친족들이 자리에 앉아 있었고 상좌에는 당가의 현 가주인 당일(唐一)이 엄숙하게 일행을 쳐다보고 있었다.

구궁은 당가의 가주인 당일에게 포권지례를 하고는 쌍도문의 소주인 장천을 소개했는데 공동파 때와는 달리 당가에선 그리 환대를 받지 못했다.

일행은 당가의 기운이 차갑기 그지없었기에 조금 이상하다고 생각되었는데 그런 것을 알아볼 새도 없이 간단한 인사를 끝으로 그들은 물러날 수밖에 없었다.

당가를 나온 일행은 좀처럼 이러한 대접을 이해할 수가 없었다.

과거 몇 번 온 적이 있었던 요운은 그때와는 확연히 다른 대접에 이상하게 생각하며 말했다.

"과거의 삼대제자들과 찾아갔을 때만 해도 이렇지는 않았는데 아무래도 당가에 무슨 일이 있는 것 같습니다."

요운의 말에 구궁은 고개를 끄덕였다. 분명 당가의 수뇌부들을 만났다고는 하지만 그곳에선 자신이 잘 알고 있는 인물들의 모습은 볼 수 없었다.

구 사숙과 친분이 있는 당이(唐二)를 비롯하여 당이의 동생인 당삼(唐三), 조카인 당철(唐鐵), 당소(唐疏), 당진(唐晉) 등 사천당가에서 이름난 고수들의 얼굴들이 전혀 보이지 않고 있었기 때문이다.

"확실히 무엇인가가 이상하긴 이상하군요. 당가가 자랑하는 고수들이 단 한 사람도 얼굴을 보이지 않는 것을 제외하고도 당이 어르신께서 소주에 대해서 상당히 궁금해하신다고 들었는데 얼굴도 보이지 않다니 말입니다."

요운 역시 구궁과 마찬가지로 사천당가에서의 일이 이상하게 느껴졌다. 또 당가 수뇌부들의 얼굴 역시 안색이 좋지 않아 보였기 때문에 당가에 무슨 일이 벌어졌다고밖에 생각할 수 없었다.

"당분간 당가타에 머물도록 하자."

"예. 그나저나 쌍도문이 걱정되는군요."

사천에서만큼은 구파일방의 어느 한곳에서도 밀리지 않는다고 자부하는 사천당가가 당할 정도라면 쌍도문도 위험하지 않다고는 말할 수 없기 때문에 걱정되지 않을 수 없었다.

구궁이 보는 당가타의 분위기는 예전과 다를 바가 없었기 때문에 사천당가 내부에서만 문제가 일어났다 판단되어 구궁은 근처에 있는 객점에 머물며 잠시 사태의 추이를 살펴보기로 결심했다.

폐쇄적인 당가의 분위기를 생각한다면 당가타에 외지 사람이 많을 리가 없었다. 객점 안에는 몇몇 장사꾼들을 제외한다면 외지의 무인은 장천 일행이 유일하다고 할 수 있었다.

[사형, 당가의 무사들입니다.]

요운은 객점 안에서 음식을 먹고 있을 때 밖에서 몇몇 사람들이 고정적으로 얼굴을 보이는 걸 확인하고는 그들이 당가의 무사들이라는 것을 확인할 수 있었다.

보통 무사들은 거의 대부분이 당가로 가길 꺼려 한다. 사천당가는 독과 함께 수많은 암기술로 유명한 곳이기에 자칫 싸워보지도 못하고 비명횡사할 수 있는 곳이고, 당가타에 살고 있는 사람들 대부분이 당가와 관련있는 사람이란 것을 감안한다면 이곳은 마을 자체가 하나의 문파라고 해도 과언이 아니었으니 감히 이곳에서 당가를 도발할 생각은 하지도 못했다.

이런 이유로 당가타에 들어선 외부인에게 감시무사 같은 것을 배치할 턱이 없다는 것을 알고 있는 구궁은 이상하다는 생각이 들었다.

하지만 대낮에 당가타에서 외지인이 일을 벌일 수는 없는지라 지금 당장은 무시하기로 결심하고 음식을 먹기 시작했다.

밤이 되고 사람들이 모두 잠에 빠질 즈음 일행이 머물고 있는 방으로 서서히 어둠의 그림자가 스며들기 시작했다.

인영은 서서히 품에서 무엇인가를 꺼냈는데 그의 손에 들려 있는 물건의 끝에 살짝 엿보이는 시퍼런 빛으로 보아 극독에 묻어 있는 암기가 분명했다.

그림자의 숫자는 모두 셋. 그들은 조심스럽게 일행이 자고 있는 창문을 열고 손에 들고 있던 암기를 침상으로 던졌다.

슈슈슈슉!

"앗! 따거!!"

그 순간 어린아이의 비명 소리가 크게 들렸고 창밖에서 암기를 던진 어둠의 그림자는 자신들의 암기가 적중했다는 것을 알고는 급하게 창문에서 뛰어내려 다시 어둠 속으로 몸을 감추었다.

자객의 암기가 꽂힌 침상 밑에선 한 소년이 눈물을 흘리고 있었는데 그는 바로 쌍도문의 소주인 장천이었다.

얼굴에 자잘한 상처가 생기고 빨갛게 살갗이 변한 장천을 본 구궁은 한숨을 쉬었다.

"장 사제, 미안하게 됐다. 하지만 내 앞에 너밖에 없으니 어쩔 수 없었다."

설마 구궁은 자객들의 암기 공격을 장천을 통해 막았단 말인가? 물론 그런 것은 아니었다. 장천이 당한 암기는 자객들의 독침이 아니라 구궁의 수염이었던 것이다.

"흑흑… 날카로운 수염을 연약한 나의 볼에 비비다니… 잔인한 사형…… 흑흑."

사람의 수염이 살갗까지 뚫고 들어와서 피를 보게 될 줄은 상상도 할 수 없었으니 그만큼 구궁의 수염은 억세기 그지없었다.

이미 자객들의 출현을 예상하고 있었던 구궁은 낌새를 눈치 채고 장천과 함께 급히 침상에서 내려와 몸을 숨기고 있었는데 자객들은 그것을 모른 채 독침을 날린 것이다.

독침이 침상에 박히자 그와 함께 구궁은 흉기와도 같은 수염으로 장천의 볼을 찌른 것이고 장천의 비명에 자객들은 독침이 적중했다고 생각하고 급히 물러간 것이다.

아무튼 이런 식으로 간신히 자객들을 따돌리기는 했지만 사형의 수염에 큰 부상을 입은 장천은 혼수상태에 빠질 지경이었다.

"사형, 내가 죽거든 사형의 수염에 찔려 죽었다고 전해줘요."

"싱겁기는……."

구궁으로선 장천이 이제 정상으로 되돌아온 듯해 미소를 지었다. 자객이 돌아가자 장천은 이제 편히 잘 수 있겠구나 싶어 힘껏 몸을 던져 침상을 향해 날아갔다.

그때 퍼뜩 한 가지 생각이 든 구궁은 급히 손을 뻗어 소리 지를 수밖에 없었다.

"잠깐! 사제, 침상에 독침이!!"

"응? 끄아아악!!"

역시 조심성없는 장천이었다. 침상에는 자객들이 던진 독침이 박혀 있는데 그곳을 향해 몸을 날렸으니 성할 수가 있겠는가?

다행히 독은 침의 앞부분에만 묻어 있었기에 중독은 면할 수 있었지만 장천의 궁둥이에는 북두칠성 모양의 상처 자국이 남고 말았다.

아무튼 한밤중의 위기를 잘 모면한 구궁은 다른 방의 사정은 어떻게 되었는가 궁금하여 돌아보았는데 다행히 그들도 준비를 하고 있었는지라 단 한 사람도 독침에 희생된 사람이 없었다.

요운은 자객들이 던진 독침과 그 독의 성분을 조사하여 얼마 지나지 않아 독침의 주인을 알아낼 수 있었다.

"독침과 독 모두 당가에서 만들어진 것 같습니다. 독침에는 확연히 당가의 표식이 있고 독은 사천 지방에서 흔히 찾을 수 있는 사독(蛇毒)을 정제하여 독성을 높힌 당가만의 비전인 것 같습니다."

요운의 식견은 꽤 높은 편에 속하기 때문에 당가의 물건이라는 것에 아무도 의심하지 않았다. 하지만 왜 당가에서 자신들을 죽이려 하는지 의문이 들었다.

그것도 비밀리에 처리하려고 하는 것이 아닌 당가라는 표식을 확연하게 보여주는 암기와 독을 사용한다는 것이 더욱 이상하지 않을 수 없었다.

"아무래도 당가와 쌍도문의 충돌을 바라는 것 같습니다."

"음……."

사천당가에서 만약 자신들이 죽는다면 분명 쌍도문에선 진상 조사를 위해 사람들을 파견할 것이고 중독된 독으로 자신들이 당가 비전의 사독으로 죽었다는 것을 알게 될 것이다. 그럼 당가와 쌍도문은 전면 전으로 이어질 수밖에 없기에 곽무진의 추리가 일리있다는 생각이 들었다.

다음날 당가의 사정을 짐작한 구궁은 일행과 함께 아침 일찍 당가타를 빠져나가기 시작했다. 어젯밤 암살에 실패한 만큼 그들은 분명 다른 수로 자신들을 공격할 것이라는 생각이 들었기 때문이다.

"이제부터 어디로 가야지요?"

"아미파나 청성파, 이 두 개의 대문파 외에는 사천에서 당문으로부터 우리를 보호해 줄 수 있는 곳은 없다."

구궁으로선 비구니가 살고 있는 아미파가 당가의 공격을 피하기에는 더 좋을 것이라 생각되었지만 일단은 출입도 어려운 곳이 아미파였는지라 청성파로 급히 말을 몰아갔다.

"쌍도문 분들은 잠시만 멈춰주시오!"

당가타를 벗어나 고개를 넘으려 할 때 누군가 뒤에서 자신들을 부르자 구궁은 칼에 손을 대며 천천히 고개 돌렸는데 그의 얼굴을 확인한 순간 크게 놀라지 않을 수 없었다.

"당철 아우 아닌가!"

"역시 구궁 형님이셨군요!"

구궁은 자신을 부르는 사람이 당가에서 친하게 지냈던 당철이라는 것을 알고는 반가운 얼굴로 말했다.

당철은 주위를 한번 훑어보더니 전음을 사용하여 그들에게 따라오라고 지시하더니 당가타를 벗어나 작은 산으로 올라가기 시작했다.

산 중턱에 오르자 당철은 주머니에서 작은 주머니 하나를 꺼내더니 바람을 따라 산 아래로 그것을 뿌리기 시작했다. 그러자 노란색 가루는 바람을 따라 안개가 되어 사방으로 흩어져 갔다.

"황분독?"

황분독은 당가에서 사용하는 독의 일종으로 노란색 가루 독을 바람에 날려 뿌리는 것으로 살상용보다는 추적자를 따돌리기 위하여 만들어진 독이었다.

"예, 현재 당가는 안전하지 못하니까요."

"음……."

당철이 이렇듯 신중하게 도망을 갈 정도라면 상당한 적이 당가를 점령하고 있다고 생각할 수밖에 없었다.

그는 이렇게 세 번 정도 분독을 사용하여 혹시 있을지 모를 추적자를 따돌리고는 산 중턱의 동굴로 일행을 안내했는데 그곳에는 상당한 숫자의 부상자와 함께 구궁이 알고 있던 당가의 고수들을 볼 수 있었다.

"당이 어르신!"

"아! 구궁 조카 아닌가?"

당이는 구궁의 얼굴을 보더니 반갑게 미소를 지으며 다가왔다. 쌍도문의 일행으로선 드디어 당가의 진짜 식솔들을 보게 된 것이다.

당가타의 서북쪽에 있는 동굴에는 당이와 당삼을 비롯하여 당가가 자랑하는 후지기수 삼형제인 당철, 당소, 당진과 함께 당삼의 딸인 당미혜, 당영아 역시 머물고 있었다.

구궁으로선 왜 이러한 인물들이 당가장에 머물지 못하고 이런 산속의 동굴에 머물러 있는지 궁금하였다.

"그런데 이게 어떻게 된 일입니까? 당이 어르신께서 이런 동굴에 몸을 숨기고 계시다니 말입니다."

구궁의 물음에 당이는 한숨을 쉬며 말했다.

"일단은 안으로 들어가서 차나 한잔하면서 이야기를 나누세."

"예."

당이의 말에 일행은 고개를 끄덕이며 동굴 안으로 들어갔다.

동굴 안에 있는 당문의 식솔들은 오십여 명 정도 되었는데 얼굴에 붉은 반점이 나 있고 고열이 나는 것으로 보아 병이 들었거나 독에 중독되었다는 것을 알 수 있었다.

다행히 공기로 전염되지는 않았는지 당이는 아무렇지도 않게 동굴 안으로 들어갔지만 독이나 전염병을 두려워하는 보통 무인들로선 조금 섬뜩하지 않을 수 없었다.

"도대체 무슨 일입니까? 당가 사람들이 독에 중독되어 있다니."

"휴~ 우리도 예상하지 못한 일이었다."

자리에 앉은 당이는 지금까지의 일을 구궁에게 설명하기 시작했다.

처음 당가에 이 전염병 같은 독이 돈 것은 한 달 정도 전이었다. 당가의 내당에 불어닥친 이 독에 내당의 식솔들이 순식간에 중독된 것이다.

당가에서는 처음에는 전염병으로 생각하고 조사했지만 병명조차 알아내지 못하고 있었는데 그때 문제의 집단이 나타난 것이다.

"독문이라면?"

"남만의 맹주로 군림하고 있는 문파라네. 그들과 우리 사천당가는 겉으로는 드러나지 않았지만 경쟁 관계에 있다네. 지금까지 독문이 신독을 제조하면 우리가 그 해독약을, 우리가 신독을 제조하면 독문이 그 해독약을 만드는 등 서로 간에 만들어진 독을 파훼하면서 발전해 오고 있었지."

"그런……."

"역대 당가의 가주들은 이러한 경쟁 관계가 당가의 발전에 도움이 된다고 생각하며 독문과의 큰 마찰은 피해오고 있었네만 독문의 경우에는 우리와 생각이 달랐던 것이네. 중원으로 진출하기 위해 신독을 제조하면 그 신독을 파훼하던 우리 사천당가는 눈엣가시였던 것이지."

"음……."

이해가 가는 일이었다. 대부분의 세외무림 조직들은 중원으로의 진출을 숙원으로 삼고 있기 때문이었다.

변방에 사는 그들이 한 지역의 패권을 잡고 있다고 해도 황금알을 낳는 거위인 중원 땅으로 진출하여 보다 큰 세력을 가지고 싶어하는 것은 당연한 일이었다.

그런 와중에 중원으로 진출하려 할 때마다 제동을 거는 사천당가는 그들에게 철천지원수로밖에 보이지 않았던 것이다.

"아무튼 이런 일로 독문은 비밀리에 사천당가의 내당에 신독을 뿌리게 됐고 내당의 중요 식솔들이 모두 이 정체를 알 수 없는 독에 중독되고 말았네."

"아!"

"지난 수백 년 동안 독을 제조한 우리들이 그 신독이라고 해서 해독약을 만들어내지 못할 것은 없네만 문제는 독당에 속한 거의 대부분의 사람들이 지금 내당에 잡혀 있다는 것이네."

"그렇다면 현재 이곳에는 신독의 해독약을 만들 수 있는 사람이 없다는 얘기군요."

"그렇다네. 당가의 식솔들이야 어느 정도 독에 대해서 지식은 있지만 본격적인 연구를 하는 독당과는 하늘과 땅 차이이네. 또 독문이 사천당가의 수뇌부를 점거하고 있기 때문에 무공을 익히고 있는 부류는 때를 기다리며 이곳에 숨어 있는 것이네."

구궁은 당이의 말을 통해서 지금까지 있었던 당가에서의 일을 이해할 수 있었다. 하지만 독문이라면 상당히 안 좋은 상대였다.

백독불침의 고수라도 한 명 있으면 모를까 현재 쌍도문의 일행 중 독에 면역이 있는 이는 아무도 없었던 것이다.

'잠깐, 독에 면역이 있는 사람이 아무도 없었던가?'

갑자기 이상한 생각이 든 구궁이 천천히 고개를 돌려 보니 그곳에는 장천이 얼굴에 반점이 나서 앓고 있는 사람을 힐끔힐끔 보며 두려움에 떨고 있는 것이 보였다.

그를 보자니 지금껏 두 번 독에 중독되었음에도 목숨을 부지한 것이 생각나 혹시 독에 면역성이 생기지 않았을까 하는 느낌이 들었다.

"당이 어르신, 독성이 약한 독침이 있으면 하나 빌려주십시오."

"응?"

당이는 이유를 알 수 없었으나 구궁이 허튼짓을 하지 않으리라는 것을 알고 있었기에 독침을 하나 건네주었는데 그는 장천에게 가까이 가더니 말했다.

"사제, 소매를 잠시 걷어보게나."

"소매요?"

장천으로선 무슨 영문인지 몰랐으나 사형이 시키니까 소매를 걷어 올렸는데 그 순간 그는 장천의 팔뚝에 독침을 찔렀다.

"꺅!!"

장천은 독침에 찔리자 깜짝 놀라 비명을 지르며 뒤로 도망쳤는데 그 모습을 보며 구궁은 미소를 지으며 불렀다.

"하하하! 이제 안 할 테니 사제는 안심하고 오도록 하여라."

"흑흑… 사형은 변태……."

"……."

아무튼 순진한 장천은 안 한다는 말에 두려운 마음으로 천천히 다가왔는데 구궁은 그의 팔을 잡고 당이에게 가며 말했다.

"어르신께서 주신 독침에는 어떤 독이 있습니까?"

"음, 당가에서 제조한 독으로 마비독의 일종이라고 알고 있네."

"사제, 팔이 마비되는 것이 느껴지는가?"

장천은 구궁의 말에 팔의 이곳저곳을 찔러보았지만 역시 아무런 변화가 없었다.

"별로요."

"음, 상당히 독의 면역성이 있나 보군."

그 말에 당이도 관심을 기울이며 다가서는 품에서 암기를 하나 꺼냈는데 그 순간 장천은 빠른 속도로 도망가 무진 뒤에 숨으며 말했다.

"흑흑흑! 모두 다 변태야!!"

"……."

"사제, 그게 무슨 결례인가? 당이 어르신은 사제의 독의 면역성을 알아보시려 한 것이네."

"그래도 아프단 말이에요!"

"어허!"

"흑흑흑!"

구궁의 다그침에 장천은 눈물을 흘릴 수밖에 없었으니 안타까운 노릇이었다. 당이 앞에서 팔뚝을 내밀며 두 눈을 질끈 감는 그의 얼굴에선 공포감이 드러나 있어 당이로선 조금 미안하지 않을 수 없었다.

"장 소협, 잠시만 참도록 하게."

"끄악!!"

드디어 팔에 암기가 작열하자 무슨 커다란 중병기에라도 당한 듯 엄청난 비명을 지르는 장천이었다.

어쨌든 일은 성사시켰기에 당이는 장천의 몸을 유심히 관찰하고 있었는데 놀랍게도 변화는 보이지 않고 있었다.

"놀랍군. 구 사질, 근래에 장 소협이 중독된 적이 있었던가?"

"예, 마교에서 만든 정체를 알 수 없는 독과 살모사 독에 중독된 적이 있는 것으로 알고 있습니다."

"음… 이상하군. 겨우 그 정도에 독의 면역이 이렇게나 강해지지는 않을 텐데……."

그 말에 이상하게 생각한 당이가 장천의 맥을 짚어보니 내부에 강한 화기가 잠재되어 있는 것을 알 수 있었다. 화기는 독기를 제압하니 장천의 몸에 독이 침범하기 어려운 것은 어느 정도 이해가 갔지만 도대체 이 화기의 정체를 알 수 없었다.

"본신의 내력과는 다른 힘이 장 소협의 몸에 존재하는 것 같군."

"아! 아마 화룡신도의 화기가 아닐까 생각됩니다."

당이의 말에 그제야 생각났다는 듯이 구궁이 소리치자 당이 역시 크게 놀라지 않을 수 없었다.

"아! 화룡신도를 이 아이가 가지고 있단 말인가?"

"예."

"그렇다면 어느 정도 독에 면역이 있는 것도 이해가 가는군. 그래, 화룡신도는 몇 단계까지 익혔던가?"

"예? 몇 단계라뇨?"

"어허, 아직 그것도 몰랐던가? 천무성자께서 화룡신도의 단계에 대해서 말씀해 주시지 않았단 말인가?"

처음 듣는 소리였기에 쌍도문의 일행은 모두 고개를 저었는데 그것을 보며 당이가 혀를 차며 말했다.

"쯧쯧, 요즘에 천무성자께서 건망증이 심해지셨다는데… 아마 잊어버리신 게군. 아무튼 화룡신도를 포함하여 양강 계열 중에서도 화의 계통의 무공에는 그 수준에 따라 총 다섯 가지 단계가 있네."

"다섯 가지의 단계라면?"

"제일단 접화(接火), 말 그대로 불을 접하는 단계로 화기를 견딜 수 있게 몸을 단련시키는 단계이네. 보통 내공이 일 갑자가 넘는다면 그 접화의 단계는 자연히 통과하게 되는 것이지."

"그렇군요."

장천은 자신의 내공이 백 년의 수위라는 것을 알고 있었기에 접화의 단계가 넘었다는 것을 알 수 있었다.

"제이단은 내화(內火), 화기를 몸 안에 담을 수 있는 단계로 이 단계에 접하게 되면 화룡신도의 화기를 사용할 수 있게 되는 것이지. 내공이 일 갑자가 넘어야 가능하지. 제삼단은 발화(發火), 화기를 몸 안에 응축시킨 후 도를 가지고 있지 않더라도 화기를 발출할 수 있는 단계이네. 이 갑자 정도의 내공이 필요하네. 제사단 조화(操火), 이 단계는 화룡신도에 내재되어 있는 화기를 마음대로 조종할 수 있는 단계로 이 단계에 이르면 능히 강호에서 이름난 고수라 할 수 있지. 보통 삼 갑자 정도의 내공이 필요한 단계이지. 마지막 단계인 천화(天火)의 단계에 이르면 능히 천하제일을 다툴 수 있을 정도의 힘을 갖게 된다네. 내가 알기로 천무성자께서는 제삼단인 발화의 경지에 이르셨다고 알고 있네만."

"그런 일이……."

장천은 처음 듣는 이야기인데다가 그런 단계에서도 천무성자가 발화의 단계 정도밖에 이르지 못했다는 것에 의외라 생각되었다.

하지만 그도 그럴 것이, 화기의 내식은 양강 계열 중에서도 화기를 지니고 있는 무공에 적용되는 것인지라 공동파의 내공을 익힌 그에게는 발화의 단계가 끝일 수밖에 없었다.

"그래, 장 소협은 몇 단의 단계에 있는가?"

"내공의 수위로 보면 제이단인 내화라고 생각됩니다."

"음, 내화라……. 그렇다면 심한 독이 아니라면 어느 정도 견뎌내겠구먼. 화기의 내식은 매일 하고 있는가?"

"예?"

"쯧쯧… 천무성자님도 너무하시는군. 어린아이에게 이런 위험한 물건을 주시면서 설명조차 제대로 해주시지 않다니 말이야. 화기의 내식이란 내화의 단계에 이르렀을 때 그 화기를 안정시키기 위한 방법이네. 화기의 내식을 하지 않는다면 주화입마에 빠질 수도 있지."

"음……."

구궁으로선 그제야 장천이 광기에 빠진 것도 어느 정도 이해할 수 있을 것 같았다. 보통의 의원들이 본다면 이런 현상은 심마의 단계에 빠졌다고 오인할 수 있는 일이었다.

"당이 어르신, 화기의 내식이란 어떤 것입니까?"

"화기의 내식은 몸 안에 들어선 화기를 조종하는 호흡법으로 외부의 냉기를 빨아들여 화기를 몸 안에 일시적으로 안정시켜 두는 것이네. 이것이 반복되면 화기는 단전으로 모여 점차 내공으로 환원되고 그것이 발전되면 드디어 발화의 단계로 들어설 수 있는 것이지."

중요한 사실을 알게 된 일행이었다. 당이의 말이 사실이라면 신선곡으로 갈 필요가 없었기에 일행은 안도의 한숨을 쉬었는데 문제는 그 차가운 기운을 어떻게 빨아들여야 하느냐는 것이었다.

"천무성자께서는 화기의 내식을 위해 천산의 고지대에서 수련을 쌓았다고 들었네. 이 아이도 하루빨리 화기의 내식을 취하는 것이 좋을 듯한데 말일세."

"그렇긴 하지만… 지금 당장 천산으로 가기에는 시간이 촉박해서……."

"음… 편법이기는 하지만 다른 방법이 없는 것은 아니네만……."

"예?"

"조금 위험하기는 하네만 한번 해볼 텐가?"

"무슨 방법입니까?"

"바로 임의로 음공을 장 소협의 몸에 불어넣어 화기를 안정시키는 것일세."

"음공이라면……?"

"빙백신공이나 한음공 같은 것을 익힌 사람이 장 소협의 몸에 음의 진기를 불어넣으면 그것을 통해 화기를 안정시켜 내식을 취하는 것이지."

"아!"

"하지만 이 방법은 서로 간의 내가진기가 다르기 때문에 주화입마의 확률이 상당히 높다네."

그 말에 구궁은 애 하나 망치는 셈 치고 한번 해보고 싶은 마음이 굴뚝같았지만 차마 그렇게는 할 수가 없었기에 장천에게 물어보지 않을 수 없었다.

"장 사제, 한번 해보겠는가?"

"…예."

장천은 주화입마의 확률이 높다는 것에 조금 불안감이 일기는 했지만 현재까지 여행을 하면서 자신의 실력이 너무 떨어진다는 것에 한이 맺혔기 때문에 위험하다고 해도 한번 해보고 싶은 생각이 들었다.

장천이 수락하자 구궁은 화기의 내식을 취하기로 결심하긴 했는데 생각해 보니 근처에 음공을 익힌 이가 한 명도 없다는 것을 알 수 있었다.

"아! 음공을 익힌 사람이 단 한 사람도 없군요."

"음… 음공이라면 당가에 한 사람이 있기는 하네만 얼마나 도움이 될는지……."

그 말과 함께 당이는 근처에 있던 당철에게 지시하여 한 사람을 불러오게 했다. 그러자 얼마 지나지 않아 한 사람이 들어와 인사를 하며 말했다.

"부르셨습니까?"

"그렇다네, 조카. 자리에 앉도록 하게."

"예."

당이의 말에 자리에 앉은 자는 어린 나이의 소년이었다. 겉으로 보면 열다섯 정도로 보이는 아이로 창백하게 보이는 새하얀 피부를 가지고 있었기에 일행은 음공을 익혔다는 것을 금세 알 수 있었다.

"이 아이는 내 아우인 당사의 셋째 아들인 당세문(唐世聞)이라고 하네. 천산에서 우연히 음공 하나를 얻어 그것을 익혀 현재 당가에선 유일하게 음공으로 일 갑자의 내공을 가지고 있는 아이지."

“아!”

구궁은 당가에서 음공을 익힌 사람이 있다는 것은 알고 있었지만 더욱 놀란 것은 그것을 일 갑자 경지까지 익혔다는 것이었다.

요운도 열다섯 정도의 나이에 일 갑자의 내공을 모았다는 것에 크게 놀라면서 그가 익힌 음공이 무엇인지 궁금해졌다.

간혹 이런 무공 비서로 인하여 무림에 피바람이 돌기도 하지만 사천 당가는 이런 피바람을 면한 듯했고 양우생이라는 정보통이 있는 자신들도 모르고 있었다면 당가에서 상당히 비밀스럽게 일을 진행했음을 알 수 있었다.

당세문이란 소년은 장천과 나이는 비슷하지만 비교도 안 될 정도로 의젓하여 요운은 당문을 이끌어갈 차대 인재라는 생각이 들었다. 그에 반해 자신들의 소주를 보니 아직도 꼬마 같은 모습인지라 조금 열등감이 느껴졌다.

“이 아이의 음공이라면 충분히 귀 문의 소주에게 한기의 내식을 가능하게 할 수 있으리라 생각하네.”

“그럼… 부탁드리겠습니다.”

구궁으로선 조금 불안하지 않을 수 없었지만 일단 당이도 있을 뿐 아니라 만약의 사태에 도와줄 사람이 없는 것도 아니었기에 한번 시도해 보기로 마음먹었다.

일은 순조롭게 진행되었다. 당세문은 당이에게 이야기를 듣고 수긍한 듯 자신의 한기공을 장천에게 밀어 넣어줄 준비를 했고 장천은 천천히 내식을 안정시켜 나가며 마음을 가다듬었다.

장천의 등 뒤에 가부좌를 틀고 앉은 당세문이 천천히 내공을 끌어올리기 시작하자 그 순간 그의 두 손은 더욱 창백한 색깔로 변해가기 시작했다. 차가운 기운을 느끼며 요운은 크게 놀라지 않을 수 없었다.

'소수마공(素手魔功)!!'

당가에서 입수했다는 무공 비서에 관심을 가진 요운은 당세문의 무공이 소수마공이라는 것을 알고는 크게 놀라지 않을 수 없었다.

소수마공은 마교에서도 악명을 날리던 악녀 소수마녀의 독문절기로 백 년 전에는 그녀의 이름만으로도 수많은 고수들이 기가 죽었다.

당가에서 얻은 무공이 소수마공일 것이라고는 전혀 생각하지 못한 요운은 긴장하지 않을 수 없었다. 하지만 상대의 무공이 소수마공이라는 것을 알고는 조금 이상한 생각이 들었다. 그 무공에는 하나의 금제가 있었기 때문이다.

바로 남자가 익힐 수 없다는 것인데 그 탓에 양기가 강한 남자가 익힐 경우 주화입마에 걸리거나 음한 기공을 견디지 못하여 죽음을 당하게 된다.

그 탓에 요운은 당세문을 자세히 살펴보았다. 그의 모습을 바라보니 도톰한 입술과 동그란 눈매, 살짝 들어간 보조개가 어여쁘기 그지없었으니 여장을 한다고 해도 이상하지 않겠다는 생각이 들었다.

'혹시… 당세문은 여아가 아닐까?'

소수마공을 익힐 수 있는데다가 어여쁜 외모를 본다면 자신의 추측이 들어맞을 것이란 생각이 들었다. 하지만 하나의 가정도 없지 않았으니 성 불구가 되어 여성화되는 것이다.

황궁의 내시 중에선 중요한 부분을 없앤 후에 차츰 여성화되는 경향이 없지 않기 때문이다.

'어떻하지. 난 너무 잘생겨서… 당세문이란 아이가 또 나에게 반할 텐데……'

왕자병 말기 증상을 보이고 있는 요운이었다.

한편 두 손에 소수마공을 끌어올린 당세문은 천천히 장천의 몸에 무리가 없도록 등에 손을 붙이고는 천천히 음한기공을 불어넣어 주기 시작했다.

"허웅!!"

갑자기 등 뒤에서 차가운 기운이 일어나자 장천은 날카로운 교성을 지르며 자신도 모르게 허리를 활 모양으로 꺾으니 당세문이 오히려 당황할 정도였다.

"장천……."

"넌… 차가워요."

구궁의 말에 장천은 참기 어렵다는 얼굴로 말했지만 이러다간 당세문과 자신 두 사람 모두 주화입마에 빠질 수 있어 미간을 찌푸리며 한기를 참아갔다.

"합!!"

다시 한 번 정신을 집중한 장천은 뼛속까지 시릴 정도로 차가운 기운이지만 그 정도도 참지 못한다면 평생 하수로 살아가야 한다는 생각을 하며 음한의 기운을 빨아들여 갔다.

어느 정도 몸 안으로 냉기를 갈무리한 장천은 그 기운을 단전으로 몰아넣기 시작했고 그 순간 몸 안에 있던 뜨거운 기운이 크게 반발하며 터져 나왔다.

'큭!!'

엄청난 고통이 온몸을 몰아붙이고 있었지만 지금 소리를 내뱉는다면 주화입마에 빠진다는 것을 알고 있는 장천으로선 입술을 깨물어 그 고통을 참아내며 당세문이 밀어주는 냉기로 천천히 화기를 눌러가기 시작했다.

장천의 온몸에선 쏟아지는 듯이 땀이 흘러내리기 시작했으며 얼굴이 시뻘겋게 변하고 있었으니 그 고통이 얼마나 심한 것인가를 말해 주고 있었다.

하지만 최대한 그 고통을 참은 장천이 화기의 내식을 취하기 시작하자 아주 천천히 화기는 단전으로 모아지기 시작했다.

한 시진 정도 지나자 몸 안에서 요동하고 있던 화기를 안정시킬 수 있게 되었고 다시 한 시진 정도가 지난 후에는 몸에서 느껴지던 고통이 많이 사그라들었다.

"휴!"

그의 등 뒤에 있던 당세문이 천천히 숨을 몰아쉬며 운기를 마무리하기 시작하자 그와 함께 장천 역시 천천히 마무리에 들어갔다.

한참 내식을 정리하던 두 사람이 드디어 눈을 뜨니 장장 두 시진에 이른 긴 운기조식은 드디어 끝마치게 되었다.

"장 사제, 몸은 좀 어떤가?"

"괜찮습니다. 몸 안에 있던 화기는 어느 정도 안정된 것 같습니다."

"다행이군."

구궁은 장천의 몸이 안정을 되찾자 안도의 한숨을 내쉴 수 있었다.

"이젠 화기를 갈무리했으니 화룡신도를 사용한다면 그 내력이 조금 상승하게 될 것이네."

당이의 말을 들은 장천은 당장 시험해 보고 싶은 생각에 인사를 하더니 밖으로 나가 천천히 화룡신도를 뽑아 들었다.

과연 당이의 말대로 그전에 느껴졌던 화룡신도의 화기에 대한 위압감은 줄어들어 이제는 보통의 도를 잡고 있는 듯한 느낌이 들었다.

"장 사제, 청풍도법을 한번 사용해 보게."

"예."

청풍도법은 하나의 도를 쓰는 도법으로 쌍도문의 기본적인 도법 중의 하나였다. 쌍도문의 시조인 청풍도 사운이 창안하여 청풍심공과는 잘 어울리는 심법이었기에 장천이 사용하기엔 용이한 도법이었다.

"차압!!"

청풍도법을 보통의 도를 사용하여 펼치게 되면 주위에 도풍이 형성되는데 화룡신도를 가지고 장천이 청풍도법을 사용하자 주위에는 뜨거운 열풍이 몰아치며 사방을 휘저어가기 시작했다.

장천의 청풍도법은 아직 육성 정도밖에 이르지 못한 상태였지만 그 열풍과 위력은 십성에 가까운지라 요운과 구궁은 장천의 내력이 또 한 층 진일보했다는 것을 알 수 있었다.

"청풍명월(淸風明月)!!"

드디어 마지막 초식인 청풍명월이 펼쳐지자 장천의 화룡신도에선 뜨거운 화기가 모이기 시작하더니 사방으로 몰아쳤고 순식간에 주변 숲의 풀들은 열기에 의해 말라비틀어지며 검게 타 들어가기 시작했다.

다행히 검풍의 조절을 어느 정도 할 수 있는 장천이었기에 주변 숲의 파손을 그치게 한 후 마무리에 들어갔다.

"훌륭하다, 장천."

"청풍도법이 아니라 열풍도법이구나."

구궁과 요운이 장천의 실력이 늘어난 것을 크게 기뻐하며 박수를 치자 장천 역시 자신의 실력이 크게 향상되었음을 알고는 크게 기뻐했다.

"헤헤헤, 과찬의 말씀이에요."

이제 화룡신도를 사용할 수 있게 된 장천은 계속 정진하여 아버지만

큼 뛰어난 무인이 되어야겠다는 야무진 계획을 세우니 천의 앞날에는 광명이 빛나고 있었다.

"하하하! 축하하네, 장 소협!"

"모두 어르신의 돌보심 덕택입니다."

당이가 크게 웃으며 자신에게 축하의 인사를 하자 장천은 포권지례를 하며 겸손하게 말을 했다.

"지금보다 더 수준이 올라간다면 다시 화기의 내식이 필요하네. 그러나 지금 같은 일을 계속할 수는 없는 일이네. 내 세문이가 익히고 있는 무서의 사본을 자네에게 줄 터이니 그것을 익히도록 하게나."

"헉! 당이 어르신!"

"서로 돕는 처지인데 그까짓 무서가 무엇이 아깝겠는가?"

"감사합니다."

소수마공이라면 강호에서 첫째 둘째를 다툴 정도의 상승의 음공인데 그것의 사본을 준다는 말에 쌍도문의 사람들은 당이의 배포에 크게 감탄하였다.

장천이 화기의 내식을 이루고 무서까지 받게 되자 쌍도문의 일동은 당문의 일을 처리하기 위해 힘을 써야겠다고 생각했다.

현재 이곳에서 독문의 정체 모를 독을 견딜 수 있는 인물은 장천 외에는 없었기 때문에 장천은 중요한 역할을 맡을 수밖에 없었다.

달이 어둠 속에서 은빛을 뿌리고 있을 때 당가타의 북부 쪽에 있는 당가장으로 두 사람의 인영이 어둠을 틈타 움직이고 있었다.

한 사람은 세 자루의 도를 들고 있는 작은 몸집의 사나이였으니 바로 쌍도문의 소주인 장천이었고 그의 옆에서 뒤따르고 있는 인물은 창백한 얼굴의 당가의 무사 당세문이었다.

장천과 당세문은 모두의 계획대로 당가장의 내가로 진입하여 독문의 고수를 살피고 정체 모를 독의 해독약을 찾는 임무를 맡게 된 것이다.

물론 어린 두 사람에겐 상당히 어려운 임무였지만 화기와 냉기를 사용하는 이들의 연환 공격은 독문의 독을 무력화시킬 수 있을 것이라 생각했기에 결정된 일이었다.

과연 암기와 용독술의 명가인만큼 당가장의 외벽에는 수많은 함정들이 설치되어 있었지만 당가 내당의 인물인 당세문이 있었기에 함정을 무리없이 빠져나올 수 있었다.

내당에는 십수 명의 당가의 무사들이 경비를 서고 있었지만 두 사람은 다람쥐처럼 요리조리 빠져나가 그들의 눈을 피해서 천천히 그들의 목적지인 만독당에 다다를 수 있었다.

만독당은 당가의 독을 관리하고 있는 곳으로 이곳에는 당가가 만들고 있는 대부분의 독이 보관되어 있었다.

독문 역시 독을 다루고 있는 만큼 당가의 만독당에 관심을 가지고 있었고 정체를 알 수 없는 독을 사용하는 인물도 이곳에 있을 것이라고 생각했다.

당가의 수많은 독은 하루 이틀로 알아낼 수 있는 것이 아니기 때문이었다.

아니나 다를까, 두 사람이 만독당에 접근하자 그곳에는 당세문이 알지 못하는 무사들이 경비를 서고 있었다.

"저들은 당문의 무사들이 아닙니다. 아무래도 독문이나 그들을 돕는 집단에서 보낸 무사들인 것 같군요."

당가 내부를 잘 알고 있는 당세문과 동행하고 있기에 무사들의 눈을 피해 들키지 않고 만독당 안으로 진입한 두 사람은 당이에게 지시받은 대로 조심스럽게 만독당에 위치한 서고로 들어갔다.

그곳에는 당가에서 제조한 수많은 암기와 독에 대한 제조법, 파훼법이 정리되어 있는 곳으로 당가의 요지라 할 수 있었다.

당가의 수뇌부 몇몇만이 알고 있는 비밀 통로를 이용하여 서고로 들어온 당세문은 안으로 들어선 후 놀라지 않을 수 없었는데 이미 많은 서적들이 사라져 있는 상태였다.

그들 역시 당가에서 오래 머무를 수 없다고 판단했는지 서적을 옮기는 작업에 들어간 것이다.

당가의 암기와 독에 대한 서적만 빼돌릴 수 있다면 독문으로선 중원으로 진입하는 데 상당한 이점을 가지게 될 뿐 아니라 당가를 누르고 중원 최대의 독문으로 자리 잡을 수 있게 되기 때문이다.

다행히 중요 비밀 서류는 수뇌부밖에 알지 못하는 곳에 감추어져 있었기에 당세문은 빠른 속도로 비밀 장치를 해제하기 시작했다.

당가의 비밀 서고는 일반 독초를 분류해 놓은 서적 뒤에 비밀스럽게 감추어져 있었다.

단순히 중원에서 흔히 볼 수 있는 독초를 분류해 놓은 백여 권 정도의 중원독초열람이란 책장 뒤에 숨겨 있는지라 만독문으로서도 알아채지 못했던 것이다.

독문이 중원으로의 진출을 노리고 있는 이상 이러한 중원독초열람 같은 내용은 이미 예전에 습득한 상태이기에 이곳의 책만큼은 건드리지 않았던 것이다.

가장 흔한 책 뒤에 중요한 서책을 위치하게 함으로써 도난을 방지한 당가의 노련함이 보이는 순간이었다.

당세문이 책을 밑으로 내려놓고 아무것도 없는 책장의 한 부분을 누르자 드디어 비밀 문이 열리면서 작은 공간에 몇 권의 책이 그 모습을 드러냈다.

"이건?"

"당가의 비전 제조법과 암기 주조술을 서술해 놓은 책입니다."

장천의 물음에 간단하게 대답한 그는 그곳에 있는 책을 꺼내 들었다.

당가 수백 년 역사의 총화라고 할 수 있는 모든 것이 수록되어 있는 책치고는 다섯 권 정도로 그 양은 적다고 할 수 있었지만 그 하나하나가 상상을 못할 정도로 강력한 독과 암기의 제조법이 수록되어 있는 것인지라 당세문은 조심스럽게 책을 다루면서 기름종이에 싸서 품에 집어넣었다.

하지만 일은 그렇게 쉽게 풀리지 않는 것인지 이미 그들의 출현을 예상하고 있는 인물이 있었다.

슈슉!!

바람을 가르는 소리와 함께 비도 하나가 두 사람의 사이를 가르니 주의를 기울이고 있었던 두 사람은 급히 좌우로 갈라서며 비도가 날아온 방향을 쳐다보았다.

"크크크, 역시 당가의 쥐새끼들이 납시었군!"

두 사람의 눈에는 아무것도 보이지 않음에도 그곳에서 목소리가 울려 나왔기에 크게 긴장하지 않을 수 없었다.

서고의 책장 그림자 사이로 푸른색의 써늘한 광채가 일어나는 듯하더니 다시 한 번 공기를 가르며 무엇인가가 날아오는 것이 느껴졌는데 이번에는 상당히 빠른 속도로 쇄도해 들어왔기에 피할 생각을 하지 못하고 병장기를 사용하여 암기를 막았다.

채챙!!

날카로운 쇳소리가 서고를 울리자 장천은 더 이상 볼 것도 없다고 생각하고 화룡신도에 내공을 불어넣었다.

[후욱!!]

"미안합니다!!"

화룡신도에서 화기가 치솟아오르자 장천은 볼 것도 없다는 듯 암기가 날아온 방향을 향해서 그대로 검을 휘둘렀는데 그 순간 서고의 책이 그 열기에 불이 붙으면서 서고의 곳곳에선 책이 불타기 시작했다.

"까아악!!"

그것을 보며 당세문은 크게 놀라 소리를 지를 수밖에 없었으니 당가가 수백 년 동안 모아두었던 독에 관한 서적이 불타고 있기 때문이었다.

하지만 이런 감상의 시간도 주지 않은 장천은 그의 허리를 잡고는 빠른 속도로 비밀 통로로 몸을 날렸다.

"무슨 짓입니까? 서고를 불태우다니요?"

"어차피 그대로 두면 독문의 손으로 들어갈 서적들입니다."

조금은 어른스러워진 듯 당세문의 말에 간단하게 대꾸한 장천이 급히 비밀 통로로 빠져나가기 시작하자 그 말에 당세문은 뭐라고 말을 할 수가 없었다.

그의 말대로 그 서책이 중요하기는 하지만 독문의 손으로 들어가면 더 큰일이 벌어질 수 있는 서적이기에 장천의 선택이 잘못됐다고 말할 수도 없었던 것이다.

그때 두 사람이 들어왔던 비밀 통로에서 뻘건 불빛이 잠시 일렁이는 듯하다 사라지니 서고에 있던 적이 통로로 들어왔다는 것을 알 수 있었다.

"홍!!"

좁은 통로에서 사천당가 무사의 뒤를 쫓는 것이 얼마나 멍청한 짓인가를 보여주겠다고 생각한 당세문은 품에서 독질려를 던져 밟으면 독에 당하게 만들어놓고는 독질려를 던져 놓은 일 장 정도의 앞에 독분을 뿌려두었다.

어둠 속에서 암기를 발견하고 그가 피해 간다고 해도 독분을 밟게 되면 중독되게 만들어놓은 것이다.

걸어가며 몇 가지 독과 암기를 장치해 놓았기 때문에 모든 것을 피한다고 해도 따라오는 속도가 느려지게 만들어놓은 당세문은 장천의 뒤를 쫓아갔다.

장천은 이미 통로의 밖으로 나가 있었는데 만독당 서고의 화재로 많은 수의 무사들이 모여 있었기 때문에 섣불리 나간다면 무사들에게 포위당할 위험이 있었기에 비밀 통로의 출구에서 조심스럽게 사람들의 눈을 피할 방법을 찾고 있었다.

"아무래도 쉽게는 빠져나가지 못할 것 같군요."

하지만 자신의 품에 당가의 운명이 달려 있는 책이 있는 이상 당세문은 반드시 탈출해야만 했기에 앞을 생각하지도 않고 빠른 속도로 출구로 나가 미리 만들어놓은 길을 향해 뛰었다.

"쳇! 성질 한번 급하군!"

장천은 생긴 것과는 달리 서두르는 당세문을 욕하며 경공술을 사용하여 그의 뒤를 쫓아갔는데, 아니나 다를까, 밖으로 나가자마자 경비 무사에게 발각되었다.

"적이다!"

한 무사의 외침 소리와 함께 사방에서 피리 소리가 들리며 무사들이 몰려오기 시작했다.

"빙백수라장(氷魄修羅掌)!!"

무사들이 몰려오는 것을 본 당세문은 볼 것도 없다는 듯이 지체없이 악마의 무공이라는 소수마공의 무학을 시전하기 시작했다.

한때 무림을 어둠으로 밀어넣은 얼음의 마녀 소수마녀. 그녀에 의해 죽은 이의 숫자가 수천을 헤아리기에 무림의 모든 이가 그녀를 마녀라 부름에 이의를 달지 않았다.

수천의 정파 추적대에 쫓기면서도 도리어 군웅들을 현혹하는 교소를 터뜨렸다는 그녀가 천산에서 그 생을 마감했을 때 모든 이들은 그녀의 후인이 더 이상 무림에 나타나지 않기를 빌었는데 애석하게 그 후인이 사천당가에 그 모습을 드러낸 것이다.

"끄아악!!"

소수마공의 빙백수라장의 냉기를 견딜 만큼 내력이 없는 자들은 고통스러운 비명과 함께 그 자리에서 얼음이 되어버리니 당년에 소수마녀의 힘이 어느 정도라는 것을 알 수 있게 했고 뒤에서 당세문을 도와주려고 했던 장천은 엄청난 위력에 입을 다물 수가 없었다.

'저것이… 인간의 무공이란 말인가?'

온 천지를 얼려 버릴 듯한 냉기는 이제 사방 십 장까지 미치고 있었으니 장천은 화룡신도의 열기를 통해 간신히 온몸이 얼어붙는 것을 막을 수 있었다.

"내공을 돋우어 냉기를 막아라!"

아직 당세문의 소수마공의 성취는 그리 높지 않았기 때문에 하급무사들을 제외한 나머지는 내공을 사용하여 냉기를 막으며 공격해 들어왔다.

"청풍도법!!"

당세문이 위기에 처하자 장천은 화룡신도를 휘두르며 청풍도법을 사용하여 도풍을 날렸고 뜨거운 열풍은 순식간에 당세문의 소수마공의 무공에 얼어붙은 이들을 쓸어가기 시작했다.

"당세문! 빨리 피해라!!"

"……."

장천의 외침을 들은 당세문은 경공을 사용해 만독당의 담을 넘었고 그의 뒤를 이어 장천 역시 담을 뛰어넘으려고 하는데 순간 뒤에서 써늘한 기운이 느껴짐과 함께 등으로 큰 통증이 밀려와 앞으로 넘어지고 말았다.

"크윽!!"

보통 때 같으면 넘어져서 눈물을 짜기라도 하겠지만 적지에서 그런 짓을 했다가는 바로 죽는다는 것을 알고 있는 장천은 고통을 참으며 앞으로 굴러 그대로 뒤쪽으로 도를 휘둘러 화룡신도의 뜨거운 도기를 날렸다.

"끄아압!!"

내공을 돋우어 온 힘을 다해 장천이 도기를 날리자 그 순간 화룡신도의 뜨거운 화기가 급격하게 증가하며 도강이 만독당의 담을 부수며 일대를 쓸어버리기 시작했다.

"끄아악!!"

미처 이 도강을 피하지 못한 무사들은 열기에 타서 영문도 모르고 죽음을 당하니 장천으로서도 자신이 이러한 도강을 날렸다는 것에 크게 놀라지 않을 수 없었다.

"도대체 무슨 일이 일어난 거지?"

자신의 실력으로 도강은 꿈도 못 꾼다는 것을 알고 있는 장천으로선 애꿎은 화룡신도를 멍하니 쳐다보았다.

엄청난 불꽃이 일대를 뒤덮고 있는 그 순간 장천의 앞에 한 형체가 불꽃 속에서 서서히 모습을 드러내기 시작했다.

동물 가죽을 뒤집어쓴 모습의 그의 머리에는 맹수의 두개골이 투구를 대신하고 있었고 그의 두 손에는 뱀의 껍질로 입혀 만든 편(鞭)이 들려 있었다.

"크크크! 나의 쌍사혈편(雙蛇血鞭)에 죽을 자로는 괜찮은 제물이로구나."

"칫!"

단순히 느껴지는 위압감만으로도 만만치 않은 적이라는 것을 감지한 장천은 화룡신도를 두 손으로 잡고 경계 자세를 취할 수밖에 없었다.

마치 살아 있는 뱀처럼 휘어져 공격하는 쌍사혈편을 상대로 장천은 크게 위험에 빠지고 말았다.

아직 무사들과의 대전 경험이 적은 장천으로선 변칙적인 쌍사혈편의 공격에 제대로 대응하지 못했다.

장천의 뽀얀 피부는 쌍사혈편에 의해 군데군데 상처가 나 피가 흐르고 있으니 수많은 여성들에게 욕을 먹어도 할 말이 없는 상태였다.

이런 무지막지한 공격을 해대고 있는 괴물 같은 녀석을 보며 장천은 두려움이 가득할 수밖에 없었는데 온몸이 피투성이가 된 소년을 보며 그는 채찍을 거두며 한심하다는 듯이 말했다.

"방금 전엔 도강까지 사용하던 녀석이 뭐 하는 것이냐?"

"쳇! 나도 모르게 나간 도강을 어떻게 하라는 거냐?"

자신도 그 도강이라는 것을 다시 한 번 써보고 싶은지라 장천은 화룡신도로 삿대질을 하며 소리쳤다.

도강이란 것이 내공만 많이 있다고 해서 사용되는 것이 아닌, 깨달음에 의해서만 사용할 수 있는 엄청난 것인지라 장천으로선 자신이 정말 도강을 사용했는지조차 의심이 갈 지경이었다.

"도대체 도강이 뭔지나 알고 자신도 모르게 나갔다는 거냐?!"

그로선 장천이 장난을 치고 있거나 두 번 이상 도강을 사용하지 못하는 것이라 생각할 수밖에 없었기에 이 참에 장래에 크나큰 적이 될지도 모르는 녀석을 없애기로 마음먹었다.

"쌍두연격(雙頭連擊)!!"

쌍사혈편의 쌍두연격이 시작되자 장천은 쉴 틈 없이 쇄도해 들어오는 녀석의 공격에 정신이 없었다.

삼 장을 넘는 엄청난 길이의 연편은 어느 방향 할 것 없이 변칙적으로 화룡신도를 피하듯이 덮쳐 와 장천의 몸뚱아리를 채찍질하기 시작했으니 누가 보면 어린아이를 학대하는 변태 성욕자라 착각할 정도였다.

"악! 큭… 아윽… 끅… 어어엉……."

한참을 채찍의 공격을 참아내며 반격을 가하려 했지만 계속되는 공격에 더 이상을 버틸 수 없었는지 장천이 마침내 울음을 터뜨리고 마니 보고 있는 상대가 더 황당할 정도였다.

아무리 어린아이라고는 하지만 용담호혈의 사천당가에 숨어들어 온

놈이 연편에 몇 대 맞았다고 울음을 터뜨릴 수 있단 말인가?

하지만 한참을 우는 장천을 보니 자신도 이 쌍사혈편의 무공을 배울 때 당했던 일이 조금씩 생각났다.

'그러고 보면 나도… 많이 울었었지…….'

그는 남만에서 이름을 날리고 있는 연편(軟鞭)의 고수로 쌍두편(雙頭鞭) 구랍(句蠟)이라고 하는 자였다. 구랍이 처음 쌍사혈편을 배우기 시작한 것은 여덟 살. 남만에 살고 있는 묘족의 한 부족에서 태어나 조실부모하고 한 무림인에게 끌려가 이 쌍편술을 배우게 되었었다. 고지식한 스승은 이 쌍편술을 가르치며 직접 몸으로 체험하게 하니 하루에 수십 대씩 쌍편에 맞아 피투성이가 되었는데 훈련이 끝날 때마다 뒷간에서 얼마나 부모님을 찾으며 울었는가 하는 생각이 들자 눈시울이 붉어질 수밖에 없었다.

'아프긴 아플 거야.'

이런 생각이 들자 쌍편의 고통을 아는 그는 울고 있는 장천을 동정하게 되니 이것이 바로 장천이 울음이 터뜨리면 부수적으로 생기게 되는 여러 가지 효과 중의 하나인 동정마공(同情魔功)이었던 것이다.

아파하고 있는 장천을 보며 그는 쌍두연격을 멈추고 말없이 장천을 바라보고 있었는데 그 순간 차가운 기류가 왼쪽에서 밀려오고 있는 것이 느껴졌다.

"헉!!"

급하게 뒤로 몸을 날린 그는 냉기의 공격에서 몸을 피할 수 있었지만 긴 쌍사혈편은 냉기에 의해 꽁꽁 얼어버리고 마니 쌍편은 휘어진 막대기 꼴이 되어버렸다.

"젠장!"

얼어버린 쌍편으로는 자신의 무공을 사용할 수 없다고 생각한 그는 급히 쌍사혈편을 버리고 품에서 침을 꺼내어 자신에게 음공을 사용한 자를 상대하기 위해 준비하고 있었는데 애석하게도 음공을 사용한 자가 노린 것은 그가 아니었다.

"장천! 뭐 해! 피하라고!!"

"흑흑! 알았어!"

자신을 도와준 사람이 당세문이라는 것을 알아챈 장천은 급히 몸을 날려 도망치기 시작했다. 구랍으로선 음공을 사용한 자를 찾다가 장천이 도망가자 급히 손에 들고 있던 침을 던져 녀석을 막으려고 했지만 애석하게도 당세문은 그 기회를 노리고 있었다.

"소수만동(素手萬凍)!"

자신을 찾고 있던 그가 시선을 돌리자 소수마공 상에 있는 무공을 사용하여 구랍을 공격했고 쌍편술에는 능하기는 했지만 암기술에는 그리 조예가 깊지 않은 그로서는 암기를 던지는 것을 포기하고 몸을 굴려 당세문의 공격을 피할 수밖에 없었다.

"차앗!!"

구랍의 신형이 흐뜨러지는 것을 본 당세문은 볼 것도 없이 그대로 튀어버리니 그로서는 자신의 실력으로 충분히 잡을 수 있었던 두 사람을 놓쳐 버린 꼴이었다.

"젠장, 소주에게 욕먹게 생겼군."

하지만 예상외로 구랍은 그들을 놓쳤음에도 그리 노기를 터뜨리는 기색이 없었는데 아무리 무림의 세계라고 해도 그로서는 어린아이를 자신의 손으로 죽인다는 것이 조금 찜찜했었던 것이다.

보기에는 험악하고 목소리는 괴이할 정도로 과격한 그였지만 사실

남만에서도 아이들을 좋아하는 걸로 유명한 그였던 것이다.

당세문의 도움으로 간신히 당가에서 벗어난 장천은 간신히 녀석들의 포위망에서 벗어나 한숨을 쉬었다.

"휴우~ 그나저나 당세문은 잘 도망쳤으려나?"

자신을 도와준 이가 당세문이라는 것을 아는 장천은 그가 걱정되지 않을 수 없었는데 다행히 얼마 지나지 않아 피로한 모습의 당세문이 그 모습을 드러내었다.

"당 소협!"

"아!"

당세문은 장천이 모습을 드러내자 다행이라는 얼굴을 하며 말했다.

"상처는 괜찮으십니까?"

"예, 당 소협의 도움으로 간신히 치명상은 면한 것 같습니다."

장천의 몸 여기저기에는 쌍두편으로 인해 많은 상처가 나 있었지만 다행히 근골까지는 다치지 않은 것 같았기에 안심할 수 있었다.

"다행이군요."

그럭저럭 임무를 완수한 장천과 당세문이 당가의 인물들이 숨어 있는 동굴에 도착하자 당이는 그럭저럭 임무를 완수한 이들을 칭찬해 주었었다.

"잘했다. 어차피 적의 손에 넘어갈 서적이라면 없애는 편이 차라리 낫다."

당가의 만독당 서고가 불탔다는 소리에도 당이는 그렇게 안타까워하는 표정이 아니었다. 어차피 일반적인 독이야 당가가 다시 정상으로 돌아간다면 십 년 정도로도 모든 독에 대한 서적을 원상 복구시킬 수 있다고 생각한 때문이었다.

가장 문제인 당가의 비전만을 보호한다면 나머지 서적들은 그저 보통의 독이나 암기 서적에 지나지 않다는 것이 그의 생각이었다.

비록 독의 해독 방법을 알아낼 수는 없었지만 당가 비전의 서적을 입수한 당이는 수뇌부들과 함께 독문의 독을 해독할 방법과 함께 그에 대항할 수 있는 독을 제조하는 회의에 들어갔고 장천은 쌍도문의 일행에게 당가에서 있었던 일을 이야기해 주었다.

"도강이라 했는가?"

"예, 분명 제가 봤을 때는 도강이 확실했고 상대 역시 도강이라 판단하고 있었습니다."

"음… 도강이라……."

도강은 도에 절정에 이른 자가 깨달음을 얻어야만 사용할 수 있는 최강의 공격 중 하나였기에 요운이나 구궁으로선 좀처럼 믿을 수 없었다.

쌍도문에서 최강을 달리고 있는 등평이나 장춘삼 역시 초절정의 고수이기는 하지만 도강의 경지에까지는 이르지 못했기 때문이다.

"화룡신도의 힘으로 도기가 조금 강해진 것에 불과한 것이 아닐까?"

"음, 그럴 수도 있겠지만… 내가 보기엔 도강이 분명했는데……."

"아무렴 어때. 우연히 한 번 시전된 것에 불과하잖아. 일단은 천천히 그때의 기분을 생각하면서 몸에 익혀두는 것이 중요한 거다. 도강이든 아니든 말이야."

구궁의 말에 장천은 고개를 끄덕였다. 깨달음은 아니라고 해도 한 번의 경험은 경험하지 않은 것과는 다르기 때문이다.

사천당가에서 얻어온 서적을 토대로 당가의 수뇌부들은 드디어 독문에 대항할 수 있는 독을 만들어낼 수 있었다.

물론 재료와 여러 가지 면이 부족하기는 하지만 확실하게 적의 발을 묶어둘 수 있는 것만으로도 충분하기 때문이다.

"그 독은?"

"자분혼심독(紫粉混心毒)이라고 하지."

"자분혼심독이요?"

"자분혼심독은 분류하자면 절대 극독은 아니네. 마비독의 일종이랄까? 아무튼 이 독을 흡입하게 되면 오감이 둔감하게 되지."

"오감이요?"

장천의 질문에 당이는 고개를 끄덕이며 말했다.

"자네 코를 막고 한번 운기조식을 해보겠나?"

"예?"

영문을 알 수 없었지만 일단 장천은 코를 막고 운기조식을 취해봤는데 그 순간 명치에서 조금 거북한 감이 들었다.

"이상하군요. 조금 거북한 감이 드는데요?"

"그렇지. 인간의 오감은 하나하나가 중요한 역할을 하고 있지. 무인들의 운기조식은 이러한 오감을 안정시키면서 온몸에 기를 일주천시키게 되는데 만약 이러한 오감 중 하나라도 마비된다면 잠시간은 몸의 균형이 흐트러져 내공을 끌어올리는 데 장애가 오게 되지."

"음… 그렇군요."

"물론 이 독을 사용한다고 해도 상대를 당황시킬 수 있는 시간은 많아야 일 다경 정도에 지나지 않지만 무인들의 싸움에서 일 다경만 상대를 당황시킬 수 있다고 해도 충분히 승산이 있다고 할 수 있지."

"음……."

당가에서 준비한 독은 그것뿐이 아니었다. 자분혼심독을 비롯하여 현재에 있는 재료들을 모아 몇 가지 간단한 독을 만들었는데 독의 명가라는 사천당가의 명성에 비해서는 조금 초라한 독이었다.

"독문의 그 미지의 독은 어떻게 하겠습니까?"

"글쎄, 아마 확실하다고는 할 수 없지만 이 시간쯤에는 당가의 지하 감옥에 갇혀 있는 만독당의 정예들이 해독약을 만들었으리라 생각되니 우린 어르신들과 만독당의 정예를 구출해 내기만 하면 당가를 다시 재탈환할 수 있게 되는 거지."

당이의 말에 일행은 모두 고개를 끄덕이고 드디어 남만의 독문에서 중원의 독의 명가인 사천당가를 탈환하는 준비에 들어가기 시작했다.

이 시간 지금까지 어디에서도 보이지 않고 있었던 공동파의 고도리는 당가의 처녀들 사이를 오가며 즐거운 시간을 보내고 있었으니 꽃돌이로서의 사명을 철저히 완수하기 위해 노력하는 그였다.

약 한 시진의 준비로 당이 등은 이제 자신들의 본가를 되찾기 위한 준비를 모두 마칠 수 있었다. 당가 무사들의 숫자는 모두 스물다섯 명, 거기다 쌍도문의 일행까지 합한다면 서른 명의 숫자로 그리 많지는 않았지만 당가 수뇌부의 요인들이니만큼 경공과 함께 용독술과 암기술은 중원 최강이라 해도 과언이 아니었기에 승산은 있다고 생각했다.

한편 사천당가의 가주가 머무는 저택에선 한바탕 큰 소란이 일어나고 있었다.

"그것이 말이나 됩니까?! 대독문의 사대호법 중 한 사람이 그깟 어린애 두 명을 상대하지 못하고 놓치다니 말입니다!"

화려한 비단으로 만들어진 옷에 흰 섭선을 들고 있는 이십 대 초반 정도의 청년이 얼굴을 일그러뜨리며 한 남자를 몰아세우고 있었지만 그의 다그침을 듣는 이는 그리 긴장하는 모습이 아니었다.

오히려 따분하다는 듯이 하품을 한 그는 눈에서 흐르는 눈물을 닦더니 손을 내저으며 말했다.

"생각보다 어려운 꼬마들이었다니까요. 한 놈은 도강을 쏘아대고 한 놈은 음공을 사용하니 어디 정신을 차릴 수가 있어야지 말입니다."

"흥! 그게 말이나 됩니까? 본 문의 문주께서도 못하는 강기를 쏘아대는 꼬마와 사천당가에서 음공을 익힌 자가 있다는 것을 어떻게 믿으라는 겁니까?!"

"거참… 믿기 싫으면 마쇼."

건방지기 그지없는 말을 툭툭 내던진 그는 바로 쌍두편의 구랍이었다.

구랍은 장천과 당세문을 놓치고 이번 사천당가 원정의 지휘관인 소문주에게 꾸지람을 듣고 있었다. 직위상 사대호법의 한 사람으로 소문주보다 낮긴 하지만 사대호법 자체가 독문의 문주만을 보필하는 자리였기에 소문주의 다그침 정도는 그저 한쪽 귀로 흘리고 있었다.

건방지게 자신의 말을 무시하는 구랍을 보며 독문의 소문주는 노기가 끓어오르고 있었지만 자신보다 실력이 한 수 위인 것은 둘째 치고 사대호법을 문주가 얼마나 아끼고 있는지를 알고 있었기에 참을 인 자세 번을 되새기며 노기를 누그러뜨렸다.

"크으윽."

"아무튼 더 이상 일이 없으면 이만 나가보겠습니다."

그렇게 말한 구랍은 대답도 듣지 않고 바로 방을 나가 버리니 노기가 가득 찬 소문주는 괴성을 지르며 발광할 뿐이었다.

"으아아아아!!"

한참을 방 안의 물건을 집어 던지며 화를 내던 소문주는 피가 나도록 주먹을 쥐며 복수를 다짐할 수밖에 없었다.

'으으으… 쌍두편 구랍, 내가 문주에 오르는 날 제일 먼저 네놈의 목을 베고 말리라.'

구랍에게 뜨거운 복수심을 불태우는 인물. 그는 바로 독문의 차기 문주로 내정되어 있는 구독망(九毒蟒) 양견(陽堅)이었다.

중원에 사천당가가 있다면 세외에는 독문이 있었다. 그리고 지금 독문은 사천당가의 수많은 독물을 손에 넣음으로써 이제 천하제일의 독의 명가가 되었다고 해도 과언이 아니었다.

이런 독문을 상대로 당이가 사용한 것은 독. 그것은 어찌 생각하면 조금은 바보 같은 생각이라고 할 수 있었지만 당이가 노린 것은 바로 그것이었다.

독만큼은 어느 누구에게도 지지 않는다는 그들인만큼 회심의 해독약은 모두 지니고 있을 테지만 백일취와 같이 독이 아닌 독이나 대수롭지 않은 독의 해독약은 가지고 있지 않을 것이다.

물론 평생 독을 만지고 산다면 어느 정도 독에 면역을 가지게 되어 저급한 독은 소주에 고춧가루 타서 고뿔 떨구듯이 처리할 수 있을 것이다.

하지만 당이가 수뇌부와 함께 만든 독은 저급한 독이기는 하지만 면역성을 가지고 있다고 해도 빠져나갈 수 있는 그런 독이 아니었다.

중독을 목적으로 하는 것이 아닌 신체의 오감을 일시적으로 둔화시키는 일종의 마취약이나 마찬가지이기 때문이었다.

하지만 이 독의 정체를 알지 못하는 자라면, 그것도 그자가 독에 일가견이 있는 자라면 조금 당황할 수밖에 없을 것이다.

어떠한 해독약으로도 자신의 증세를 처리할 수 없는 독에 걸렸다고 생각할 것이기 때문이다.

"구 호법, 당가의 녀석들이 습격해 왔습니다!!"

내당에 위치한 작은 방. 한 인영이 화급한 얼굴로 뛰어와 방 안에서 혼자 술을 마시고 있는 사람을 보며 소리쳤다.

술을 마시고 있는 사람의 이름은 쌍두편 구랍. 현재 당가를 장악하고 있는 독문의 호법 신분을 가지고 있는 고수였다.

"뭘 그렇게 호들갑이냐? 당가에서 습격해 올 것이라는 것은 예상되었던 일이 아니냐?"

소식을 가져온 부하의 말에 구랍은 아무렇지도 않다는 듯이 술병의 술을 따라 마시며 여유롭게 말을 하고 있었는데 예상은 하고 있었다고 해도 결과는 전혀 아니었기에 구랍의 부하는 진정할 수가 없었다.

"하지만 녀석들의 공격으로 외당에 있던 녀석들이 모두 당했습니다."

"응? 외당이라면 소문주 직속대 녀석들이 아닌가?"

"당가의 녀석들이 정체를 알 수 없는 독을 가지고 와 직속대를 단숨에 밀어붙였다고 합니다."

"음……."

그의 말을 들은 구랍은 천천히 술병을 내려놓으며 근처에 있던 자신의 쌍사혈편을 집어 들고 말했다.

"자, 그럼 우리도 일을 시작해 볼까?"

"예, 혈편당(血鞭堂)의 나머지 녀석들에게 전투 준비를 지시하고 오겠습니다."

"무슨 개소리냐?"

"예?"

구랍의 말에 그는 무슨 뜻인지 알 수 없어 되물었는데 구랍은 자신의 연편을 양쪽 허리에 차여 있는 가죽 주머니에 넣으며 말했다.

"짜식, 작전상 후퇴다!"

"그런……."

"멍청이, 우린 잠시 사천당가를 흔들어놓기만 하면 되는 것이다. 임무는 완수했으니 쓸데없는 피해를 보기보단 이쯤에서 물러나서 대사에 총력을 기울여야지."

"그럼… 소문주는……?"

"냅둬. 녀석이라면 알아서 도망 나올 테니."

"…예."

구랍의 말을 들은 부하는 가볍게 포권을 하고 물러났는데 구랍은 재있다는 듯이 별로 나지도 않은 수염의 턱을 만지작거리더니 중얼거렸다.

"그나저나… 도강의 꼬마를 어떻게 처리한다? 죽이라고 연락은 왔는데… 하기는 싫고… 음……."

구랍이 말하는 것은 바로 장천이었다. 과연 장천을 죽이라고 연락한 이는 누구인가? 한참을 고민하고 있던 구랍은 못내 결정하지 못하고 머리를 만지작거리다가는 천천히 방을 나갔다.

당이의 작전은 완벽하게 돌아갔다. 상대는 자분혼심독에 대하여 정확하게 파악하지 못했기에 크게 낭패한 꼴을 보게 된 것이다.

만약 독의 정체를 알았다면 적은 수의 당가를 상대로 일부만을 상대하게 하고 둔감된 오감이 회복될 때까지 시간을 벌어 능히 당가의 기습대를 상대할 수 있었겠지만 당황한 나머지 극독이라 생각하여 독이 퍼지긴 전에 승부를 내려 했기에 평상시 실력의 반조차 내지 못한 채 독문의 무사들은 당가의 암기에 의해 죽임을 당해야 했다.

"쌍도문의 여러분들은 저와 함께 법당(法堂)으로 향하십시다."

"법당이라면?"

"예, 당가에서 가법을 어긴 자들을 수용하는 곳이지만 예상대로라면 녀석들은 그곳에 당가의 어르신들을 감금했을 겁니다."

당철의 말에 구궁은 고개를 끄덕이고 사제들에게 따라오라는 지시를 했고 일행은 법당을 향해 경공을 사용하여 빠른 속도로 뛰어가기 시작했다.

법당에 도착하자 그곳에는 이십여 명의 독문 무사들이 병장기를 빼어 든 채 지키고 있었는데 그곳을 보자마자 당철은 자분혼심독을 뿌려 녀석들의 오감을 제압했고 이어서 쌍도문의 일행이 빠른 속도로 녀석들을 공격하기 시작했다.

자분혼심독에 대해선 이미 해독제를 복용하고 있었기에 독분을 걱정할 필요가 없는 일행이 보라색의 먼지로 가득한 법당을 종횡무진 누비면서 독문의 무사들을 공격하니 독에 중독되어 제대로 반항도 하지 못하는 무사들은 순식간에 쌍도문 일행의 칼에 쓰러졌다.

법당의 전각 밖에 있던 무사들을 모두 쓰러뜨린 것을 본 당철은 지체하지 않고 전각 안으로 들어가서 당가의 암기술을 사용하여 수십 개의 암기를 뿌렸다.

"끄아악!!"

적이 들어올 것이라 생각하며 대기하고 있던 무사들은 순식간에 뿌려진 당철의 암기에 의해 비명을 지르며 쓰러져 갔고 그것을 보고 있던 장천은 당철의 놀라운 암기술에 놀라지 않을 수 없었다.

"당가가 자랑하는 후지기수 중 하나다. 저 정도는 당연한 거라고."

장천의 놀라는 얼굴에 요운은 미소를 지으며 한마디 쏴주고는 당철을 지나쳐 안으로 쇄도해 들어가며 암기에 당하여 정신없는 자들을 베어 나가니 일행의 재빠른 연환 공격에 대기하고 있던 무사들은 두려움에 도망가기 바쁠 뿐이었다.

무사들을 모두 처리한 일행은 당철의 안내로 법당의 감옥으로 향했다.

다행히 감옥 안에는 독문 무사들의 모습은 보이지 않았고 쇠창살로 만들어진 감옥 안에는 수척해진 사람들의 모습만 보였는데 그들 모두가 몸을 지탱하지 못할 정도로 심하게 앓고 있는지라 당철은 크게 놀라며 달려갔다.

"가주님!"

당철은 그중 쓰러져 있는 한 노인을 보고 놀라 뛰어갔는데 구궁은 그 노인이 현 당가의 가주인 당일이라는 것을 알 수 있었다.

독으로 내공을 제압당한 채 상당히 오랜 시간 동안 감옥에 갇혀 있었던 탓인지 당일의 얼굴은 무척 수척해 보였다. 그 모습에 당철이 안절부절못하자 그것을 보며 요운이 다가와 당일의 입으로 하나의 환단을 넣어주며 말했다.

"만화신단입니다. 원기를 회복하는 데 상당한 효험이 있으니 당 형님께선 어르신께 진기를 불어넣어 주십시오."

"고맙네, 요 아우!"

당철 역시 쌍도문의 비전 신단 중의 하나인 만화신단의 효험을 알고 있었기에 그의 두 손을 잡고 감사의 말을 하곤 재빨리 가주의 등 뒤로 가 진기를 불어넣어 주기 시작했다.

시간이 지나자 만화신단의 효험과 진기로 인해 당일의 파리한 안색이 불그스름한 기운을 띠며 제자리로 돌아오자 일행은 안도의 한숨을 내쉬었다.

한편 당이 일행과 함께 간 고도리는 상당한 적과 상대하고 있었다.

"젠장!"

혼원일기공으로 몸을 보호하여 독기가 몸 안으로 들어오지 못하게 밀어내고는 있었지만 이런 식으로는 자신의 무공 삼 할도 사용할 수 없기 때문에 상대의 공격에서 멀리 떨어질 수밖에 없었다.

이에 반해 당가의 인물들은 어느 정도 독에 대한 면역성이 있었기에 상대의 독을 상대로 치열한 격전을 벌이고 있었다.

"세문아!!"

"예!"

독문에서도 용독술의 대가인 듯 독분을 사방으로 뿌려대니 순식간에 다섯 명 정도의 당가 무사들이 독에 중독되어 바닥으로 쓰러졌다.

그것을 보며 당이는 당세문의 이름을 부르며 허리에 차고 있던 긴 대나무 통을 들었고 나머지 당가의 무사들도 똑같은 방법으로 대나무 통을 들어 상대를 겨누기 시작했다.

"분수(粉水)!"

당이의 명령이 떨어지자 그들은 대나무 통의 손잡이를 앞으로 밀었는데 그 순간 대나무 통의 물이 안개처럼 퍼져 나가 일대를 뒤덮기 시작하자 기다리고 있었다는 듯이 당세문이 소수마공을 사용하여 사방에 냉기를 뿌렸다.

"풍하만빙(風下萬氷)!"

당세문의 소수마공에서 펼쳐진 냉기가 사방으로 뻗어 나가자 당가의 무사들이 대나무 통을 이용해 만든 안개는 급속하게 얼어붙으면서 서리가 되어 땅으로 떨어져 일대에 가득했던 독분은 순식간에 사라졌다.

"만천화우(滿天花雨)!!"

그 순간을 놓치지 않고 앞으로 뛰어간 당이는 당가의 암기 수법 중 최강이라고 하는 만천화우의 수법으로 암기를 뿌리니 수백 개의 암기가 사방으로 뻗어 나가면서 상대를 공격하였다.

"끄악!!"

온몸에 고슴도치처럼 암기가 박힌 그는 비명과 함께 그 자리에 쓰러지고 마니 당가의 무사들을 일곱 명이나 죽인 독문의 고수를 쓰러뜨린 것이다.

"엄청난 용독의 고수였습니다."

"독문 사대독당의 당주급의 인물인 것 같군."

그가 펼친 용독술의 수준을 보며 당이는 상대의 신분을 짐작할 수 있었다. 방금 전의 싸움에서 보인 용독술은 당가의 인물이라고 해도 힘들 정도로 뛰어났기 때문이다.

남만의 독문과 중원의 사천당가는 독에 대한 발전을 계속해 왔지만 독문의 경우에는 용독술에, 사천당가의 경우에는 중원의 분위기상 암기술에 총력을 기울여 왔다.

이러한 분위기는 독을 사도의 수법이라 생각하며 천대하는 중원무림에 순응한 어쩔 수 없는 일이라고는 하지만 이 일로 당가의 독이 남만의 독에 비해 뒤지게 됨으로써 이러한 사태가 일어났으니 당이로선 분통이 터지지 않을 수 없었다.

"소문주! 충독당주가 당가의 무리들에게 당했습니다!"
"충독당주가?"
"예."
독문의 소문주인 구독망 양견으로선 자신이 믿고 있던 충독당주까지 당하자 더 이상의 반격이 무의미하다는 것을 깨달았다.
독문에서 이곳으로 데리고 온 두 명의 고수는 호법인 구랍과 충독당주였는데 구랍의 경우에는 격전에 참가하지 않고 바로 도망가 버렸고 충독당주는 죽었으니 더 이상의 힘은 남아 있지 않았다.
"도대체 구랍 녀석의 속셈을 알 수 없군!"
사천당가는 받은 만큼 돌려주는 것으로 유명한 곳이다. 그것을 감안한다면 이번 사천당가에 대한 독문의 행동은 그들의 노기를 끌어올린 것에 지나지 않았다.
지금 당장은 아니지만 근시일 안에 독문과 사천당가 간의 전면전이 있을 것은 당연한 일인데 문주와 구랍은 너무나 쉽게 당가를 다시 내주었기 때문이다.
"무슨 생각이 있는 것일까?"
양견으로선 문주의 생각을 좀처럼 이해할 수가 없었지만 일단은 몸을 피하는 것이 급선무였기에 앞에 있는 부하를 보며 말했다.
"충독당의 무사들은 얼마나 남았는가?"
"이십여 명 정도로 생각됩니다만……."

"그들로 하여금 적을 상대케 하고 나머지는 모두 본 문으로 후퇴한 다!"

"그럼 충독당은……."

"어차피 당주가 죽었으니 필요없는 녀석들이다!"

"예."

양견의 말에 그가 고개를 끄덕이며 방을 나가자 양견 역시 천천히 자신의 병장기를 챙겨 넣으며 방을 나갔다.

이십여 명의 용독술을 사용하는 독문의 무사들을 마지막으로 사천 당가의 기습대는 드디어 당가장을 완전히 되찾을 수 있었다.

물론 이 가운데 일곱 명이 죽고 다섯 명이 큰 부상을 입기는 했지만 수적으로 열세인 당가의 무사들이 독문을 상대로 승리를 거두었다는 것은 놀라운 일이라 할 수 있었다.

당철과 쌍도문의 일행은 법당에 갇혀 있던 당가의 사람들을 모두 구출할 수는 있었지만 독에 중독된 후 상당한 고초를 겪었는지 많은 이들이 원기를 크게 상실한 상태였다.

정신을 차린 당일은 그날 바로 가주의 자리에서 물러나 당이에게 가주를 물려주니 독문에 대한 분노가 불타오르는 당이는 받은 대로 돌려준다는 당가의 가법에 따라 일 년 안에 당가의 모든 것을 회복한 후 남만의 독문가에 일전을 공표했기에 무림 사상 처음으로 독과 독의 대결전이 벌어질 시점이었다.

이런 어수선한 분위기에 당가를 다시 되찾는 데 큰 공언을 한 장천 일행은 아무 일도 없이 내당의 한 건물에서 시간을 보낼 수밖에 없었다.

"그나저나 내당까지 들어오다니 당가에서도 우리를 인정해 주는

군요."

무진의 말에 요운은 고개를 끄덕이며 말했다.

"당가는 받은 만큼 돌려준다는 법칙을 가장 확실하게 지키는 무림의 일가다. 우리가 독문에서 당가를 되찾는 데 도움을 준 이상 당가에선 절대 앞으로 쌍도문의 부탁을 거절하지 못할 것이다."

"음……."

쌍도문으로선 장천 일행의 도움으로 확실한 우군을 하나 얻은 셈이었다. 그때 일행이 머물고 있는 방문이 열리면서 한 소저가 옷을 단정하게 입고 차를 들고 들어왔는데 그 모습을 본 고도리는 크게 감탄하지 않을 수 없었다.

"오오오!"

고도리의 눈에 보이는 소저는 아직 어리기는 하지만 태도가 단정할 뿐 아니라 이목구비가 뚜렷하여 상당한 미모를 지니고 있었다.

또한 차를 들고 오는 그 손 또한 창백할 정도로 하얗기는 했지만 부드럽게 이어지는 선이 긴 아름다운 손가락인지라 감탄한 것인데 그 여인을 보며 요운은 미소를 지으며 말했다.

"역시 당 소협은 여성이셨군요."

"예."

요운의 말에 사람들은 모두 크게 놀라지 않을 수 없었다.

"뭐야? 그럼 이 소저 분이 당세문 소협이란 말이야?"

"그렇다네."

고도리가 놀라서 소리치는 말에 요운은 고개를 끄덕이며 대답했다.

"와!! 당 소협, 엄청 아름답군요."

장천 역시 확실하게 변신한 당세문을 보며 크게 감탄하지 않을 수 없었는데 괴이하게도 다른 사람들이 말할 때는 아무런 표정의 변화가 없던 당세문은 장천이 아름답다는 말을 하자 순간 얼굴이 붉어지고 말았다.

"응?"

그 모습의 보며 요운은 당세문의 마음을 알 수 있었으니 여기저기 돌아다니며 염문을 뿌리고 다니는 장천에게서 자신의 모습을 발견한 것이다.

'음… 개방제일미 사도혜에 이어 당가의 당세문 소저까지 손길이 미치다니… 조금만 더 지나면 나의 아성을 무너뜨리겠는걸.'

세기의 바람둥이로 한 발자국 내딛는 장천의 모습을 보며 요운은 만족한 미소를 지으며 한탄했다.

'장강의 앞 물결을 뒷물결이 밀어낸다더니… 짜식.'

얼마 지나지 않아 당세문이 일행에게 차를 대접하고 밖으로 나가자 고도리는 들고 있던 부채를 휘저으며 심술을 부리기 시작했다.

"쳇! 왜 좀 될 법한 여자들은 장 아우에게만 관심을 가지는 거지? 나도 장가 좀 가고 싶다고."

"하하하!"

고도리의 말에 구궁은 크게 웃더니 장천의 어깨를 치며 말했다.

"당가의 소저라면 나도 대만족이다. 이 참에 당세문 소저와 성혼의 약조라도 하는 것이 어떻겠느냐?"

"사형……!"

구궁의 말에 장천은 살기가 가득한 눈빛을 내보이니 아직은 때가 아닌가 보다.

이런저런 소동을 마치고 일행은 일 많았던 당가를 떠나게 되었는데 놀랍게도 이번에 가주가 된 당이까지 일행을 배웅하러 나오니 그들이 받은 당가에서의 대우가 얼마나 극진한 것인가를 알게 되었다.

"그럼 이만 가보겠습니다, 당가주님."

"자네들의 일이 성공하기를 바라겠네."

"감사합니다."

"아! 자네들이 이곳에 들렀다는 것은 내 사람을 시켜 쌍도문에 서한을 보냈으니 걱정하지 말도록 하게."

"당가주님의 배려에 감사드립니다."

하지만 구궁은 당이의 그러한 일이 배려가 아닌 포석이라는 것을 알고 있었다.

'장천을 노린다는 건가? 뭐, 당가라면 괜찮은 가문이긴 하지.'

지금까지 장천을 보아왔던 당이로선 쌍도문이란 감숙성의 대문파와 손을 잡는 한편 뛰어난 인물을 자신에게 끌어오기 위한 포석을 던진 것이다.

이런저런 생각을 하며 구궁은 사천당가를 떠나 또다시 길을 나섰다.

당가에서 상당한 시간을 소비한 일행은 아미와 청성파에 들르는 것을 뒤로 미루고 청개를 만나기 위해 성도로 방향을 잡게 되었다.

하지만 일행의 여행은 그리 순탄하지만은 않았다. 예상치도 못한 하나의 장벽이 그들을 막고 나섰기 때문이다.

사천의 험한 산길을 넘고 있을 때 요운은 주변의 움직임이 심상치 않음을 느낄 수 있었다.

[사형.]

[알고 있다. 일각 전부터 산새 소리조차 들리지 않는다. 아무래도 상

당한 수의 매복이 있는 것 같구나.]

사냥꾼 출신인 구궁은 이러한 기운을 금방 알아채고 있었기에 요운의 말에 전음으로 대답하며 자신의 활로 손을 가져갔다.

무진 역시 이러한 기운을 느끼고 장천에게 이야기를 했고 일행은 모두 전투 태세에 들어갈 수밖에 없었는데 그때 바람을 가르는 소리와 함께 하나의 암기가 일행의 가운데로 쇄도해 날아왔다.

"합!!"

이미 기다리고 있던 요운은 도를 뽑아 들어 날아오는 암기를 내쳤는데 그 순간 펑 하는 소리와 함께 뿌연 안개와 같은 것이 덮치기 시작했다.

"젠장! 독이다! 숨을 멈추고 산개해라!"

구궁은 그 안개가 독이라는 것을 간파하고 일행에게 소리치곤 급히 뒤로 물러섰다.

"흥!"

곽무진은 허리에 차고 있던 대나무 통을 빼서 안개를 향해 뿌렸는데 그것은 바로 당가에서 독분에 대항하고자 만든 분무기였다.

공기 중에 떠 있는 물의 입자가 독의 가루를 적시면서 먼지를 가라앉게 하는 효과를 보이는 분무기로 일행을 덮친 독 가루는 거의 대부분 바로 가라앉았다.

"잘했다, 무진. 모두 독에 중독되었는지 살펴보고 해독단을 먹이도록 해라."

"예."

구궁의 일산분란한 지시에 의하여 일행은 갑작스럽게 닥친 독의 공격을 아무런 피해 없이 빠져나갈 수 있었는데 문제는 자신들을 공격한 상대가 모습을 드러내지 않고 있다는 것이었다.

"도대체 누구지?"

독과 암기를 사용했지만 절대 사천당가는 아니었다. 자신들의 은인을 공격할 만큼 비열한 곳은 아니었다.

그렇다면 남은 것은 독문뿐이기에 구궁은 긴장하고 있었다.

물론 독과 암기를 사용하는 것은 사천당가와 독문밖에 없는 것은 아니지만 당가의 영역에서 독을 사용할 수 있는 배짱을 가진 문파는 독문뿐이기 때문이었다.

'쳇! 독문의 복수인가? 쪼잔하기는…….'

쪼잔한 독문을 욕하던 구궁은 일행에게 전음을 보내며 지시했다.

[아무래도 독문인 듯하니 뭉쳐 있는 것은 위험하다. 고 소협과 요 사제는 흩어져서 숲 속에 잠복해 있는 녀석들을 처리하고 무진 사질은 장 사제를 보호하여 먼저 성도에서 기다리도록 해라.]

[예.]

구궁은 무공이 낮은 장천과 곽무진을 피하게 한 후 자신들만으로 녀석들을 처리하기 위해서 작전을 짰다.

잠시 후 구궁의 수신호와 함께 일행은 산개하여 각자의 방향으로 몸을 날리니 무진과 장천은 최대한의 경공을 사용하여 성도의 방향으로 도망가기 시작했다.

하지만 그것이 바로 독문의 무사들이 노리는 바였으니 애초부터 그들이 노리고 있는 것은 일행 전부가 아닌 바로 장천 한 사람이었던 것이다.

"구 호법, 녀석들이 호법께서 예상하신대로 흩어졌습니다."

"크크크… 내가 알아서 처리할 테니 너희들은 쌍도문의 다른 녀석들이나 막고 있도록 해라. 꼬마를 처리할 때 방해받고 싶지 않으니까."

"예."

구 호법, 그는 바로 독문 쌍사혈편의 구랍이었다.

구랍의 지시를 받은 부하들이 대답과 함께 재빠르게 사라지자 그는 정체를 알 수 없는 독문의 조력자에게 받은 지시대로 장천이란 꼬마를 처리하기 위해 몸을 날렸다.

한편 장천과 함께 성도로 경공술을 사용하여 달아나는 무진은 이상한 기분이 들었다. 아까부터 무엇인가가 자신들을 쫓고 있다는 기분이 들었지만 좀처럼 그 기운이 겉으로 드러나고 있지 않기 때문이다.

슈슈슉!!

아나나 다를까, 그런 기분이 더욱 짙어졌을 때 공기를 가르는 소리와 함께 무엇인가가 두 사람을 향해 날아오니 무진은 급히 쌍도를 뽑아 들고 공격해 오는 물체를 쳐내려고 했는데 놀랍게도 쌍도의 궤도를 비껴간 물체는 무진의 어깨에 상처를 내고는 바로 사라져 버렸다.

"연편!!"

자신들을 향해 날아온 것이 연편이라는 것을 깨달은 무진은 장천과 함께 주위를 돌아보며 경계하기 시작했는데 그때 숲 속에서 하나의 인영이 섬뜩한 웃음을 흘리며 나타났다.

"크크크크… 꼬마야, 또 만나게 되었구나."

"으악!!"

장천은 그 목소리를 듣고는 크게 놀라지 않을 수 없었는데 사천당가의 만독당 서고를 불태울 때 만났던 쌍편의 고수와 목소리가 같았기 때문이다.

아나나 다를까, 장천의 앞에 모습을 드러내는 이는 바로 구랍이었으니 그의 실력을 알고 있는 장천은 크게 긴장하지 않을 수 없었다.

그때는 당세문의 기습으로 간신히 녀석의 손아귀에서 벗어나기는 했지만 이번에는 자신을 구해줄 사람은 무진밖에 없기 때문이었다.

[천아, 내가 녀석을 막을 테니 넌 일단 몸을 피하도록 해라.]

[말도 안 돼! 저자는 엄청난 고수란 말이야!]

곽무진의 말에 장천은 말도 안 된다는 듯이 소리쳤지만 무진으로선 자신의 목숨보다 문파의 소주를 구하는 것이 더 중요하다고 생각했기 때문에 기다리지 않고 쌍도를 휘두르며 구랍을 향해 쇄도해 들어갔다.

"차압!!"

스승인 광무자 유운에게 체계적인 지도를 받아 삼대제자 중 최고의 실력을 가지게 된 무진의 쌍도술은 장천과 비교할 바가 아니었다.

놀기 좋아하는 장천에 비해 예리하고 정교한 초식을 자랑하는 무진은 빠른 속도로 도를 날리며 녀석을 압박해 들어가기 시작하니 구랍은 예상보다 강한 상대의 실력에 놀라지 않을 수 없었다.

"호오!"

하지만 그렇다고 해서 무진이 그보다 강하다는 것은 아니었다. 독에 대한 지식이 없다 뿐이지 독문 호법의 직위를 맡을 만큼 그의 쌍편술은 뛰어났다.

처음에는 다소 밀리는 듯했던 구랍은 이내 승기를 되찾고 빠른 속도로 연편을 휘두르며 무진을 공격해 나가니 장천이 상대했을 때와 같이 무진의 온몸에는 연편에 의한 상처가 하나둘씩 늘어가기 시작했다.

"피하라고, 이 자식아!!"

자신이 싸우는 것을 보며 도망가지 못하는 장천을 보며 무진은 크게 소리치며 자신이 가진 최강의 무공을 사용하여 녀석을 반격해 갔다.

"쌍두귀면도법(雙頭鬼面刀法) 제구식 파혼출귀(破魂出鬼)!"

쌍도문의 무공 중 가장 사도에 가깝다고 알려져 있는 쌍두귀면도법을 펼친 곽무진은 자신이 사용할 수 있는 최고의 초식인 파혼출귀 초식으로 구랍을 공격해 들어갔다.

마치 귀기가 가득한 도를 휘두르는 듯한 그의 공격을 받자 구랍은 조금 신형이 흔들리게 되었고 그 순간을 놓치지 않고 곽무진은 구랍의 목에 도를 휘둘렀지만 애석하게도 그것은 함정이었다.

"죽어라! 애송이!"

"끄악!!"

순간 그의 오른손에 들려 있던 연편이 마치 살아 있는 듯한 모습으로 뒤쪽에서 뻗어오더니 곽무진의 오른쪽 어깨를 꿰뚫었고 그 충격에 앞으로 자빠져 버린 무진은 고통스러운 신음을 지르며 도를 놓치고 말았다.

"무진 형!"

놀란 장천은 무진을 도와주기 위해 몸을 날렸는데 그 순간 무진을 공격했던 것과 똑같은 연편술로 채찍이 장천을 향해 뻗어왔다.

"끄아악!!"

그것을 본 장천은 놀라 눈을 감고 말았는데 한참을 지나도 자신에게 공격이 들어오지 않자 천천히 눈을 떴다.

"헉!!"

그 순간 장천은 도저히 믿어지지 않는 모습을 보게 되었으니, 자신을 향해 날아오는 채찍을 무진이 몸으로 막아서고 있었다.

"크… 끄루룩… 도… 도망가……."

구랍의 왼쪽 연편은 무진의 목을 꿰뚫고 나와 있었기에 장천은 너무 놀라 아무 말도 할 수가 없었다.

"질긴 녀석!!"

구랍은 무진이 자신의 일격을 몸으로 받아내자 신경질을 내며 연편을 뽑으려고 했는데 놀랍게도 몸에 박힌 연편은 빠지질 않았다.

"저 녀석이!!"

자신의 몸을 꿰뚫고 나온 연편을 무진이 죽을힘을 다해 잡고 있어 연편은 그의 몸에서 빠져나오지 못하고 있었던 것이다.

"도… 꾸… 꾹… 도… 망… 가……."

"으아앙!!"

피를 토하는 듯한 무진의 말을 들은 장천은 겁에 질려 눈물을 흘리며 도망가니 아직 어린 장천이었던 것이다.

한편 장천이 도망가는 모습을 보면서도 구랍은 움직이지 않고 있었는데 자신의 목숨을 바쳐 소주를 보호하려 하는 무진의 행동에 크게 놀라지 않을 수 없었기 때문이다.

"뭐지? 뭐지……?"

무엇인가가 그의 가슴에 솟구쳐 오르고 있었다. 자신 역시 한때는 눈앞에 있던 청년과 같은 마음을 가지고 있었다는 생각에 도저히 장천을 쫓아갈 생각을 하지 못했다.

"끄… 끅……."

천천히 무진의 손이 풀리자 구랍이 가볍게 내공을 더해 연편을 뽑아내자 무진의 몸은 땅으로 쓰러져 더 이상 움직이지 않았다.

"쳇! 쫓고 싶은 마음도 없어졌군."

한참을 무진의 시체를 바라보던 구랍이 뒤로 돌아 물러가니 장천은 무진의 목숨을 건 도움으로 목숨을 구할 수 있게 되었다.

제10장
다시 도(刀)를 배우다

무진의 도움으로 간신히 구랍의 손에서 벗어난 장천은 두려움에 숲의 바위틈에 숨어서 떨고 있었다.

지금까지 사람이 죽은 것을 본 적이 없는 것은 아니었지만 자신과 친한 사람이 죽는 것을 보자 공포감이 밀려온 것이다.

그리고 그와 함께 장천에게 몰려온 것은 좌절감이었다.

쌍도문에서 다른 이들의 사랑을 받으며 빠른 무공 진전에 칭찬을 받아왔던 장천은 강호에 나가도 무서울 것이 없다고 생각했는데 도저히 상대할 수 없는 적을 만나 친하게 지내던 무진까지 죽자 감추어져 있던 두려움과 함께 좌절감이 터져 나왔다.

"흑흑흑… 엄마… 아빠……."

바위틈에서 무릎 사이로 얼굴을 파묻고 있는 장천의 눈에선 눈물이 흘러내렸다.

지금 그에겐 좁은 바위틈을 빠져나갈 용기도, 무진의 시체를 볼 수 있는 용기도 없었다.

그렇게 시간은 점점 지나가고 은빛을 뿜는 보름달 사이로 밤새의 울음소리가 들릴 무렵 장천은 숨어 있던 바위틈에서 떨리는 몸을 가누며 천천히 일어섰다.

깊은 산속에 있는 장천에게 추위가 몰려오고 있었기 때문이다.

근처에 있는 풀들을 모아 불을 붙인 장천은 사시나무 떨듯이 떨며 피워놓은 모닥불 곁에서 두리번거리며 두려워했다.

언제 무진을 죽인 자가 또다시 나타날지 모르는 공포감이 도저히 장천을 가만히 내버려 두지 않고 있었다. 산을 울리는 늑대의 울음소리가 들릴 때마다 장천은 심하게 요동 치는 심장을 가누지 못하고 있었다.

그렇게 공포가 가득한 밤이 지나 아침이 됐을 때 장천은 천천히 눈을 뜰 수 있었다. 공포감과 피로감에 지쳐 있던 그는 자신도 모르게 잠이 들었던 것이다.

서서히 배고픔이 밀려오기 시작한 장천은 이리저리 돌아다니며 먹을 수 있는 것을 찾아 돌아다녔지만 경험이 없는 그에겐 산속에서 혼자 살아갈 수 있는 능력이 없었다.

군데군데 자라나고 있는 버섯을 자신도 모르게 뜯어 입에 넣으려고 했지만 그것이 독버섯이 아닐까 하는 생각에 선뜻 입에 넣지 못하고 있던 장천은 입술을 깨물며 버섯을 땅에 던져 버렸다.

공포감과 좌절감 속에서도 장천은 죽고 싶지 않았다.

그렇게 시간을 보내고 있을 무렵 한쪽에서 사람의 인기척이 들려와 장천은 두려움에 급히 나무 뒤로 몸을 숨겼다.

자신을 쫓아온 자가 아닐까 하는 생각에 떨리는 몸을 가눌 수가 없었지만 천천히 고개를 들어 인기척이 들리는 곳으로 고개를 내밀었다.

장천의 눈에 보이는 이는 다행히 무진을 죽인 자가 아닌 약초를 캐는 늙은 약초꾼으로 이마에 있는 주름살과 행색이 백 살도 넘어 보이는 늙은이였다. 어깨에 메고 있는 약초 바구니에는 숲에서 자라는 약초가 들어 있었고 노인을 보며 장천은 그의 주머니에 먹을 것이 들어 있지 않을까라는 생각을 했다.

자신도 모르게 침이 넘어간 장천은 허리에 차고 있던 도를 들고 천천히 노인 앞으로 걸음을 옮겼다.

사람이 걸어오는 소리에 약초꾼은 아무런 표정 없이 고개를 들었다. 열 살도 되지 않아 보이는 어린아이가 도를 들고 걸어오는 것을 볼 수 있었다.

"숨어 있었던 녀석이 너였더냐?"

"…바구니를… 내려놓고 가요!"

"쯧쯧쯧."

장천의 말에 혀를 차며 노인은 자리에서 일어나서는 안타까운 듯이 장천을 보더니 품에서 무엇인가를 꺼내어 장천의 앞에 던져 주었다.

"뭐, 뭐 하는 거지?"

"가지고 가거라."

노인의 말에 장천은 천천히 발을 놀려 노인이 던져 준 물건을 보았는데 그곳에는 떡과 음식이 무명천에 감싸여 있었다.

"아!"

자신도 모르게 칼을 놓친 장천은 그 자리에 주저앉아 음식을 먹기 시작했으니 상당히 굶주려 있었다는 것을 그대로 보여주고 있었다. 한참을 노인이 건네준 음식을 허겁지겁 먹던 장천은 그제야 자신의 행동이 조금 부끄러웠는지 칼을 들고 자리에서 일어나서는 노인을 향해 소리쳤다.

"내, 내가 거진 줄 알아?!"

장천의 말에 노인은 약초를 캐던 것을 멈추고 잠시 장천을 훑어보더니 말했다.

"거지는 아닌 것 같은데 지금은 거지보다 더 못한 졸장부의 행색이로구나."

"뭐야?"

노인의 말에 장천은 노기를 터뜨리며 도를 들고 노인을 향해 덤벼들었는데 놀랍게도 노인은 들고 있던 지팡이를 들어서 가볍게 휘둘러 달려오던 장천의 정강이를 후려갈겼다.

"끄으윽……."

정강이를 강타당한 장천은 앞으로 고꾸라지고 말았지만 이내 정신을 가다듬고 자리에서 일어나 자세를 바로잡았다.

방금 전과는 다르게 어느 정도 자세가 잡혀 있는 모습이었다.

"칫!!"

정체를 알 수 없는 노인네에게 허를 찔린 장천은 긴장하지 않을 수 없었다.

그는 내공을 돋우어 청풍도법의 공격 초식을 사용하기 위한 자세를 취했는데 그 모습을 보고 있던 노인이 미소를 지으며 말했다.

"어찌 도를 다루는 자가 도에 끌린단 말이냐?"

그 한마디와 함께 노인은 손에 들고 있던 대나무 지팡이를 장천을 향해 겨누니 장천은 그 순간 숨이 막히는 듯한 충격과 함께 뒤로 나자빠지고 말았다.

"뭐지?"

공격이 아니었다.

노인의 대나무 지팡이에는 어떠한 검기나 검풍도 없었다.

하지만 그 무엇인가에 밀려 버린 장천은 몸을 지탱할 수가 없었다. 마치 귀신한테라도 홀린 것 같은 기분을 느낀 장천은 그 순간 당가에서 구랍에게 당한 상처가 쑤셔오기 시작했다.

'난… 졌다……'

처음에는 백 살도 넘었음 직한 노인을 보며 우습게 여겼지만 자신은 그 우습게 보인 노인에게 단 한 수도 제대로 써보지 못하고 패배를 당하고 나니 저절로 눈물이 흘러나왔다.

"흑흑흑……."

"쯧쯧쯧……."

울고 있는 장천을 본 노인은 혀를 차며 들고 있던 지팡이를 짚고 천천히 뒤로 돌아 사라지니 어두운 밤 장천 혼자 남게 되었다.

장춘삼의 양자가 된 이후로 이렇게 아무도 돌봐주는 사람 없이 혼자 남은 일은 없었다.

언제나 자신을 돌보아주는 사형과 사질들에게 둘러싸여 있었다.

"흑흑… 무진 형, 미안해……."

구랍의 공격에서 자신을 보호하기 위해 쌍편에 목을 관통당하여 죽은 곽무진을 생각하며 장천은 눈물을 흘릴 수밖에 없었다.

친형과 같이 자신을 돌보아주던 그의 죽음은 이제 노인에게 당한 패배로 기가 꺾어진 장천의 마음을 무너지게 했다.

혼자가 된 장천은 달빛조차 거부당한 채 숲길의 한 켠에서 서러움의 눈물을 흘리며 자신을 뒤돌아보고 있는데 그때 한 사람이 천천히 그의 앞으로 다가왔다.

"쯧쯧……."

장천에게 패배를 안겨준 노인이었다.

"따라오거라."

그 한마디만을 내뱉고 노인은 뒤돌아섰지만 장천은 아무 말 없이 자리에서 일어나서 천천히 노인을 따라나섰다.

"죽어본 느낌이 어떻더냐?"

어두운 밤길을 걸어가면서 노인은 한참 만에 장천을 향해 뜬금없는 질문을 날렸다. 죽어본 느낌이 어떨까?

장천은 노인의 질문에 한참을 생각하고 있는데 그때 지팡이가 날아오더니 장천의 머리를 강타했다.

"끅!"

"죽은 놈이 생각은 무슨 생각이냐?"

"죽긴 누가 죽어요?!"

얻어맞았다는 데 열이 난 장천이 지금까지 생각하고 있던 모든 것을 잊어버리고 노인을 향해 소리를 지르자 그 말을 들은 노인은 웃으며 말했다.

"끌끌끌… 아직 죽지는 않았나 보구나."

"……."

뭐라고 할 말도 생각나게 하지 않는 노인이었다.

천천히 노인의 뒤를 따라가니 한 시진 만에 산속에 어설프게 지어진 한 오두막이 보였는데 그곳에는 누군가 살고 있는 듯 불이 켜져 있었다.

아무 생각 없이 노인을 따라온 장천은 오두막으로 들어서는 그를 따라 천천히 안으로 들어갔는데 그 순간 크게 놀라지 않을 수 없었다.

"무진 형!!"

놀랍게도 그곳에는 구랍의 쌍편에 목이 관통되어 죽었다고 생각한 곽무진이 목에 무명 천을 감고 죽은 듯이 누워 있었다.

"웅? 네놈의 형이었더냐?"

"예."

"쯧쯧, 형이나 동생이나 다 같이 죽고 싶어 난리를 치는 족속이니 그 집안도 알 만하구나."

"……."

노인은 천천히 들고 있던 바구니를 내리더니 약초를 꺼내어 빻기 시작했다. 장천은 그 약초가 무진에게 쓰여질 것임을 알고 있었기에 상처를 치료하는 데 아무런 장애가 없도록 조용히 입을 다물었다.

한참이 지난 후 약초를 모두 빻은 노인은 천천히 무진의 곁으로 가서 무명 천을 벗겨내고 목에 있는 상처에 약초를 바르더니 다시 깨끗한 천으로 그의 목을 감아주었다.

한참을 그 모습을 보고 있던 장천은 더 이상 참지 못하고 노인을 보며 물었다.

"할아버지, 무진 형이 살 수 있을까요?"

"글쎄다. 다행히 상대의 무공이 높았던지 깨끗이 구멍이 뚫렸더구나. 숨구멍이 막혀 죽는 것은 면했으나 피를 너무 많이 흘려서 죽을지 살지는 모르겠구나."

그때 갑자기 무진이 무엇인가가 목에 걸린 듯 고통스러운 표정을 짓자 노인이 가볍게 그를 들어 올려서 손으로 가볍게 등을 치자 무진의 입에서 시뻘건 핏덩어리가 튀어나왔다.

상세가 괜찮아진 것 같자 노인은 천천히 무진을 자리에 눕히고 자리에서 일어나며 말했다.

"잠시 앉아 있거라, 내 먹을 것을 조금 가져올 테니."

"예."

장천으로선 심하게 부상당한 무진의 곁을 떠날 수가 없었기에 고개를 끄덕이며 대답하고는 무진의 곁으로 갔고 노인은 천천히 걸음을 옮겨 방을 나갔다.

"부처님, 제발 무진 형을 살려주세요."

장천으로선 치료를 해줄 수도 없었기에 자신이 할 수 있는 최선의 방법을 행하기 시작했다. 지금 이 순간 부처님에게 기도하는 것 외에 어린 장천이 무엇을 할 수 있겠는가.

한참을 그렇게 장천이 빌고 있는데 노인이 천천히 상을 들여오더니 기도하고 있는 장천의 머리를 지팡이로 한 대 치며 말했다.

"멍청한 짓 하지 말고 밥이나 먹어라."

"칫."

자신의 정성을 무시하는 노인을 욕하며 장천은 자신도 모르게 음식에 손이 가 마구 먹기 시작하니 배가 고프긴 배가 고팠던 모양이었다.

한참을 아귀처럼 먹던 장천은 배가 차자 포만감을 느끼며 방의 한구석으로 굴러가기 시작했는데 그때 약초를 캐는 노인이 무엇인가를 곰곰이 생각하는 듯 가부좌를 틀고 앉아 있는 것을 볼 수 있었다.

"…운기조식……."

노인이 행하고 있는 것은 바로 운기조식이었다.

머리 위로 떠오르는 다섯 개의 고리를 보며 오기조원의 경지에 오른 사람이라는 것을 알 수 있었으니 장천으로선 자신이 그런 사람에게 덤볐다는 것이 부끄럽게 생각되었다.

하지만 그런 경지에까지 이른 사람이 이런 산속의 오두막에 살고 있는 것이 크게 이상하여 은거 고수가 아닐까 하는 생각에 한참을 그렇게 노인의 얼굴을 보고 있는 장천이었다.

한 시진 정도 후 노인은 천천히 내식을 가다듬어 가며 운기조식을 마치고는 눈을 떴는데 정면에 꼬마 녀석이 똘망똘망한 눈망울로 자신을 쳐다보고 있자 당황하지 않을 수 없었다.

"뭐냐, 이 녀석아?"

"오기조원의 경지시네요."

"그런데?"

"엄청 강하시겠네요."

"그래서?"

"저 좀 가르쳐 줘요."

"뭘?"

"무공이요."

"……?"

뻔뻔한 장천이었다.

형도 구해주고 먹을 것도 줬는데 이제 무공마저 가르쳐 달라니. 한참을 그렇게 장천과 눈싸움을 하고 있는 노인이었지만 좀처럼 녀석이 질 생각을 하지 않자 옆에 있던 지팡이를 들어서 머리통을 한번 후리더니 고개를 돌리면서 말했다.

"싫다, 이놈아!"

"끅… 왜요?"

"너 같은 놈 가르쳐 줄 만큼 무공도 높지 않을뿐더러 재수없는 너의 낯짝을 보니 그런 마음조차 생기지 않는구나."

"음……."

노인의 말에 장천이 자리에서 일어나더니 천천히 도를 뽑아 들자 그 모습에 노인은 당황하지 않을 수 없었다.

'이놈이 무슨 생각을 하는 거지?'

옛날에 달마나 혜조가 제자로 삼아달라고 할 때 거절하는 핑계로 눈을 뻘겋게 만들어달라고 했다가 자신의 팔을 자른 고사도 있는지라 이놈이 얼굴이라도 칼로 그을려고 그러나 하며 보고 있는데 역시나 장천은 그럴 생각은 꿈에도 하지 않고 있었다.

잘 닦여진 칼의 옆면으로 자신의 얼굴을 비춰보며 고개를 갸우뚱거린 장천은 모르겠다는 얼굴로 중얼거렸다.

"내가 그렇게 재수없게 생겼나?"

"……."

재수없는 녀석이었다. 노인은 더 이상 상대할 건덕지도 없다고 생각하며 자리에서 일어나려고 하는데 그때 장천이 자신의 얼굴에 칼끝을 대며 그으려고 하자 크게 놀라지 않을 수 없었다.

"이놈아, 무슨 짓이냐?"

"제가 좀 잘생겨서 사부님께서 거부감이 드시는 것 같아 흉터나 하나 만들어서 인상 더럽게 만들면 괜찮을까 해서요."

"당치도 않은 소리, 아서라!"

"칫."

노인의 말에 다시 도를 집어넣은 장천은 할 일도 없었기에 자리에 털퍼덕 주저앉더니 이번에는 대성통곡을 하기 시작했다.

"꺼이꺼이… 끅끅."

"이놈이?"

정말 황당한 성격의 아이를 보며 노인은 뭐라고 할 말이 없었다. 강호를 돌아다니며 별 놈의 녀석을 다 만나보았지만 눈앞에 있는 꼬마 녀석처럼 성격이 괴이한 놈은 처음 보았다.

멀쩡한 사문이 있음에도 무공을 가르쳐 달라지 않나, 재수없는 낯짝이라니 인상 더럽게 보이려고 칼로 그어버릴 생각을 하고, 이제는 대성통곡하며 자신의 귀를 시끄럽게 하고 있었기 때문이다.

"뭐 이딴 녀석이 다 있누!"

이젠 상대하기도 귀찮아진 노인이 장천의 뒷덜미를 잡고 방문으로 끌고 가서는 내차 버리자 통곡하던 장천은 오두막 바닥에 나둥그라지고 말았다.

"아구구!"

"재수없는 녀석, 거기서 머리나 식히고 앉아 있어라."

"추운데요?"

"……."

상대할 건덕지도 없었다. 저런 녀석을 괜히 끌고 왔다고 생각하며 노인은 상을 치우고 돌아와서는 무진의 상세를 훑어보기 시작했다.

목구멍에 막힌 피를 뱉어내게 했는지라 이제는 숨소리도 조용해진 무진이었기에 한 달 정도만 있으면 충분히 쾌차하리라는 것을 알 수 있었는데 볼 때마다 군침이 당기지 않을 수 없었다.

"이런 녀석이 내 제자라면 좋겠는데 말이야."

방금 전에 내친 녀석보다 근골이 떨어지기는 하지만 몸의 구석구석을 살펴보니 상당한 수련을 한 흔적이 있고 내공 또한 꾸준히 익히고 있는 노력과 무인이라는 것을 알 수 있었다.

무공을 익힘에 있어 근골이 중요하기는 하지만 그보다 더 중요한 것이 바로 기초 수련으로 아무리 근골이 좋다고 해도 내찼던 꼬마처럼 기초 수련을 터부시한다면 고수로 성장하는 것은 상당히 어렵다는 것을 알고 있는 노인이었기에 무진이 일어난다면 자신의 제자가 되지 않겠느냐고 꼬셔볼 생각이었다.

한편 제자로 삼아달라고 별 수작을 다 떨다가 쫓겨난 장천은 한참을 고민하고 있었다. 독문의 고수를 상대로 한 자신의 추태는 무공이 약해서 일어났던 일이라고 생각했기에 자신을 지팡이 하나로 물리친 노인의 무공이 상당히 부러웠던 것이다.

"어떻게 하면 가르쳐 줄려나……."

노인에게서 무공 배울 방법을 고심하고 있던 장천은 그때 쌍도문의 등평이 했던 말이 생각났다.

그 당시 등평은 쌍도문의 무공을 익히는 장천이 여러 가지 도법을 다양하게 익히는 것을 보고 이런 말을 한 적이 있었다.

"조카."
"예, 백부."
"하나만 하게."
"예."

역시 하나만 해야 한다. 하지만 장천은 왜 지금 그때 생각이 나는지 이해할 수가 없었지만 일단 넘어가기로 하고 다시 고심하지 않을 수 없었다.

한참을 고심하다 보니 날씨도 조금 서늘해지는 것 같았기에 장천은 천천히 오두막 안으로 잠입해 들어가기 시작했는데 문을 열고 안을 들여다보자 무진을 멍한 눈으로 쳐다보고 있는 노인을 볼 수 있었다.

남정네를 보고 있는 노인의 눈에서 아른거리는 탐욕의 눈동자…….

"안 돼요! 대장부가 어찌 그런 짓을 할 수 있단 말입니까?"

놀란 장천은 방 안으로 뛰어들어 와서는 노인에게 손가락질하며 소리를 질렀다. 무진을 악의 소용돌이에서 구하겠다는 젊은 소년의 뜨거운 외침이었던 것이다.

"휴~ 도대체 무슨 생각을 하는 놈이냐, 네 녀석은?"

"……."

한숨 쉬고 있는 노인을 보며 아무 말 없이 터벅터벅 걸어가 자리에 앉은 장천은 무진을 지키기 위해 쌍도를 꺼내놓고는 뚫어지게 노인을 노려보기 시작했다.

약초꾼 노인으로선 저 녀석이 또 무슨 짓을 저지르려고 하나 고민됐지만 자꾸 저런 녀석한테 신경 쓰다간 일찍 죽는다는 생각에 아예 신경 쓰지 않기로 결심하고는 잠을 청하기로 했다.

무진을 침상에 눕혀놓고 있는지라 임시로 만들어놓은 침상에 자리를 깐 노인은 지풍으로 불을 끄고 자리에 누웠다.

부상당한 녀석을 치료하기 위해 약초를 캐느라 상당히 피로한지라 잠이 금방 찾아왔는데 애석하게도 깊은 잠에 빠지려고 할 때마다 간간이 자신의 등골을 서늘하게 하는 기운이 느껴지고 있었다.

"저 녀석이……."

주먹을 쥐며 부르르 떨고 있는 장천이었다.

무진의 정조를 지키기 위해 불철주야 경계를 서고 있는 장천의 눈빛은 무공의 고수인 노인에게는 상당히 자극을 주고 있었던 것이다.

무공이 극에 다르면 눈을 감아도 주위의 기운을 알 수 있는데 그런 와중에 장천이 눈을 크게 뜨고 자신을 노려보고 있으니 어찌 잠이 올 수 있겠는가?

절대로, 아주 절대로 잠을 잘 수가 없는 노인은 천천히 자리에서 일어나 다시 장천의 뒷덜미를 잡으려고 했는데 그 순간 장천은 쌍도를 뽑아 들고 노인을 보며 당차게 소리 질렀다.

"날 밖으로 쫓아버리고 무진 형의 정조를 노리려 하다니, 용서할 수 없다!"

"……."

할 말이 없는 노인이었다.

다음날 뜬눈으로 날밤을 새운 두 사람은 퉁퉁 부어버린 눈으로 서로를 노려보고 있으니 언제 이 싸움이 끝날지 알 수 없는 상황이었다.

약초꾼 노인으로선 손가락 하나로도 녀석을 처리할 수 있었지만 열 살도 안 된 꼬마를 처리한다는 것이 그의 자존심상 절대 허락될 수 없는 일인지라 이러지도 저러지도 못하고 있었다.

"휴… 알았다. 네 녀석에게 무공을 가르쳐 주면 되겠느냐?"

"정말이요?"

"나 기문숙(奇文肅)은 단 한 번도 허언을 한 적이 없다."

"음… 그렇군요."

못 믿겠다는 장천의 말투에 기문숙은 성질이 나지 않을 수 없었지만 참기로 하고 장천을 보며 말했다.

"일단은 나에게 무공을 배우게 되었으니 구배지례를 하도록 하여라."

"예, 사부."

사제의 관계를 맺기 위해 장천은 기문숙의 앞에 서서 절을 하기 시작했는데 한참을 절을 하다 문득 기문숙이란 이름을 어디서 들어봤다는 생각이 들었다.

'어디서 들었더라⋯⋯? 음⋯⋯.'

이런저런 생각에 자신도 모르게 계속 절을 하고 있는 장천이었으니 스무 번이 넘는 절을 꼬박 다 받고 있던 기문숙으로선 짜증이 날 수밖에 없었다.

'도대체⋯ 이 녀석의 사문은 어디기에⋯ 이렇게 멍청하단 말인가? 크으윽!'

"정신 좀 차리고 살아라, 이 녀석아!"

서른 번의 절이 넘어갔을 무렵 더 이상 참지 못한 기문숙이 지팡이로 녀석의 머리를 후려갈겼는데 그 순간 그 이름을 어디서 들었는지 생각난 장천은 '앗' 하는 소리와 함께 자리에서 일어나더니 겁도 없이 사부에게 삿대질을 하며 소리쳤다.

"팔절풍도(八絶風刀) 기문숙!!"

"응?"

놀랍게도 한 대 쥐어박은 제자의 입에서 자신의 과거 명호가 터져 나오자 기문숙은 크게 놀라지 않을 수 없었다.

그가 강호를 떠나 은거한 것은 오십 년도 더 전이었기에 얼굴은 물론 명호를 알고 있는 이조차 전무하다 생각했기 때문이다.

"네 녀석이 나를 어떻게 알고 있느냐?"

"헉! 정말 태사숙조이신 팔절풍도 기문숙님이신가요?"

"태사숙조?"

"쌍도문의 장천, 태사숙조님께 인사드립니다."

"헉!"

그 순간 기문숙은 자신도 모르게 뒤로 오 장이나 물러서고 말았으니 물론 방이 그렇게 넓지는 않았지만 어쨌든 놀랍게도 주워온 녀석들이 자신이 버리다시피 한 사문인 쌍도문의 제자라는 것에 놀라움을 감출 수 없었다.

"대체… 너의 태사조는 누구냐?"

"예, 태사조님은 태사숙조님의 사형이신 우인 도문성이라 합니다."

"헉… 사… 사형……!"

'바보 사형이 문주 직을 이어받은 후 더 이상 쌍도문은 존재하지 않을 것이라고 생각했는데… 이런 일이…….'

장천과 그의 형이라고 하는 무진이란 아이를 보면 체계적인 무공을 수련했다는 것을 알 수 있었다. 상당한 내공과 함께 그 정도의 수련을 받는다는 것은 자신이 생각하고 있는 무너져 가는 삼류문파가 아니라 강호에서 이름있는 문파로 성장했다는 것을 의미하고 있기 때문이다.

사문의 재산을 훔쳐 달아난 후 기문숙은 처음에는 편한 생활을 하며 살았었다. 하지만 그런 생활은 무인에겐 어울리지 않는 것이었다. 도박과 술과 여자로 방탕한 생활을 하는 동안 스승이 말해 주었던 수많은 교훈과 땀 흘려 익혀왔던 무공들은 점점 잊혀져 가고 십 년이 지난 뒤 그는 사문의 돈을 모두 허비한 채 하오문의 쓰레기 더미에 있는 자신을 발견할 수 있었다.

강호 최하류의 인생으로 전락한 그는 광투견(狂鬪犬)이라 불릴 정도로 타락해 있었다.

'팔절풍도…….'

쌍도문의 이름이 강호에서 알려지고 있을 때 그의 명호가 팔절풍도였다.

경쾌한 쌍도술과 함께 강호 후지기수로 상당한 이름을 날렸을 때의 시간을 생각하며 기문숙은 회상에 잠겼다.

"그나저나… 엄청 많은 돈을 가지고 가셨다고 들었는데 왜 이런 곳에서 사세요?"

"……."

사문에 있는 재산을 거의 휩쓸어갔다고는 하지만 대놓고 이런 이야기를 하는 장천을 보며 주먹이 울고 있는 기문숙이었지만 일단은 구배지례, 아무튼 구배지례로 사제의 연을 맺은 후인지라 고개를 저으며 말했다.

"그건 알 것 없다. 그래, 네 녀석이 가장 자신있게 하는 도법이 무엇이냐?"

"음, 쌍용승천도법이라면 조금 자신있는데…….'

"펼쳐 보아라."

"예."

기문숙의 말을 들은 장천은 일단 도법을 펼쳐 보이기로 작정하고는 아버지가 준 쌍도를 꺼내 든 후 천천히 앞으로 걸어나가 기수식을 취했다.

"차앗!!"

장천의 쌍룡승천도법은 문 내에서도 어느 정도 솜씨를 인정받은지라 그로선 사부에게 잘 보이기 위해 최선을 다해 펼쳐 보였다.

쌍용승천도법의 영향으로 일대는 큰 기류로 휩싸이며 엄청난 기파가 사방으로 난리를 쳤고 삼 각 정도의 시간이 지나자 장천은 멋드러진 모습으로 쌍용승천도법을 마무리 지을 수 있었다.

"헤헤, 어때요?"

칭찬받을 것이라 생각한 장천은 머리를 긁적이며 기문숙을 쳐다보고 있었는데 약초 캐는 노인 기문숙은 황당한 표정으로 장천을 보고 있었다.

"에? 뭐가 이상한가요?"

그 표정을 보며 장천은 자신이 무슨 실수를 했다고 생각해 물어보았는데 기문숙은 황당한 표정을 바꾸지 않으며 떨리는 표정으로 장천에게 물었다.

"바… 방금 그게 뭐냐?"

"예? 음… 하도 연습을 안 하니 다 잊어버리셨나 보네요? 쌍도문 입문 도법인 쌍용승천도법이잖아요."

"… 그게?"

"예."

그 순간 기문숙은 무엇인가가 진이 빠지게 했다는 듯 자리에 털썩 주저앉더니 떨리는 목소리로 말했다.

"도대체… 내가 없어진 후에 본 문이 어떻게 바뀐 거지?"

"……?"

장천으로선 기문숙이 왜 황당한 표정을 지으며 자리에서 주저앉고 있는지 이상하게 생각되었다.

"뭐가 이상한가요?"

"…보, 본 파의 내공심법의 심결을 읊어보아라."

"예?"

"내공심법의 심결을 읊어보라고 했다."

무슨 이유인지 잘 모르겠지만 일단 사부가 시키는 일인지라 장천은 청풍심공의 심결을 줄줄 외우기 시작했는데 아직 한참이 남았음에도 불구하고 기문숙은 손을 들어 올려 멈추게 하고는 장천을 보며 물었다.

"도, 도대체… 네가 외우고 있는 심법의 이름이 무엇이냐?"

"예?"

"심법의 이름이 뭐냐고?!"

이제 더 이상 참을 수 없다는 듯이 기문숙이 장천을 향해 얼굴을 일그러뜨리며 소리치자 잠시 뒷걸음질치던 장천은 떨리는 목소리로 말했다.

"처, 청풍심공이요."

"청풍심공? 본 문의 내공심법이 청풍심공이라고?"

이젠 허탈한 표정으로 바뀌고 있는 기문숙이었다.

"그, 그럼 태극일기공(太極一氣功)은?"

"태극일기공이라니요?"

"젠장! 본 문의 원래 심법은 태극일기공이지 않느냐? 도대체 태극일기공은 어떻게 된 거냐고?!"

"……."

장천은 본 문에 태극일기공이란 것이 있는가 생각해 보고 있다가 그제야 무슨 연유인지 파악하고는 크게 놀라며 소리쳤다.

"아! 사부님은 본 문의 원래 심공을 그대로 익히고 계셨군요?"

"응? 그건 또 무슨 소리냐?"

기문숙의 말에 장천은 우인 도문성이 제자 오립산을 얻었을 때의 이야기에서부터 심공을 밥 짓는 땔감으로 사용하여 본 문의 심공이 완전히 사라졌다는 이야기까지 해주었다. 황당한 기문식은 하늘만 쳐다보고 있을 뿐이었다.

"그러니까… 본 문의 원래 심공인 태극일기공은 사형이 땔감으로 사용했고… 사형이 제자에게 가르쳐 주지 못하고 세상을 떴단 말이냐?"

"예."

그 순간 손이 부르르 떨리는가 싶더니 기문숙은 갑자기 벌떡 일어나 하늘을 향해 분노의 외침을 터뜨렸다.

"이 빌어먹을 도가야!!"

장천이 듣기로는 아무래도 사형인 도문성을 욕하는 것이라 생각이 들었지만 일단은 한참 윗대의 일이니 모른 척하기로 하고 자리에 쭈그려 앉아 귀를 막았다.

한참을 하늘을 향해서 소리 지른 기문성은 조금 후련해졌는지 멍청한 제자를 처다보았는데 자리에 쭈그려 앉아서 귀를 막고 있는 것을 보자 황당하지 않을 수 없었다.

"음……."

그래도 제 태사조라고 욕하는 거 안 들으려 하는 것이니 교육은 조금 됐다는 생각에 기문숙은 지팡이로 장천의 대가리를 후려갈겼다.

"끄윽."

"까불지 말고 잘 들어라."

"으… 예."

"도대체 네놈이 익히고 있는 청풍심공이라는 것이 어디서 왔는지는 모르겠지만 그것을 익힘으로 해서 본 문의 입문 무공인 쌍용승천도법은 완전히 본래의 모습을 상실하고 말았다."

"그런……."

"그건 그렇고, 넌 왜 진각에 그렇게 신경을 쓰느냐?"

"예? 그건… 전 사형에게 무공을 배웠는데 사형이 진각을 크게 중시하고 있어서……."

그 말에 기문숙은 한참을 생각하다 왜 그가 진각을 중요시했는지 알아채고는 고개를 끄덕이며 말했다.

"아무래도 청풍심공으로 쌍용승천도법을 익히면 힘이 많이 부족하기 때문에 진각을 익히라고 한 것 같은데 엄밀히 말해서 도를 익히는 데 진각이란 별 필요 없는 것이다."

"예?"

"원래 진각이란 권각술에 쓰이는 것으로 온몸의 힘을 하나로 모아 그 도의 힘을 강하게 하기 위함이다. 네가 익히고 있는 심공이라면 진각을 사용할 경우 기세를 강하게 할 수는 있지만 그 순간 약간의 틈새가 생긴다. 보통의 무사들과 겨루면 모를까 고수들과 겨룰 경우에는 그 틈새로 인해 큰 결함이 노출될 위험이 있다. 뭐, 진각도 극에 다르면 그런 틈새는 사라지겠지만 아무튼 초식에 문제점이 생기는 것은 어쩔 수 없는 노릇이지."

"음……."

사부의 말을 들은 장천은 쌍용승천도법의 공격 초식마다 조금씩 끊어지는 현상이 있었기에 이해할 수 있었다.

"일단은 네 녀석은 처음부터 시작해야겠구나."

"처음이요?"

"그래, 네 녀석이 익히고 있는 청풍심공의 내공을 완전히 상쇄시킨 뒤 태극일기공으로 다시 내공심법을 익혀야겠다."

"그런……."

장천의 몸에는 백 년의 내력이 있는지라 그 모든 것을 날려야 한다는 생각에 크게 놀라지 않을 수 없었는데 그 표정을 보며 기문숙은 미소 지으며 말했다.

"물론 처음에는 내력이 크게 줄어들겠지만 시간이 지나면 별문제가 없으리라 생각한다."

"예?"

"태극일기공은 도가의 심법이다. 네 녀석이 익히고 있는 청풍심공도 꽤 상승이기는 사실이지만 태극일기공에 비해선 조금 조악하다고 할 수 있다. 태극일기공은 자연의 기를 받아들여 그것을 순수하게 정제시키는 능력이 있으니 태극일기공을 계속 익힌다면 사라진 너의 백 년의 내공은 태극일기공의 순수한 내공으로 바뀔 수 있으니 몸속에 있는 내공은 걱정하지 말라는 것이다."

"아!"

기문숙의 말을 들은 장천은 내공을 버리는 것이 아니라는 것을 알고는 크게 기뻐하지 않을 수 없었다.

아무튼 그날 장천은 기문숙에게 붙잡혀 지금까지 익혔던 청풍심공을 모두 상쇄당하니 평범한 인간에 아무 힘도 없는 꼬마가 되어 조금 시무룩해질 수밖에 없었다.

하지만 그날 이후 태극일기공의 심법을 익히니 하루하루 늘어만 가는 자신의 내공으로 크게 무공에 대한 재미가 늘 수밖에 없었다.

장천으로선 어렸을 때 광무자에게 붙잡혀 영약을 먹고 한꺼번에 내공이 늘어났으니 조금씩 내공이 늘어나는 기분은 처음 겪어보기 때문이었다.

하지만 광무자 유운 때와는 달리 고생은 조금 더 심했는데 애석하게도 시범 조교가 앓아 누워 있는 관계로 무공을 익히기 위한 기초는 확실하게 익혀야 했기 때문이다. 기술 위주의 교육을 받았던 과거와는 달리 철저한 기초 위주의 무공 수련을 하게 된 장천으로선 죽을 맛이었다.

하지만 그럭저럭 시간은 흘러가고 기문숙의 제자가 된 지 두 달 정도가 지났을 때 곽무진은 부상에서 완전히 회복되었다.

체력이 돌아온 후 무진이 행하기 시작한 것은 스승인 광무자 유운에게서 받은 기초 수련을 다시 한 번 수련하는 것이었다.

장천을 구하기는 했지만 상대에게서 죽을 정도의 상처를 받고 두 달 동안이나 누워 있었다는 것이 무진으로선 다시 한 번 무공을 익히게 하는 원동력이 되었다.

기문숙은 그런 곽무진을 보며 크게 감동해 자신의 제자로 삼으려고 했지만 광무자 유운 이외에 또 다른 스승은 둘 수 없다고 말하는 그를 보며 두 번 감탄했다. 물론 옆에서 멀뚱하게 서 있는 장천은 크게 실망할 수밖에 없었지만 말이다.

다시 한 달의 시간이 지나자 무진은 이제 떠나야 될 시간이라고 생각하고 기문숙에게 가서 의사를 전달했는데 그의 말에 기문숙은 고개를 저으며 말했다.

"아직 갈 수 없다."

"하지만 소문주께서는……."

"잘 들어라. 내가 문파를 버리고 떠나기는 했지만 아직 너희들에게 태사숙조인 것은 사실이다. 그런 나의 눈에 네 녀석이 소문주라고 부르는 녀석은 한마디로 부잣집에서 오냐오냐 자란 철없는 꼬맹이 정도로밖에 보이지 않는단 말이다. 저런 녀석을 또다시 문주의 좌에 올려 내공심법마저 태워 버리는 꼴을 다시 보게 된다면 죽어서도 눈을 감을 수 없을 게다."

태사숙조의 말을 들은 무진도 조금 고민할 수밖에 없었다. 실제로 장천은 강호에서 이름을 날리고 있는 대문파의 소문주치곤 모든 것이 부족한 것이 사실이었기 때문이다.

그가 가진 것이라곤 천형의 근골뿐 그외엔 아무것도 없었다.

이대로 다시 강호에 나간다면 전과 같은 일을 당하지 않는다는 보장이 없었기에 차라리 태사숙조에게 맡겨 무공을 익히는 것도 나쁘지 않겠다는 생각이 들었다.

"태사숙조의 생각이 그러하시다면 저 혼자 떠나도록 하겠습니다."

"……."

무진에게 버림받은 장천은 하늘 높이 떠 있는 밤하늘의 달을 보며 사색에 잠겼다.

부상당해 흐느적거리긴 했지만 그래도 조금 위안이 가는 사람이었는데 이제 그마저 떠나고 산새만이 서글프게 우는 외로운 산에 남아 주름살 가득한 노인과 같이 지내야 하는 신세가 되었기 때문이다.

"휴……."

한숨만 내쉬던 장천은 하늘의 은빛 달을 보며 첫사랑 정화 소저를 떠올리고 있는데 그때 무지막지한 물건이 사색에 잠겨 있는 장천의 머리를 강타했다.

"끅."

"휴, 오늘은 달의 음기가 강해 태극일기공을 하고 있으라 했더니 별 희한한 짓을 다 하는구나."

"흑흑흑… 사부는 넘 냉정해요."

"냉정하긴, 니가 이상한 거다. 까불지 말고 태극일기공이나 시작해라!"

"예."

한순간만 내버려 둬도 이상한 짓을 하는 장천이었기에 기문숙으로선 감시의 눈길을 소홀히 할 수 없었다.

아무튼 서슬이 퍼런 사부의 눈망울에 뒤통수를 보인 장천은 가르쳐 주었던 심결을 외우며 천천히 태극일기공을 운기하기 시작했다.

장천이 배우고 있는 태극일기공은 오림산이 얻어온 파운심공이나 청풍심공과는 전혀 다른 심공이었다.

도가의 냄새가 짙게 풍기고 있는 이 기운은 자연의 기운을 빨아들여 태극의 원리에 의해 순수한 기로 변환하는 기공이었기에 장천에겐 상당한 효과를 보이고 있었다.

"네가 익히고 있는 태극기공은 잘 알다시피 본 파의 삼대문주이신 걸도 구승님이 은거 고인에게서 얻은 기공으로 도가의 토납술이 크게 발달한 형태라 할 수 있다. 나는 문파를 빠져나온 후 과연 이 기공을 삼대문주님께 전수하신 그 은거 고인이 누구인가를 찾기 위해 강호를 헤맨 적이 있었지."

"…방탕한 생활에 빠지시지 않았나요?"

텅!

장천의 말이 나오자마자 그대로 지팡이로 장천의 머리를 후려갈기는 기문숙이었다.

"끅."

"말 끊지 말고 운기 중에 입 열지 말아라. 주화입마에 걸리고 싶으냐?"

"……."

운기 중에 때리는 것은 뭐냐고 반박하고 싶은 장천이었지만 꾹 참고 태극기공을 계속 운기하기 시작했다.

다행히 태극기공이 크게 안정된 심법인지라 멀쩡했지 파운심공이나 청풍심공 중에 이따위 짓을 했다면 결코 주화입마를 벗어날 수 없었을 것이다.

"강호 최고의 정보 집단이라고 할 수 있는 개방과 하오문을 통해 그 당시 고수들의 정보를 수집하던 중 본 사부는 삼대문주님께 기공을 전수해 주었다고 생각되는 분들을 찾을 수 있었다.”

“…….”

“본 사부가 수집한 정보에 의하면 첫 번째 분은 전진자 정운 진인님으로 도가의 일문인 전진의 후예라고 알려져 있는 분이셨다. 그분은 약 이십 년간 강호에서 이름을 떨치다가 돌연 은거하셨다고 알려져 있다. 두 번째는 서천 진인 유리님이시다. 비밀리에 전해져 내려오는 이야기에 따르면 그분은 서장에서 오신 분이라고 하는데 그분 역시 약 삼십 년 정도를 중원에서 활약하시다가 돌연 은거하신 분이다. 세 번째는 환후검제 운허 진인이신데 무당의 장문인으로 물망에 오르던 분이시셨지만 돌연 은거하셨다고 알려져 있다.”

“…….”

뭐라고 물어보고 싶은 장천이었지만 일단은 운기조식 중이니 침묵을 지켰다.

“이 중에서 환후검제 운허 진인께선 평생 검만을 익히셨던 분이고 은거지 역시 무당산의 한곳이라고 알려져 있기 때문에 운허 진인을 제외한다면 전진자 정운 진인님과 서천 진인 유리님 둘 중 한 사람이라고 할 수 있지만 정운 진인님의 경우에는 애석하게도 후예가 삼십 년 뒤에 모습을 드러낸 적이 있고 서천 진인께선 서장으로 돌아가셨다는 소문이 있으니 두 분 다 태극일기공을 전수해 주신 분이라 보긴 어려웠다.”

‘젠장! 그럼 뭐 때문에 그렇게 길게 이야기한 거야!’

장천은 세 사람 다 아니라는 말에 괜히 성질이 날 수밖에 없었는데 그 뒤에 이어진 기문숙의 말을 듣고는 크게 놀라지 않을 수 없었다.

“그런 이유로 도가의 인물들이 아닌 다른 인물들을 수소문하기 시작했는데 그때 나온 인물이 바로 마교 삼십사대째 교주인 무천마성(無天

魔星) 감양(甘穰)이다."

"무천마성 감양이요?!"

장천으로선 그 이름만으로도 크게 놀라지 않을 수 없었다.

무천마성 감양. 마교 수천 년 역사 중 다섯 손가락 안에 들어갈 정도
의 고수인 그는 당시 무림을 거의 평정했다고 해도 과언이 아닐 정도
로 뛰어난 인물이었다.

무슨 이유에서인지 마흔다섯 살의 나이에 스스로 교주의 좌를 물려
주고 마교에서 떠나기는 했지만 스스로 자신 위에는 하늘 외엔 없다고
말할 정도로 자긍심이 강한 그는 구파일방을 괴멸로 몰아갈 정도의 엄
청난 통솔력과 무공을 지니고 있어 감양이란 이름은 아직까지도 마교
에선 전설로 남아 있었다.

"감양은 교주의 좌에 오르기 전, 지금은 사라지기는 했지만 전진에
서 나뉘어진 일문이자 강서의 패주였던 철군성(鐵軍城) 부성주의 아들
이었다. 그런 그라면 도가에 대한 무공을 익혔을 것은 분명할 것이다."

"그런……."

"시기적으로 보아 마교에서 벗어나 단 한 번 정과 사의 대결에서 모
습을 드러낸 적이 있느니만큼 그가 은거한 시점과 삼대문주께서 무공
을 얻으신 시점은 들어맞지. 또 철군성의 패룡도법과 쌍도문의 입문
무공인 쌍용승천도법은 상당히 흡사하다는 것도 그 이유다."

"……."

쌍도문의 무공이 마교의 교주에게서 이어져 왔다는 것은 어찌 보면
엄청난 사실이라고 할 수 있었다.

감양이 철군성 부성주의 아들이라고는 하지만 그보다 더 크게 작용
하는 것은 마교의 교주. 만약 문파의 무공이 마교에서 이어져 내려온

것이란 소문이 난다면 현재 정과 사의 중간 위치라 할 수 있는 쌍도문으로선 그들의 성장을 시기하고 있는 문파들에 의해 마교도로 분류될 위험이 컸다.

"물론 내가 말한 이 사실을 알고 있는 인물은 나 외에는 단 한 사람도 없다."

"……."

"애석하게도 은거 기인에게 전수받은 본 문의 무공은 어딘가 부족한 것이 사실이다. 이것은 철군성과 자신의 무공을 완전히 전수하게 되면 상당한 혼란이 생길 것을 염려한 감양의 배려였지만 이로 인하여 쌍도문은 구파일방의 좌를 차지하기에는 부족할 수밖에 없는 상황에 처해졌다."

"음……."

생각해 보면 기문숙의 말도 틀리지 않았다.

등평과 아버지인 장춘삼이 상당한 무공을 지닌 고수라고는 하지만 그들 두 사람은 쌍도문의 칠대문주인 오립산에게 절세의 영약을 얻어 내공을 끌어올렸기에 가능한 것이다.

현재 쌍도문은 청심단이라는 비전의 환약이 없다면 이류문파로 전락할 수밖에 없는 위기에 놓여 있었다.

확실한 것은 알지 못한 상태지만 이미 쌍도문의 수뇌부들은 쌍도문의 무공에 무엇인가 큰 결점이 있다는 것을 파악한 상태였다.

"내가 문파를 버렸다고는 하지만 엄밀히 말하면 사형이 이끄는 쌍도문을 버린 것이지 사운 사조님 때부터 이어져 내려온 쌍도문을 버린 것은 아니다."

"음……."

"삼대문주님이 하셨던 것과 같이 난 쌍도문의 무공을 완벽하게 만들기 위하여 수많은 세월을 강호를 돌아다녔고 지금 이곳에 이르게 된 것이다."

"…그럼 무공의 결점은 찾으셨나요?"

"물론… 못 찾았다."

"……"

당연한 듯이 말하는 기문숙의 말에 장천은 주먹이 떨리고 있었다.

"하지만 그 방법마저 못 찾은 것은 아니지."

"방법이요?"

"그렇다. 쌍도문의 무공을 완전하게 만들 수 있는 방법… 그것은 바로 감양의 모든 심득이 적혀 있다는 무천무급(無天武笈)과 철군성의 패군지보(覇軍之寶)다."

"무천무급과 패군지보……"

장천은 처음 들어보는 이야기였지만 좀 아는 것처럼 말을 끌었는데 역시나 그런 장천을 보며 다시 한 번 지팡이를 후려갈긴 기문숙은 그 두 가지 물건에 대해서 설명하기 시작했다.

"무천무급은 현재 마교의 장서각에 보관되어 있다고 알려져 있는데 이상한 것은 마교의 어떠한 인물도 무천무급을 익혔다고 전해지는 사람이 없다는 것이다. 그렇다는 것은 필경 어떠한 연유가 있다고 보는 것이 타당할 터, 내 생각에는 본 문의 무공과 많은 관련이 있다고 생각한다."

"본 문의 무공이요?"

"그렇다. 예를 들면 본 문의 무공이 그 상권이라 한다면 무천무급은 하권이라 생각할 수 있는 것이지."

"아!"

자신들의 무공은 어디 한군데 부족한 것이 대부분이다. 만약 무천무급이 정말로 쌍도문에 무공을 가져다 준 은거 기인이 만든 것이라면 자신들의 무공은 무천무급의 상권에 해당하여 쌍도문의 무공을 알지 못한다면 무천무급을 익히지 못한다고 생각할 수 있는 것이다.

"철군성의 패군지보의 경우에는 마지막 철군성의 성주인 조광성의 죽음 뒤 어느 누구도 알지 못하는 것으로 내가 조사한 바에 의하면 조광성은 남송 황실의 마지막 후예다."

"음……."

"이런 것을 본다면 패군지보는 남송 황실을 재건하기 위한 엄청난 보화와 함께 철군성의 무공들일 것이 분명할 터, 무공의 원류인 철군성의 무공을 찾는다면 본 문의 무공도 완전하게 변하게 할 수 있는 방법이 있을 것이다."

"음……."

기문숙의 말을 들으며 장천은 상당히 구미가 당겼다.

한참을 그렇게 생각하고 있는데 기문숙이 다시 한 번 장천의 머리를 지팡이로 후려갈기며 말했다.

"네 녀석이 해야 할 일은 마교로 잠입해서 무천무급의 무공을 얻어내는 것이다."

"제가요?"

"그렇다. 현재 네가 쌍도문의 소문주라고는 하지만 본 문의 울타리 안에서만 살아 얼굴이 크게 알려져 있지 않다고 하지 않았더냐? 그렇다면 약간의 변용만으로도 너를 알아볼 사람은 극히 소수에 불과할 터, 넌 그런 이점을 살려 마교로 잠입하여 무공을 얻어내야 한다는 것이다."

"음……."

장천은 기문숙이 노리고 있는 것을 이해할 수 있었다.

만약 무천무급만 얻어낼 수 있다면 쌍도문의 완전한 무공을 얻을 수 있고 청심단없이 구파일방의 반열에 오를 수 있는 기반이 만들어지기 때문이다.

"이제부터 네가 할 일은 무공을 익히는 것이다. 물론 쌍도문의 무공은 물론 이후 사파의 무공도 함께 익혀야 할 것이다."

"음, 알겠습니다."

기문숙이 말하고자 하는 바를 깨달은 장천은 고개를 끄덕이며 다시 태극일기공을 운공하며 음기를 받아들이기 시작했다.

기문숙이 가르쳐 주는 무공은 쌍도문의 무공과 태극일기공 외에도 몇 가지 더 있었다.

먼저 장법에는 무골장. 사파의 무공인 무골장은 그가 문파의 여주인을 범하고 하오문으로 도망친 한 무인에게서 얻은 것이었다.

말 그대로 일장에 뼈를 부수어 버릴 정도의 사악한 장법으로 장천에게는 조금 안 어울리기는 하지만 일단은 마교로 잠입하기 위해선 이 무공을 익힐 필요가 있었다.

장천이 마교로 잠입하기 위해 만든 신분이 여주인을 범하고 도망친 무인의 아들이었기 때문이다.

물론 이 무공이 상승무공이라고 볼 수는 없었지만 너무 뛰어난 무공을 익힌다면 마교로 잠입하는 데 의심을 살 수도 있었고 쌍도문의 무공을 익히고 있는 장천이 구태여 사파의 상승무공을 익힐 필요는 없었다.

아침과 밤에 두 시진씩 태극일기공으로 태양의 양기와 달의 음기를 운공하고 있는 장천은 그렇게 세 달 정도의 시간이 지나자 잃었던 내공을 모두 찾을 수 있었다.

다시 익히게 된 쌍용승천도법은 과거에 있었던 정통의 도법을 그대로 다시 배우고 있었기에 날이 가면 갈수록 그 위력은 증대되고 있었지만 기문숙은 그것으로 만족하지 않았다.

잠입하기는 쉬우나 빠져나오기는 어려운 것이 마교인 이상 장천이 도망칠 수 있는 무공을 익히게 해주어야 했기 때문이다.

쌍용승천도법이 십성의 경지에 도달해 있을 때쯤 기문숙은 장천을 근처에 있는 계곡으로 데리고 가더니 드디어 새로운 무공에 대해서 말해 주었다.

"쌍도문의 무공에 결점이 있다는 것을 파악한 후 나는 그 결점을 해결해 보려 했지만 십 년이 넘는 시간 동안 단 일 보도 앞으로 나갈 수 없었다. 크게 실망하여 타락의 길로 빠지기는 했다만 나이를 먹고 보니 그 결점에 대해서 어느 정도 알아낼 수 있었다. 하지만 지금의 나로선 결점을 알았다고 해도 그것을 고쳐 나가기는 너무 늦은 나이… 그래서 너에게 내가 만든 새로운 무공을 전수하고자 한다. 물론 이 무공은 내가 만들기는 했지만 그 성과는 아직 삼성을 넘지 못했다. 많은 결점이 있겠지만 넌 그것을 차츰차츰 고쳐 나가 완벽한 무공으로 승화시켜야 할 것이다."

"…예."

뭔지는 모르지만 일단 좋은 걸 가르쳐 줄 것 같다는 생각에 장천이 조용히 대답하자 기문숙은 자리에서 일어나 품에 있던 책을 한 권 꺼내어 그에게 던져 주었다.

책의 표지에는 '자연도(自然刀)'라고 적혀 있었다.

기문숙은 시범 조교의 위치로 가서는 천천히 짚고 있던 지팡이를 들었는데 그 순간 마치 산들바람처럼 자연스러운 바람이 기문숙의 몸에서 흘러나오기 시작했다.

"자연도는 말 그대로 자연과 같은 도를 말한다. 대자연은 스스로 이루어지는 것처럼 이 도법은 그 흐름에 스스로 성장하게 되는 것이지. 천아, 이 사부를 공격해 보도록 하거라."

"예."

기문숙의 말에 장천은 고개를 끄덕이고 천천히 쌍도를 뽑아 들고 기문숙의 앞에 섰다.

"차앗!"

내공을 끌어올린 장천은 자신이 가장 좋아하는 쌍용승천도법의 초식을 사용하여 기문숙을 향해 몸을 날렸다.

장천이 사용하는 초식은 바로 진천대지. 쌍도문에서 배운 진천대지는 진각을 통하여 강한 힘을 바탕으로 공격해 가는 초식이지만 원래의 진천대지는 두 개의 검만으로 대지를 뒤흔드는 강맹한 도법이었다.

태극일기공을 통해 본래의 내공을 회복한 장천은 두 개의 도를 교차해서 휘두르며 거대한 도기를 날렸다.

장천의 쌍도에서 날아온 도기는 두 마리 용이 대지에서 포효하는 듯 큰 굉음과 함께 기문숙을 향해 날아갔는데 이 엄청난 기세를 보면서도 기문숙은 자연스러운 모습을 하고 있었기에 장천은 크게 놀라지 않을 수 없었다.

"사부님!!"

이렇게 가다간 사부가 크게 다칠 것이라 생각하며 소리쳤는데 장천의 이러한 우려와는 달리 기문숙은 눈앞으로 다가오는 두 개의 거대한 도기 사이로 자신의 지팡이를 휘두르면서 앞으로 걸어나갔다.

"헉!!"

이제 큰일 났다 싶어 장천은 허파에서 바람 빠지는 소리를 냈다. 놀랍게도 기문숙은 지팡이를 사용하여 대지를 울리며 두 도기의 틈새를 벌여놓은 후 그 사이로 가볍게 앞으로 나아가 빠져나왔다.

"우악!!"

하지만 그것으로 끝난 것이 아니었다. 두 개의 도기 사이를 빠져나간 기문숙은 마치 바람과 같은 흐름으로 유연하게 다가서더니 순식간에 지팡이로 장천의 머리를 후려갈겼다.

"끄으윽……."

지팡이로 얻어맞은 장천은 고통스러운 얼굴로 머리를 감싸 쥐었는데 아픔보다는 자신의 진천대지의 초식을 자연스러운 모습으로 빠져나온 사부의 자연도에 크게 놀라고 있었다.

"자연도는 말 그대로 자연의 흐름에 순응하는 도, 모든 기에는 그 흐름에 길과 결이 있는데 자연도는 그 길과 결의 흐름을 찾아 순행하여 상대를 제압하는 기술인 것이다."

"아!"

"자연도의 극성에 이른다면 스스로가 자연이 되어 길과 결을 만들어 낼 수 있지만 이 사부는 아직 그 경지에 이르지 못하여 단순히 기의 길만을 어렴풋이 볼 수 있는 것에 지나지 않다."

삼성의 경지만으로도 자신의 강맹한 도법을 빠져나와 공격한 자연도에 장천으로선 크게 감탄하며 당장이라도 익히고 싶은 생각이 굴뚝같았지만 치사하게 기문숙은 주었던 것을 다시 뺏으며 말했다.

"아직은 이 자연도를 책으로 익히기에는 불가능하다. 네 녀석이 스스로 자연에 순응하지 않는다면 일성조차 익히지 못할 것은 분명할 터, 넌 이제부터 이 계곡에서 자연을 벗삼아 명상에 잠겨 깨달음을 얻도록 하여라."

"예? 쳇! 언제까지요?"

"얼 을 때까지."

"밥은요?"

"굶어라."

"……."

반항이라도 하고 싶었지만 기문숙의 눈에서 예전에 없었던 진지한 빛이 드러나고 있었기 때문에 눌러 참았다.

할 수 없다는 듯한 표정으로 장천은 천천히 계곡의 끝에 가부좌를 틀고 앉아 조용히 눈을 감고 명상에 잠기기 시작했다.

기문숙에게 학대당한 지 반 년이 다 되어가는 장천으로선 평상시는 예전의 산만한 모습 그대로였지만 명상이나 무공을 배우는 시간에는 진지하기 그지없었다.

'자연도라……'

사부의 말대로라면 자신이 해야 할 일은 자연의 흐름을 느끼는 것이 첫 번째이며 그것과 하나가 되는 것은 마지막이라 생각되었기에 천천히 자연에 몸을 맡겨 나갔다.

시원한 산들바람이 목 언저리를 스치고 지나가자 마음은 조금씩 안정되어 가기 시작했고 따스한 태양 빛이 마음마저 따스하게 할 정도였다.

가볍게 숨을 쉴 때마다 들어오는 숲의 공기는 몸 안을 상쾌하고 깨끗하게 만들어가고 있었지만 문제는 조금 배가 고픈 것이었다.

하지만 일단 마음먹은 것이니 끝까지 하기로 결심한 장천은 그대로 자연과 하나가 되기 위해 노력해 갔다.

그리고 장천은 그렇게 백 년의 시간을 계곡에서 명상을 하며 보내게 되었다. 물론 실제 시간은 세 시진에 지나지 않았지만 장천에게는 백 년보다 더 길게 느껴졌다.

아무튼 장천의 신체 시계가 백 년의 시간을 보냈을 무렵 눈을 감고 있는 그에게 하나의 흐름이 보이기 시작했다.

'산들바람인가?'

천천히 다가오는 하나의 기류는 눈을 감고 있음에도 장천에게 확연히 드러나 점점 가까이 밀려오고 있었는데 빠른 속도로 다가온 그 기류는 얼굴에 부딪치자 사방으로 흩어지는 듯했지만 이내 뒤에서 밀려온 기류에 의하여 변화된 기류를 형성하며 얼굴을 타고 뒤쪽으로 흘러내렸다.

바람의 흐름. 장천의 눈에 그 바람의 흐름이 보이기 시작한 것이다.

천천히 눈을 뜨니 눈에 보이던 흐름은 사라지고 계곡 밑으로 넓은 숲의 모습이 보이자 천천히 장천은 자리에서 일어나 하늘을 향해 두 손을 올리고는 맘껏 자세를 잡으니 이것이 바로 자연인의 모습이 아니겠는가!

물론 그 순간 뒤에 있던 기문숙이 뒤통수를 후려갈겼음은 당연한 일이었다.

"겨우 세 시진 정도 명상에 잠겼다가 자리에서 일어서다니!!"

"아구구! 하지만 바람의 흐름이 보였단 말이에요!"

"잉? 정말이냐?"

"예."

장천의 말에 기문숙은 의심이 갈 수밖에 없었다. 그가 명상을 통해 바람의 흐름을 보게 된 것은 수련을 한 지 반 년이 지나서였는데 건방진 꼬맹이가 세 시진 만에 바람의 흐름을 보았다는 것을 어찌 믿을 수 있겠는가?

하지만 시험해 봐서 나쁠 것은 없기에 기문숙은 장천을 보며 말했다.

"네가 정녕 바람의 흐름을 보았단 말이더냐?"

"예."

"좋다. 그렇다면 네가 무음장을 사용하여 너를 공격할 것인즉 니가 피할 수 있는 단 한 군데의 길만은 비워두겠다. 할 수 있겠느냐?"

그 말에 장천은 조금 긴장될 수밖에 없었다.

무음장은 말 그대로 소리가 없는 장법으로 암습에 주로 쓰이는 무공이다.

사부의 경우에는 무음장의 경지가 높아 소리없는 장풍을 쏠 정도의 경지이기 때문에 실수했다간 계곡 밑으로 추락사할 수도 있기 때문이었다.

하지만 남아로 태어나서 어찌 물러설 수 있겠는가? 그가 지금 할 수 없다고 한다면 사부에게 거짓말을 하게 되는 것이니 비장한 눈빛을 내뿜으며 장천은 고개를 끄덕이며 대답했다.

"예, 해보겠습니다."

"좋다."

사부의 말에 장천은 거리를 벌리기 위해 걸음을 옮겼고, 기문숙은 그의 삼 장 정도 밖에 서서 천천히 말했다.

"자, 눈을 감아라. 아직 네 녀석이 바람의 흐름을 익혔다고 해도 현재는 눈을 감는 것이 훨씬 더 흐름을 보기에 수월할 것이다."

"예."

천천히 검은 천을 꺼내어 눈을 가린 장천은 아까와 마찬가지로 바람의 흐름을 느끼기 시작했고 얼마 지나지 않아 천천히 그 흐름이 보이기 시작했다.

"되었느냐?"

"예."

장천이 대답하자 기문숙은 조심스럽게 무음장을 뻗었다.

공기를 가르는 소리조차 들리지 않는 기문숙의 무음장에는 그의 칠성에 달하는 내공이 포함되어 있었다.

만약 장천이 이것을 피하지 못한다면 목숨도 부지 못할 정도의 위력이었다.

하지만 무음장이라 해도 공기를 가르고 오는 것은 당연한 일. 장천의 눈에는 무음장의 흐름이 정확히 보이고 있었다.

'쳇, 날 우습게 보는군.'

가볍게 미소 지으며 무음장 사이로 몸을 피하려고 했는데 그 순간 그는 크게 놀라지 않을 수 없었다.

일직선으로 날아오리라 생각한 무음장이 갑자기 궤도를 변경해 날아오는데 그 꼴도 가관인 것이 나선형으로 날아오는 것은 물론이요 곡선을 그리기도 하고 갑자기 밑으로 꺾어서 날아오기도 한 것이다.

무음장의 수는 모두 열다섯 개. 그것들이 각자 희한한 궤도를 그리며 날아오는데 장천으로선 환장할 노릇이었다.

"젠장! 치사한 사부, 지금 뭐 하는 거야?"

장천은 기문숙을 향해 크게 소리 지르고는 무음장을 피하기 시작하니 마치 곡예단의 배우가 장애물을 넘는 것과 같은 뛰어난 움직임을 보이며 장천은 힘들게나마 그 무음장을 모두 피할 수 있었다.

"휴~ 이 사부를 당장!!"

간신히 피하여 안도의 한숨을 쉰 장천은 눈을 뜨고 사부가 있는 방향을 향해 눈을 부라렸는데 그 순간 머리에 큰 충격을 받고 쓰러졌다.

"당장 어쩌겠다고?"

"제자를 죽이려고 그런 말도 안 되는 무음장을 사용하면 어떻게 하겠다는 거예요!"

아프기는 하지만 죽을 뻔한 것을 생각하면 별거 아니라는 생각에 버럭 소리를 지르며 달려드는 장천이었는데 기문숙은 미소를 지으며 말했다.

"이것을 말하는 게냐?"

그 말과 함께 기문숙이 천천히 손가락을 나선형으로 돌리자 장천은 갸우뚱거리다가 눈을 감고 흐름을 살펴보니 영락없는 무음장의 모습이었다.

"헉!"

"멍청한 녀석, 설마 네 녀석이 바람을 보았다고 해도 무식하게 무음장을 사용하여 제자의 목숨을 담보로 시험할 사부로 보였더냐?"

"예."

텅!!

역시나 맞을 말을 서슴지 않는 장천이었다. 아무튼 어린 꼬마가 한 시진 반 만에 바람을 읽었다는 것에 크게 감탄한 기문숙은 오늘은 멧돼지 구이라도 해주어야겠다는 생각에 지팡이로 목을 걸어서는 질질 끌고 가니 장천으로선 눈물을 흘리며 따를 뿐이었다.

'흑흑흑… 엄마……'

그렇게 시간은 흘러 흘러 기문숙에게 무공을 배우기 시작한 지 일 년이란 시간이 흘렀다.

무정하게도 그 일 년이란 시간 동안 쌍도문에선 단 한 번도 이곳으로 사람을 보낸 적이 없어 자신을 잊었다고 생각하며 눈물을 글썽이는 장천이었지만 기문숙이 곽무진을 보낼 때 수련이 끝나기 전에는 절대 사람을 보내지 말라고 했었다.

하지만 외로운 일 년은 의미있는 시간이었다.

과거와는 달리 이제 장천은 쌍도문의 무공을 거의 대부분 사용할 수 있게 되었다. 물론 그 성취도는 거의 대부분이 오성도 못 미치긴 했지만 쌍용승천도법에 한해선 십일성까지 성취를 하니 기문숙으로선 크게 탄복하지 않을 수 없었다.

또 부수적으로 배운 무골장도 칠성의 경지까지 이르렀기에 이제는 무골장의 초식을 실전에 사용할 수 있게 되었다.

십 개월 정도가 지나서부턴 기문숙과의 대련을 하루에 한 시진씩 빠지지 않고 하고 있었기에 대전 시 임기응변도 크게 늘어나 장천은 한 사람의 어엿한 무인이 되어가는 중이었다.

하지만 그 긴 시간 중에서도 변하지 않은 것이 있다면 바로 귀여운 얼굴과 함께 작은 키였으니 열여섯 살의 나이면 한참 어른 티가 날 시기임에도 아직 열 살 정도의 꼬마 모습 그대로였다.

"사부… 흑흑흑… 나 좀 크게 해줘요."

"젠장할! 니 사부가 무슨 도사라도 되느냐, 니 키를 늘게?"

"크흐흐흑……."

동경을 보며 한숨을 내뱉던 장천은 기문숙에게 울면서 매달려 보기도 했지만 그라고 뾰족한 방법이 있겠는가.

더욱이 키를 더 크게 하고 싶은 마음은 기문숙도 없지 않았다.

열 살도 안 되는 어린 모습이라면 마교에 잠입하기는 쉬운 일이지만 요직에 오르기에는 부족한 모습이었기 때문이다.

"도대체 뭘 먹여도 키가 안 크니… 휴, 평생 그 모양으로 살아야 할 것 같구나."

"헉!"

가슴을 째지게 하는 소리를 서슴지 않고 하는 사부를 보며 쓰러지는 장천이었다.

"음… 조금 위험하기는 하지만 한 가지 방법이 있기는 한데……."

"사부… 끄으윽… 끄으윽……."

기문숙의 말에 숨넘어가는 소리를 하며 울음을 멈춘 장천은 눈물을 찔끔거리며 기문숙을 쳐다보았다.

"영구적으로 크게 하는 것은 아니고 단지 짧은 시간 동안 몸과 뼈를 변화시키는 술법이다."

"흑흑… 그게 뭔데요?"

"변태변골이란 수법이지."

"흑흑흑, 촌스럽고 변태 같은 이름이잖아요. 흑흑… 끅……."

여지없이 한 대 맞고 시작하는 장천이었다. 지팡이로 한 번 후려갈긴 기문숙은 이 변태변골에 대해서 설명하기 시작했다.

"이 변태변골은 역용술의 일종이지만 다른 수법보다는 더 고난도의 수법이라고 할 수 있지."

"어떻게요?"

"음, 쉽게 말하면 내공을 사용하여 몸과 뼈를 변형시킬 수 있다는 것이지."

"……."

"과거에 이 변태변골술을 익힌 사파의 무인은 무려 이백 명이 넘는 부인과 사백 명이 넘는 첩을 무림 각지에 뿌리고 다닌 것은 물론이요 수많은 사기로 억만금을 모았다고 전해지고 있단다. 그만큼 변태변골술로 역용한 모습은 어느 누구도 알아보기 힘들 정도로 뛰어나다는 것이지."

"와!"

이백 명의 부인과 사백 명의 첩이라는 말에 크게 감동한 장천이었다.

"다만······."

"다만······?"

"변태변골의 경우에는 내공의 소비가 너무 심해 네 녀석의 내공으로 유지할 수 있는 시간은 겨우 삼각 정도에 지나지 않을 뿐 아니라 자신의 모습 이상으로 변할 경우 흉칙하게 변하게 되지."

"유지 시간은 알겠는데··· 흉칙은 뭐예요?"

내공으로 만드는 역용술이 힘들다는 것을 알고 있었기에 삼각은 이해가 갔지만 흉칙한 모습은 좀처럼 감이 오지 않아 물어보았는데 기문숙은 그럴 줄 알았다는 듯이 고개를 끄덕이며 말했다.

"좋다, 그럼 내가 시범을 보여주지."

그렇게 말한 기문숙은 천천히 내공을 운기하여 변태변골의 수법으로 변형하기 시작했다.

그가 변한 모습은 바로 장천의 사형인 신궁 구궁이었다. 육 척이 넘는 장신의 모습으로 변형해 가는 사부를 보며 크게 감탄해 마지않는 장천이었지만 그 모습이 완전히 변해 버렸을 때 그는 자지러지고 말았다.

"헉··· 사부······!"

기문숙이 변한 구궁의 모습은 실로 가관이었다.

얼굴과 키는 구궁과 비슷했지만 구궁이 넓은 가슴에 근육으로 다져져 있는 모습이라면 기문숙의 모습은 마치 해골만 남은 것처럼 앙상하게 말라 건드리기만 해도 부러질 것 같았기 때문이다.

"바로 이것이 문제점이다. 신체가 커지게 되면 자연히 살이나 뼈도 양이 많아져야 하는데 애석하게도 원 재료가 적다 보니 이런 모습이 되니 어찌 흉칙하지 않을 수 있겠느냐?"

"그렇군요."

크게 실망할 수밖에 없는 장천이었다.

자신이 살이 뒤룩뒤룩 찐 비만 아동이 아닌 이상 몸을 크게 하면 앙상하게 마른 해골이 되기 때문이었다.

"하지만 이것도 전혀 방법이 없는 것은 아니다."

"예?"

희망에 찬 목소리로 되묻는 장천이었다. 그것을 보며 다시 내공을 돋운 기문숙은 겉으로 드러나는 부분, 즉 손이나 얼굴 등으로 살을 투입하니 앙상하게 말라 보이던 모습은 많이 나아졌다.

"바로 이것이지. 드러나는 부분만 이렇게 똑같이 만들고 가려져 있는 부분은 옷감을 많이 넣어 대체하는 거란다."

"아!"

그제야 사부의 말을 알아들은 장천은 크게 탄복했다.

"하지만 이 변태변골에는 반드시 알아두어야 할 부작용이 있다."

"부작용이요?"

"그렇단다. 첫 번째, 변태변골은 자주 사용해서는 안 된다."

"왜요?"

"변태변골은 말 그대로 신체를 변형시키는 술법인데 그것을 자주 사용하게 되면 몸이 원래의 상태를 찾지 못하게 된다. 생각해 보아라. 넌 이렇게 흉칙한 꼴로 평생을 살아갈 수 있겠느냐?"

그 말에 잠시 생각에 잠겨 있던 장천은 기문숙을 보며 물었다.

"하지만 다시 변태변골로 원래의 모습으로 변하면 흉칙한 모습은 다시 원래대로 돌아오게 되잖아요?"

"그것이 바로 두 번째 주의 사항에 속하는 것이란다. 그렇게 자주 사용하게 되면 뼈와 살이 물러지게 되는데 이 수법을 자주 사용하던 녀석은 뼈와 살이 물러져 하반신을 사용할 수 없게 되었지. 마치 뼈는 없고 살만 있는 것처럼 하반신이 변했다고 하더구나."

"헉!"

그제야 얼마나 위험한 것인가를 알게 된 장천은 크게 헛바람 소리를 내었다.

"셋째, 이 수법은 내공을 상당히 잡아먹게 되는데 일주일에 한 번 이상 사용하면 모아두었던 내공이 흩어지는 불상사가 생길 수도 있다는 것이다."

"으으… 너무 위험한 수법이네요."

"그렇지. 하지만 상황에 따라선 꽤 유용한 수법이 될 수 있단다."

"그렇겠군요."

위험하기는 하지만 그런대로 쓸모가 있다는 이야기에 고개를 끄덕이는 장천이었다.

사부에게서 변태변골의 수법에 대해 어느 정도 배우기는 했지만 뼈가 물러져 희한한 꼴이 될 것이라는 두려움 때문에 장천은 배우다 그만두었다.

그런 꼴이 될 바에는 차라리 어린 모습으로 평생을 사는 게 나을 것 같다고 생각되었다.

그렇게 또 시간이 흘러 반 년이 지났을 때 이제 장천은 어느 정도 무공에도 자신이 있었고 내공 또한 백오십 년 정도도 오십 년의 내공을 더 얻을 수 있었다.

단 일 년 반 만에 오십 년의 내공이 늘었다는 것은 장천의 신체가 내공을 받아들이기에 크게 적합한 신체인 탓도 있었지만 그만큼 태극일기공이 뛰어난 덕분이었다.

청풍심공을 익히고 있었다면 생각지도 못했을 내공의 진전을 이룬 장천은 이제 몇 가지 간단한 도법에 한해서는 십이성 이상의 성취를 이룰 수 있었다.

기문숙은 지금 장천의 실력이라면 충분히 강호의 일류고수와도 겨룰 수 있다고 생각하며 크게 만족하고 드디어 계획을 시작할 때가 왔다는 생각하였다.

자연도를 연성하고 있던 장천은 사부가 부르자 덜렁거리는 자세로 오두막 안으로 들어섰는데 사부인 기문숙이 비장한 얼굴로 앉아 있자 조금 긴장할 수밖에 없었다.

"사부님, 부르셨습니까?"

"자, 이리 앉도록 하여라."

"예."

사부의 말에 마른침을 꿀꺽 삼킨 후 자리에 앉았는데 그런 장천에게 그는 보따리 하나를 건네준 후 말했다.

"풀어보아라."

"예."

기문숙이 건네준 보따리를 풀어보자 그곳에는 하나의 청동패와 함께 한 권의 책이 있었다. 책의 겉면에는 그가 배운 적이 있는 무골장법이 쓰여 있었다.

"그것이 바로 무골장의 비급이고 이 청동패는 무골장을 익히고 있던 무인이 죽을 때 가지고 있었던 신분 증명패이다. 무골장을 사용한 무인의 이름은 두성(杜誠)으로 하북의 두가촌에서 살았던 인물이다. 한때는 나와 같이 하오문에서 있던 자이지. 넌 이 두성이란 자의 아들 신분으로 마교로 잠입해 들어가야 한다."

"아!"

그제야 사부가 하는 말을 알아들을 수 있는 장천이었다.

언젠가는 사부가 자신을 마교로 잠입해 들어가게 할 것이라는 것을 알고 있었기 때문이다.

"마교에서 네가 사용할 이름은 두형(杜形)으로 나이는 열두 살이다. 두성에게서 열 살 때까지 무공을 배웠지만 그후로 두형이 죽자 혼자 이 산에서 살고 있었던 녀석이지."

그후로 기문숙이 장천이 써야 하는 두형이란 이름의 신세에 대해서 줄줄 읊기 시작하자 장천은 일일이 그것을 외워 나갔다.

그 자신이 해야 할 것은 쌍도문의 미래를 위한 것으로 어리기만 한 장천은 뜻있는 일을 한다는 생각에 진지하기 그지없었다.

그렇게 세 시진가량 이야기를 들은 장천은 목적과 함께 어떻게 마교로 들어가야 하는지까지 완벽하게 교육받을 수 있었다.

모든 이야기가 끝나자 기문숙은 천천히 장천의 앞으로 가 머리를 쓰다듬어 주며 말했다.

"네가 해야 할 일은 어린 너에게는 조금 힘든 일이 될 것이다. 하지만 네가 진정으로 쌍도문을 사랑한다면 어떠한 어려운 일이 있더라도 참고 힘을 내야 할 것이다."

"예, 사부. 명심하겠습니다."

비장한 얼굴로 대답한 장천의 눈망울에는 강한 의지의 빛이 흘러나오고 있었다. 혼자가 된 장천이 용담호혈이라는 마교에서 과연 쌍도문의 미래를 밝게 할 수 있을 것인가.

제11장
마교 입문

드디어 하산의 시기가 다가온 장천은 기문숙이 마련해 준 옷과 여러 가지 물품을 챙겨 넣고 하직 인사를 올렸다.

눈물이 글썽글썽한 눈망울로 자신을 보고 있는 장천 때문인지 기문숙은 하늘을 바라보며 시선을 회피하였다.

"사부, 다녀오겠습니다."

"다시 올 필요는 없다."

사부의 말에 장천은 눈물을 펑펑 쏟고는 다리를 붙잡고 늘어지며 아쉬움의 한마디를 던졌다.

"흑흑… 사부, 넘 냉정해요."

"붙지 마!"

"흑흑흑……!"

장천이 다리에 들러붙자 언제나 하던 대로 지팡이로 머리를 후려갈긴 기문숙이었으나 사실 조금 정이 들어 헤어지는 것이 아쉽기는 했다.

지팡이로 맞아서 우는지 헤어지는 것이 슬퍼서 우는지 분간이 안 되는 장천은 찔끔찔끔거리며 드디어 산을 내려가니 이것이 바로 강호로의 진정한 첫발이었다.

어렵지 않게 산에서 내려온 장천은 근처에 있던 화전민의 마을에 도착할 수 있었다. 그리 크지 않은 이 마을은 구가 성을 가진 사람들이 대부분 모여 살고 있었기에 구가촌이라는 이름으로 불리고 있었는데 다행히도 작은 객점이 있었기에 장천으로선 조금 안심할 수 있었다.

"엥?"

작은 마을의 객점이었기에 사람이 별로 없을 것이란 예상을 깨고 의외로 객점은 사람들의 모습이 꽤 보이고 있었다.

괴이한 것은 그 대부분의 사람들이 이 마을 사람들이 아니라 외부에서 들어온 무인이란 것이었다.

사람들이 많아 자리가 없었던 탓에 장천은 이리저리 헤매고 있었는데 그때 한 거구의 남자가 손짓하며 장천을 불렀다.

"오! 젊은 형제, 자리가 없다면 이리 오세요."

"……."

거구의 남자 발음은 정말 이상했다.

마치 혀가 꼬부라진 듯한 발음을 구사하고 있었다.

이상한 생각에 자세하게 쳐다본 장천은 이내 보통 사람들과 다른 점을 발견할 수 있었는데 잠시 나열하면 코가 좀 크고 눈이 파랬으며 머리 색깔도 갈색 빛이 뚜렷하게 드러나고 있었다.

'음… 서역에서 온 오랑캐들은 중원인과 다른 모습이라고 하더니 저자도 서역에서 온 사람일까?

아무튼 자리가 없었기에 잠시 망설이다 그의 앞 자리에 앉았는데 가까이에서 보니 이상한 점은 더 뚜렷하게 드러나고 있었다.

마치 짐승처럼 팔에는 털이 수북하게 나 있었고 몇 년은 안 깎았는지 수염이 얼굴의 반을 가리고 있었다.

하지만 중원인 중에서도 털보가 없었던 것은 아니기에 그러려니 하고 넘어가려는데 그의 옆에 있던 검을 보고는 또 생각이 바뀔 수밖에 없었다.

덩치에 걸맞지 않게 그가 가지고 있는 검은 폭이 좁았다. 이 정도의 덩치라면 관운장이 사용했다던 청룡언월도를 써도 이상하게 느껴지지 않을 정도인데 조금은 병기와 사람의 균형이 맞지 않은 모습이기에 웃음이 나왔다.

"오! 당신이 처음으로 저를 보고 웃어준 사람입니다."

"예?"

장천은 그의 혀 꼬부라진 말에 되묻지 않을 수 없었다.

"이곳 사람들은 저를 보며 이상한 얼굴을 합니다. 가까이 오는 사람도 없고 주점에선 돈도 받지 않고 그냥 나가라고 합니다."

"음……."

그제야 주위를 돌아본 장천은 자신들의 주변에 사람들이 없다는 것을 깨달았다. 또 다른 자리에 앉아 있는 자들은 힐끔힐끔 쳐다보고 있기에 마치 광대가 된 느낌이 들었다.

"아무래도 중원인들 눈엔 서역 사람이 이상하게 보이니까요. 아무튼 반갑습니다. 전 두형이라고 합니다."

"오! 실례했습니다. 전 영국에서 온 데이비드라고 합니다."

"데비드요?"

"오! 데이비드입니다만 그냥 데비드라고 불러도 상관없습니다."

"아, 예."

처음 볼 때는 조금 이상하기는 했지만 막상 상견례를 하고 보니 별로 나쁜 성격의 사람은 아니라는 생각이 들어 장천은 이자와 조금 친해보기로 결심하고는 계속 이야기를 나누었다.

"그런데 서역 분이 왜 중원까지 오셨습니까?"

"오! 우리 나라에선 기사의 신분으로 무예를 닦고 있는 사람인데 우연히 중원의 무공을 접하게 된 후 크게 감동했습니다. 그래서 이곳으로 무예를 배우기 위해 찾아온 것이지요."

"아!"

"제가 잘 아는 사람의 말로는 이곳에 마교란 곳이 있는데 그곳에 들어가면 마음대로 무공을 익힐 수 있다고 해서 찾아왔습니다."

그 순간 객점에 있는 사람들은 모두 크게 놀라 자리에서 일어났는데 그들 대부분이 정파의 인물로 보였다.

마교가 일종의 종교 집단인만큼 신도들을 받아들이는 데 그리 큰 제재를 가하지 않았고 자질만 있다면 교의 무사로 받아들이고 있었기에 그가 그렇게 말한 것은 이해가 가지만 이런 객점 안에서 공공연하게 마교로 들어간다는 이야기를 하니 장천으로선 좀 당황되었다.

"서역의 도깨비 녀석! 괴이하다 여겼더니 마교의 앞잡이로구나!"

한 무인이 병장기를 들고 노성을 터뜨리자 객점에 있던 다른 이들도 모두 병장기를 뽑아 들었기에 장천으로선 조금 당황할 수밖에 없었다.

'젠장… 일이 꼬여 버렸네.'

하지만 산을 내려오자마자 자신과 이야기를 나눈 사람인지라 그를 그대로 내버려 둘 수 없었기에 손을 칼로 가져갔는데 데비드는 그들의 모습을 보며 크게 놀라는 표정을 지으며 자신의 검을 들고 말했다.

"오! 결투입니까? 저희 로빈턴 가문의 기사는 결코 결투에서 물러서
지 않습니다!"

그 말과 함께 검을 뽑아 드니 객점 안은 살기가 넘쳐흐르기 시작했다.

"휴~"

어쩔 수 없다고 생각한 장천은 데비드를 도와주기 위해 자신 역시
칼을 뽑아 들고는 그들과 대치했다.

정파의 인물들과 싸우는 것이 조금 꺼려지기는 했지만 일단 데비드
를 도와주는 것이 강호의 의리라 생각했다.

"마교의 무리들을 처단하자!"

한 무사의 외침과 함께 드디어 싸움이 시작되었다.

예상외로 데비드는 상당한 실력을 보여주었다.

큰 덩치와는 달리 빠른 쾌검을 구사하는 그는 거의 대부분이 찌르기
수법이었지만 독특한 서역의 보법으로 무사들의 병기를 가볍게 피하며
제압하고 있었다.

다행히 이곳에 모여 있는 정파 고수들의 실력은 그리 뛰어나지 못했
기에 그가 싸우는 것에는 별 무리가 없다고 생각한 장천은 자신 역시
칼을 휘두르며 그들 사이를 휘저어갔다.

장천이 사용하는 도법은 강호에서 흔한 삼류무공이었지만 그 내공
과 함께 임기응변이 뛰어났기 때문에 상대를 제압하는 데 별 무리가
없었다.

한참을 그렇게 싸우고 있는 중 갑자기 한 청년이 앞으로 나서며 도
와주기 시작했는데 그는 각법을 사용하는 무사였다.

상당한 빠르기로 순식간에 객점을 휘젓고 다니더니 일각도 되지 않

아 객점 안에 있던 정파의 무사들이 모두 쓰러져 신음하였다.

"자, 저를 따라오십시오!"

청년은 우리를 보며 말하고는 급하게 객점 밖으로 뛰어나갔기에 데비드와 장천은 물건을 챙겨 그의 뒤를 따랐다.

한참을 그렇게 뛰어간 그는 아무도 없는 숲 속에 도착해서는 안도의 한숨을 돌리며 말했다.

"휴~ 방금 그 객점에 있던 무사들은 근처에 있던 태현문의 선발대입니다. 계속 그곳에 있었다간 태현문의 본대와 마주칠 뻔했기에 이렇게 몸을 피한 것이죠."

"아!"

그제야 장천은 그가 자신들을 데리고 왜 급하게 객점을 빠져나왔는지 알 수 있었다.

"아! 인사가 늦었군요. 전 소운정(蘇雲亭)이라고 합니다."

소운정이라 자신의 이름을 밝힌 청년과 반갑게 인사를 한 장천은 또 다른 친구가 생겼다며 좋아했다.

멋있게 뻗은 검미 밑으로 보이는 맑은 눈동자를 가진 그는 꽤 잘생긴 청년이었기에 장천으로선 크게 탄복하지 않을 수 없었다.

"그나저나 홍련교로 입교하신다고 들었는데, 맞습니까?"

장천은 홍련교라는 그의 말에 그가 마교의 사람이란 것을 알 수 있었다.

강호에서 마교를 홍련교라고 부르는 인물은 마교에 속한 사람 외에는 없기 때문이었다.

"예, 데비드 씨는 서역에서 무공을 배우기 위해 왔고, 저 역시 홍련교에 입교하기 위해 찾아 헤매고 있었던 중이지요."

그가 만약 마교의 인물이라면 자신들이 입교하는 데 큰 도움이 될 것이라고 생각한 장천은 크게 기뻐하는 얼굴로 말했다.

"다행입니다. 전 홍련교의 사천지부에 있는 교도인데 이번에 잠시 고향 집에 들렀다 오는 중이었지요. 괜찮으시다면 저와 함께 동행하지 않겠습니까?"

"아! 다행입니다. 도저히 입교를 할 방법이 생각나지 않았었는데, 감사합니다."

장천은 그가 동행한다는 말에 크게 기뻐했다.

일이 풀려도 너무 잘 풀리고 있었기에 조금 의심이 가기는 했지만 운이 좋았다고 생각하며 소운정이란 사람과 함께 마교로 향하게 된 장천은 삼 주일간의 여행 끝에 겨우 마교의 사천지부에 도착할 수 있었다.

마교의 사천지부는 사천의 험한 산속에 위치해 있었다.

자연적으로 생겨난 동굴을 지부로 이용하고 있었기에 당가를 포함한 구파일방에 해당하는 정파가 두 개나 있는 사천에서 안전할 수 있었던 것이다.

동굴 안으로 들어서자 몇 명의 무사들이 일행 앞을 막으며 소리쳤다.

"누구냐?"

병장기를 빼어 든 채 소리치고 있는 그들을 본 소운정은 미소를 지으며 자신의 패를 보여주고는 말했다.

"명화대(明火隊)의 부대장이다."

무사들이 소운정의 말에 병기를 집어넣고 고개를 숙여 인사하자 그는 아무것도 아니라는 듯 장천 일행을 안내하며 동굴 안으로 깊숙이 들어갔다. 한참을 들어가자 넓은 광장이 나타났다.

그곳에선 수백 명의 사람들이 불의 형상이 그려져 있는 벽화를 향해 기도를 올리고 있는 모습이 보였기에 이곳이 홍련교의 교당이란 것을 알 수 있었다.

교당을 지나 안으로 더 들어가자 그곳에 이십여 명 정도의 청년들 모습이 보였는데 소운정은 장천 등을 그곳으로 안내하며 말했다.

"이곳은 홍련교로 입교하기 위해 온 사람들이 신분을 증명하기 위해 모이는 곳입니다. 이곳에서 신분을 증명하신다면 곧바로 홍련교의 교도가 됨과 동시에 원한다면 무공도 배울 수 있습니다."

"아! 소 대협의 배려에 감사드립니다."

"하하하! 별말씀을 다 하십니다. 저로선 두 분의 형제를 바른길로 이끌 수 있다는 것에 오히려 감사할 따름입니다."

뼛속까지 홍련교의 교도인 소운정은 미소를 지으며 사라졌다.

대기실에 모인 청년들은 그 행색이 천차만별이었다.

거지 꼴을 하고 있는 사람이 있는가 하면 부잣집 아들내미 같은 이들도 있었고 간혹 가다는 젊은 여인의 모습도 보였다.

서역인과 같이 들어온 탓에 모여 있던 청년들은 힐끔힐끔 장천과 데비드를 보고 있었는데 그때 무엇인가를 결심한 듯 한 소년이 천천히 장천의 앞으로 걸어왔다.

"음음… 저… 저… 호, 홍련교에… 이, 입교하러 오셨나요?"

"예."

처음으로 말을 걸어준 소년을 보며 장천은 미소 지으며 가볍게 포권했다.

"전 낙양에서 온 두형이라 합니다. 제 옆에 계신 분은 멀리 서역의 영국이란 나라에서 중원의 무공을 배우기 위해 오신 데비드라고 하지요."

"저, 전 북해… 에서 온 동방명언(東方明言)이라 합니다. 이렇게 뵙게 돼서 반갑습니다."

장천의 눈에 비친 동방명언은 수줍음이 많은 소년이었다.

나이는 장천보다 한두 살 어린 열네 살이나 다섯 살 정도로 보였다. 꽤 잘생긴 외모에다 상당한 수련을 쌓은 듯 몸도 다부지게 보였는데 왜 이리 수줍음을 타는지 떨리는 목소리 때문에 말도 알아들을 수 없을 정도였다.

하지만 초면부터 건방지게 나서는 자신감덩어리보다는 낫다는 생각에 장천은 친하게 지내기로 마음먹었다.

처음에는 서역인의 다른 외모에 데비드와 말을 나누는 것을 조금 무서워하는 듯한 동방명언이지만 데비드는 이야기하다 보면 금세 호감이 가는 사람이기에 금방 친해질 수 있었다.

동방명언의 집안은 증조부 때부터 홍련교를 믿었던 집안으로 그들 가문이 교 내에서 그리 높은 직위에 오른 적은 없지만 북해에서만큼은 신도들에게 크게 존경받는 가문이었다.

이로 인해 그의 부친 대에 와서는 홍련교 북해지부에서 파격적으로 지부감찰관이란 그리 높지는 않지만 간부급이라 부를 수 있는 직위에 오를 수 있었다고 한다.

동방명언은 지부감찰관의 자식인만큼 간부급 자제들이 들어가는 홍련교 특급 무공관에 들어갈 수 있었지만 워낙 수줍음을 많이 타는 성격 탓에 들어간 지 한 달 만에 스스로 퇴관하고 말았다 한다.

이런 이유로 외부의 사람들이 홍련교에 입교하여 무공을 배울 수 있는 지부 무공관으로 오게 된 것이다.

다행히 이곳 사천지부의 지부장이 부친과 친분이 있는 관계였기에 북해에서 사천까지 오게 되었다고 한다.

지부장과 잘 아는 사이라니 친하게 지내다 보면 떡고물이라도 떨어지지 않을까 하는 생각에 장천은 더 더욱 그를 놓칠 수가 없었다.

동방명언은 가문 내에서 유일하게 무공을 익히고 있는 인물로 북해 지부의 마교 교도에게서 무공을 익혔다고 한다.

그가 주로 익힌 무공은 권각술, 그중에서도 가장 자신있는 것은 천인수(千刃手)라고 하는 무예로 극성으로 익히면 일장에 수십 개의 칼날이 날아다니는 것 같은 위력을 보이는 상승무학이었다.

그가 익히고 있는 수준은 겨우 삼성 정도에 지나지 않지만 그 정도만으로도 십여 개의 잔영이 일렁이니 극성으로 익힌다면 얼마나 큰 위력을 가질까 하고 장천은 궁금해졌다.

"무골장?"

"응, 돌아가신 우리 아버지가 비급을 남겨주셨거든. 아버지 친구 분의 말씀으론 그냥 강호 이류급의 무공이라니 이번에 홍련교에 입교해서 무공이나 배워보려고."

"아! 그렇구나. 난 네가 도를 세 자루나 들고 있어서 도법을 하는 줄 알았는데……."

"도법이라면 흔히 알고 있는 무공을 익히긴 했는데 그저 그래. 이 칼은 사연이 있어서 들고 다니는 거야."

"사연?"

장천의 사연이란 말에 동방명언은 궁금하다는 듯이 되물었다.

"먼저 이 두 개의 칼은 죽은 친구가 사용하던 건데 그 녀석이 출도할 때 아버지가 줬나 봐. 아무튼 그 녀석의 유언이 이 칼을 다시 자기 문파로 돌려달라는 것이니 들어주려고 하는데 앞으로 이삼 년은 걸릴 것 같아."

"음, 그럼 천으로 감싸여진 칼은?"

"이거? 음… 아무한테도 이야기하면 안 돼. 알았지?"

"응."

"사실 이건 강호십대신병의 하나야."

"헉!"

장천의 말에 동방명언은 크게 놀라는 듯한 표정을 지었다. 강호십대신병을 남루한 복색의 꼬마가 들고 있다는 것에 어찌 놀라지 않을 수 있겠는가?

"하하하! 농담이야. 사실 이 검은 아까 말했던 아버지 친구 분의 물건인데 여비도 없고 해서 갖고 나왔지. 그런데 막상 팔려고 하니 조금 꺼림칙해서 말이야. 언젠가 다시 그분께 돌려 드려야겠다고 생각해서 이렇게 천으로 조심스럽게 싸서 가지고 다니는 거야."

"응, 그렇구나?"

원래 남들에게 거짓을 말할 때 가장 중요한 것은 그 거짓말 앞에 무슨 말을 하는가다.

장천이 주로 쓰는 방법에는 먼저 장황하게 남들이 알고 있는 사실을 이야기하는 것이다. 그렇게 하면 상대방은 자신도 알고 있는 이야기이기에 방심하게 되는데 이때 거짓을 하나 흘리면 그 이야기는 앞에 있던 사실과 겹쳐 듣는 이는 사실을 바탕으로 그것마저 받아들여 아무런 의심 없이 거짓을 믿게 된다.

두 번째는 본론을 이야기하기 전에 재밌는 농담처럼 한마디를 흘려 상대를 방심하게 하는 것인데 한 번 농담을 흘리게 되고 그 다음에 본론에 해당하는 거짓을 진실처럼 이야기하게 되면 상대방은 자연히 전에 했던 농담과 비교하여 두 번째 이야기를 진실로 듣게 되는 것이다.

뭐, 상대가 상대인만큼 그런 거짓이 필요한 것은 아니었지만 자신의 검이 화룡신도라는 것은 반드시 감출 필요가 있기 때문에 도를 싸고 있는 천을 풀 생각이 없는 장천이었다.

이런저런 이야기를 나누고 있을 때 청년들이 모여 있는 곳으로 몇 사람의 무인들이 모습을 드러냈는데 온몸에서 흐르고 있는 기도를 보아 상당한 실력의 무인이라는 것을 알 수 있었다.

그중 얼굴에 긴 검상을 지닌 중년 정도의 남자가 앞으로 나오며 청년들의 앞에 서서 큰 소리로 말했다.

"본인은 이곳 사천지부 부지부장의 직위에 있는 감석천(甘石泉)이라 한다. 먼저 홍련교의 입교하게 된 여러분께 홍화신군(紅火神君)님의 은총이 있기를 바라는 바이다. 여러분들이 지금부터 할 것은 앞에 있는 지부의 무사들에게 자신이 살던 고향과 현재 익히고 있는 무공들을 말하는 것이다. 간단한 신분 검사가 끝난 후 여러분들은 그 자질에 따라 천무관, 지무관, 인무관으로 나뉘게 될 텐데 천무관을 통과한 사람에 한해선 본 교의 특급 무공관에 입학할 자격이 주어지니 열심히 수련하기 바란다."

간단하게 설명을 마친 부지부장 감석천이 물러서자 다섯 개의 책상을 가져다 놓은 무인들이 그곳에서 지필묵을 꺼내 들었다.

감석천의 말이 있었던지라 청년들이 나뉘어 줄을 서기 시작하자 장천 등도 그들의 뒤를 따라 줄을 섰다.

"이름은?"

"두형입니다."

"출신은?"

"낙양이요."

"무공은?"

"무골장을 십성 정도 익혔습니다."

"음……."

그 말을 들은 사내는 잠시 장천의 얼굴을 올려다보더니 물었다.

"무골장이라면 귀주 백골문의 무공이라고 알려졌는데?"

"그것이… 저희 아버님이 백골문에서 조금 일이 있어서 말입니다."

그 말과 함께 장천은 청동패를 꺼내어 그에게 건네주었는데 그는 한참을 그것을 바라보더니 고개를 끄덕이며 말했다.

"백골문의 신분 표식이로군. 잠시만 기다리도록 하게."

그 말과 함께 뒤로 돌아서서 어디론가 간 그는 삼 각 정도 후에 다시 돌아와서는 청동패를 돌려주며 말했다.

"백골문의 신분 표식이 맞군. 자네 아버지는 두성이란 이름으로 하북 두가촌 출생이고 무골문 문주의 여식과 정을 통하곤 도망가 하오문에서 머물렀다는데, 사실인가?"

"글쎄요. 저로서는 자세한 것은 모르겠고 아버지의 친구 분 중에 하오문의 전충(田忠)이란 분께 대충 들었을 뿐입니다."

"알겠네."

그 말에 뒤로 돌아서 걸어가던 장천은 슬쩍 돌아와 그가 통과의 도장을 찍는 것에 만족한 미소를 지었다. 한참이 지난 후 데비드도 신분 조사를 끝내고 장천에게로 걸어왔다.

"데비드, 잘된 것 같아요?"

장천의 말에 데비드는 손을 내저으며 모르겠다는 표시를 했다. 과연 홍련교에서 서역의 사람을 자신들의 교에 받아줄까는 시간이 지나야 알 수 있을 것 같았다.

동방명언은 교 내에서 신분이 확실한 편에 속한 인물이었기에 금방 신분 조사를 끝내고 돌아왔다.

그렇게 한참을 기다리고 있자 모든 신분 조사가 끝났고 얼마 지나지 않아 청년들은 무인 한 사람을 따라 다른 곳으로 이동해 갔다.

한참을 동굴 안으로 들어서자 커다란 방에 도착할 수 있었는데 그곳에는 큰 바위가 열 개 정도 놓여 있었다.

"잠시 여러분들의 무공을 시험해 보도록 하겠습니다. 자신이 가장 자신있는 무공을 사용하여 앞에 보이는 바위를 치도록 하십시오."

무인의 말에 따라 청년들은 열 개로 나뉘어진 바위로 가서 차례대로 바위를 후려치기 시작했다.

장천은 자신의 차례가 돌아오자 손에 내공을 집중해서 무골장의 초식을 사용하여 바위를 후려쳤는데 그 순간 큰 통증이 손으로 밀려오는 것을 느끼곤 물러섰다.

"큭!!"

무골장을 내친 바위 부분은 한 부분이 부서져 땅으로 떨어졌는데 자신의 무골장이 이 정도의 위력밖에 내지 못하자 장천으로선 실망하고 말았다.

시험관은 잠시 부서진 바위 흔적을 살펴보더니 고개를 끄덕이곤 다음 차례로 넘겼고 장천의 뒤 차례인 데비드는 자신의 검을 뽑아서는 가볍게 앞으로 찔러갔다.

챙!!

검이 부딪치자 푸른색의 불꽃이 튀기면서 바위의 한쪽이 부서져 나갔는데 데비드도 그것을 보며 크게 놀라는 표정을 지었다.

"오!"

"왜 그러는데?"

"고향에선 제 검으로 바위를 꿰뚫을 수 있었는데 이곳의 바위는 참 딱딱하군요."

그 말에 장천은 앞에 있는 바위가 보통 바위가 아니라는 것을 알 수 있었다.

아무튼 이 시험을 끝낸 후 경신술 시험과 내공 시험 등을 거친 장천 등은 피로한 몸을 끌고 다시 처음에 모였던 장소로 올 수 있었다.

"휴~"

벽에 기대어 숨을 내쉬고 있을 때 결과를 든 무인이 앞으로 나와서 청년들이 가게 될 무관을 불러주기 시작했다.

거의 대부분의 청년들은 인무관으로 향하고 있었는데 그들은 아직 무공을 익히지 못한 사람들이었다.

무공을 익힌 청년들은 천무관이나 지무관으로 향했기에 장천은 자신 역시 그곳으로 향하게 될 것이라 생각하고 있는데 모든 사람의 이름이 불린 후에도 자신의 이름이 나오지 않자 조금 당황되었다.

'들켰나?'

하지만 자신 외에도 데비드나 동방명언 외에 열 명 정도의 청년들이 더 남아 있었기에 자신의 정체가 들통난 것은 아닌 듯했다.

결과가 발표된 후에도 남아 있던 청년들은 수군거리며 이상해하고 있었는데 그때 처음 얼굴을 드러냈던 부지부장이란 사람이 앞으로 나와서 장천 등을 보며 큰소리로 말했다.

"이곳에 남아 있는 여러분들은 세 개의 무관과는 다른 무관으로 향하게 될 것입니다!"

"다른 무관이라니요?"

한 청년이 묻자 감석천은 미소를 지으며 말했다.

"자세한 이야기는 말해 줄 수 없지만 여러분들이 가게 되실 곳은 본교에서 상당히 중요하게 생각되는 곳으로 현재 교 내에서 추진하고 있는 대업에 크게 관계있는 곳입니다. 저희 사천지부에서 선택된 여러분인만큼 좋은 성적을 거두시기 바랍니다."

그렇게 말하고 감석천은 뒤로 돌아 나가니 사람들은 자신들이 가야될 곳에 대해서 의견이 분분해지기 시작했다.

하지만 동방명언은 무엇인가 알고 있는 것처럼 고개를 끄덕이며 말했다.

"아무래도 금선곡으로 가게 될 것 같군요."

"금선곡이요?"

"예, 아버지의 말씀으론 각 지부에서 자질이 뛰어난 사람들을 모아금선곡으로 보내고 있다고 하는데 그곳에서 무슨 일을 하고 있는지는교 내의 상부 인사들 외엔 비밀이라고 합니다."

"음."

생각 외로 이상한 곳으로 가게 된 장천이었다.

과연 금선곡에서 장천을 기다리고 있는 것은 무엇일까?

금선곡으로 가는 길은 지부 내에서도 상당한 비밀에 속했기 때문에장천 일행은 꽉 막힌 마차에 실려 짐짝처럼 실려 갔다.

다행히 금선곡과 사천지부는 그리 멀지 않았는지 이 주일 만에 목적한 곳에 도착할 수 있었다. 마차에서 내리자 보이는 것은 그 끝이 보이지 않을 정도로 깊은 계곡이었다.

계곡 밑으로 내려가는 방법은 근처에 만들어진 바구니를 타고 내리는 것으로 한계 인원은 다섯 명. 여섯 명이 타면 한없이 깊은 금선곡 아래로 아무런 장애 없이 추락하였다.

계곡의 중간쯤에 도착하자 작은 동굴이 눈에 띄었는데 그곳에선 세 명의 무인이 경계를 서고 있는 것을 볼 수 있었다.

동굴로 통해 한참을 들어가자 드디어 넓은 광장이 보였는데 그곳에선 이미 타 지부에서 모인 수십 명의 젊은이들이 무공 연습을 하는 모습이 보였다.

무공을 수련하는 젊은이들의 모습을 보고 있는데 그들의 앞으로 한 중년검객이 청색의 값비싼 비단으로 옷을 차려입고 섭선을 저으며 산뜻하게 경공으로 날아오더니 장천 등을 향해 말했다.

"금선곡 이십사 기 입곡생을 환영하는 바이오. 본인은 이곳 금선곡을 책임지고 있는 곡주 청금공자(靑錦公子) 문익(門益)이라 하오."

중년 주제에 서슴없이 공자가 들어가는 명호를 쓰고 있는 문익을 보며 야유를 보내고 싶은 장천이지만 일단은 곡의 책임자인만큼 미운털이 박힐 수는 없는지라 꾹 참았다.

아무튼 자칭 공자라는 중년의 설명을 들으며 곡의 이모저모를 설명받은 장천은 이곳이 단순한 무공 수련장이 아니라는 것을 알 수 있었다.

조금 이상한 사람이기는 하지만 그가 보여준 경공은 그 움직임이 상당히 부드러운 것으로 보아 일류고수의 실력이었고 훈련을 받고 있는 젊은이들 역시 꽤 자질이 있어 보였다.

첫날인만큼 장천 일행은 간단한 지리 설명 후에 숙소를 배정받을 수 있었는데 다행히 동방명언, 데비드와 같은 방을 배정받을 수 있었다.

"금선곡에 대해서 다른 이야기는 들어본 적이 없어?"

이제 친하게 된 세 사람은 서로 말을 놓고 지내는 사이가 되었다. 장천은 동방명언에게 금선곡에 대해서 물어보았는데 한참 생각에 잠겨 있던 그는 무슨 생각이 났는지 손바닥을 치며 말했다.

"아버지 말로는 교 내에서 중원에서의 입지를 높이기 위해 한 가지 계획을 준비하고 있대. 물론 아버지 직위로는 알 수 없는 일이지만 들리는 소문에 의하면 계획이 성공한다면 강호에서 구파일방은 완전히 사라진다 하시더라고. 이 계획을 실행함과 동시에 금선곡이 만들어졌으니 연관은 있다고 생각해."

동방명언의 말대로라면 상당히 큰일이었다.

물론 그 계획이 얼마나 성공을 거둘지는 알 수 없는 노릇이지만 마교가 준비하는 일이라면 실패를 한다 해도 구파일방 중 서너 개는 사라진다고 보는 것이 옳았다.

'아무래도 금선곡에서 정보를 수집해 봐야겠군.'

한마디로 표현하자면 정말 눈 뜰 새 없이 바쁜 하루의 연속이라고 할 수 있었다.

금선곡. 마교의 골수 신자들로 뭉쳐진 이 좁은 공간 안에서 어떻게 농땡이를 칠 수 있겠는가.

극악의 미동계조차 통하지 않는 인물이 수두룩한 이곳은 자칭 미공자 청금공자 문익을 중심으로 해서 무뚝뚝한 배불뚝이인 마천수(馬擅帥), 자칭 미모의 경공 사범인 추녀 미영(美英), 검만 잡으면 미친 사람처럼 변하는 단징(單澄), 이와 반대로 평상시에는 여자처럼 조잘거리다가도 도만 잡았다 하면 무뚝뚝한 남자로 변하는 순유(筍喩) 등 강호에 나가면 괴인이라 불릴 사람들이 수두룩했으니 이곳에서 미동계는 평범한 삼류 술수에 지나지 않았다.

끼리링!

청금공자의 극악의 통소 소리가 금선곡에 퍼질 때가 바로 금선곡의 하루가 시작되는 시간이었다.

그의 통소 소리를 들으며 일각이라도 더 잘 수 있는 사람이 있다면 바로 금선곡에서 내보내겠다는 부곡주 장경(長競)의 말마따나 피곤에 지친 장천도 더 이상 견디지 못하고 자리에서 일어나 어제 입었던 땀내 나는 옷을 주워 입었다.

"오! 어제 입었던 것을 또 입다니 더티합니다."

"상관 마, 데비드."

데비드의 감탄을 뒤로한 채 주섬주섬 옷을 챙겨 입은 장천은 오늘의 수업표를 잠시 뚫어지게 쳐다보며 눈동자의 초점을 맞춘 후 천천히 연습용 검을 들고 밖으로 나갔는데 이미 우등생 동방명언은 아침 운기조식을 마치고 간단한 체조를 하고 있었다.

"아! 두형! 잘 잤어?"

"응."

그의 인사를 대충 받아넘긴 장천은 대충 지하수가 흐르고 있는 곳으로 가서 얼굴을 씻고는 하늘을 향해 두 손을 뻗어 올렸다.

계곡 안의 감추어진 계곡인 탓에 태양이 비추는 시간은 길어야 두 시진 정도에 지나지 않았기에 아직도 어둑어둑한 금선곡 안을 터벅터벅 걸어다니던 장천은 검술 수련장으로 향했다.

"켈켈켈켈……!"

피곤한 몸을 끌고 가는 도중에 괴물의 울음소리를 들으며 벌써 단징이 검을 잡았구나 생각하며 수련장 안으로 들어서자, 아니나 다를까, 구석구석에는 십여 명의 연습생들이 숨어 있었다.

그리고 그 가운데에는 검술 사범인 단징이 두 손을 허리에 대고는 하늘을 보며 크게 웃고 있었다.

"아! 두형, 잘 왔다! 사범님 좀 진정시켜 봐!"

장천이 나타나자 무기 진열대 옆에 숨어 있던 이십 대의 청년이 다급하게 소리쳤는데 그는 장천보다 한 기수 빨리 금선곡에 들어온 은조상(銀朝霜)이란 청년이었다.

홍련교의 이름난 가문의 차남으로 태어나 어렸을 때부터 영약을 복용하여 현재 내공이 삼 갑자에 이르는 무시무시한 녀석이었는데 육합검법 하나만을 익히고 있었다.

"또 아침부터 발광이네. 알았어."

은조상의 말에 장천은 고개를 끄덕이며 천천히 단징의 앞으로 걸어가서는 손에 들고 있던 검을 치켜들며 소리쳤다.

"이 마교의 앞잡이 놈아! 나 두형이 강호의 정의를 지키기 위해 너의 목을 베겠다!"

"크아아아!!"

장천이 소리치자 단징은 크게 노하는 듯한 얼굴로 괴성을 지르며 달려들었는데 그때 사방에서 밧줄이 날아와 잽싸게 단징의 몸에 올가미를 걸었다.

검술 사범 단징에게 올가미를 던진 사람들은 수업을 받는 청년들이었는데 꽤 숙련된 솜씨를 보이는 것으로 보아 상당히 오랜 시간 동안 당징의 발광을 진정시킨 듯했다.

하지만 강호에서도 내로라하는 실력을 가진 단징을 쉽게 제압할 수는 없었기에 십여 명의 청년들은 단징에게 끌려가는 꼴이 되어버렸는데 장천은 검을 휘두르며 발광하는 그가 자신의 눈앞에 도달하자 무골장을 사용하여 그대로 그의 정수리를 가격했다.

위력이 약한 무골장이라고는 하나 제대로 방어하지 못하고 당한 단징은 그 자리에서 졸도하고 말았다. 쓰러진 단징의 손에서 검을 뺏은 장천은 가볍게 은조상에게 던져 주며 말했다.

"아침부터 시끄럽게 단징 사범님 손에 검이 들어가게 한 사람이 누구야!"

장천이 소리치자 얼굴을 숙이며 은조상이 가볍게 손을 드니 그로선 한숨을 내쉴 수밖에 없었다.

"휴~"

은조상이 조금 둔하다는 것은 알고 있었기에 한숨으로 때운 장천은 쓰러져 있는 단징의 앞에 쭈그려 앉아 손가락으로 가볍게 그의 태양혈을 가격했다.

"음……."

퍼뜩 정신이 든 듯 단징은 자리에서 일어나더니 주위가 어지럽게 변한 것을 보고는 한탄하며 말했다.

"아! 내가 또 일을 저질렀나 보구나."

"알면 됐어요."

단징의 한탄에 대충 대답한 장천은 자기 자리로 돌아가 앉았고 그제야 나머지 청년들도 단징을 가운데에 두고 원을 둘러싸고 앉아 자리를 잡았다.

검술 사범인 단징은 어이없게도 검을 잡지 않으면 지극히 지적인 사람이었다.

온몸에서 풍기는 여유와 함께 차분한 말솜씨 등으로 금선곡의 몇 명 안 되는 여인들 사이에선 큰 인기를 누리고 있었으니 세상은 참으로 공평하다고 할 수 있었다.

금선곡에 입곡한 지 육 개월의 시간이 지나자 장천은 이곳 생활에 익숙해질 수 있었다.

현재 그가 있는 등급은 상급의 단계로 곡에서 수련하는 사람들 중에서 서열 4위를 차지하고 있었다.

어린아이의 몸이기는 하지만 타고난 자질이 좋은데다가 금선곡에선 농땡이를 칠 수 없는 만큼 꾸준히 무공을 익힌 결과라고 할 수 있었다.

그와 같이 들어왔던 데비드는 서열 6위, 동방명언은 서열 1위를 차지하고 있었으니 이 개월 뒤에 있을 시험에서 합격한다면 드디어 곡을 나갈 수 있는 자격이 주어지게 된다.

하지만 곡을 나가기 위해선 필수 과목, 즉 검술과 경공을 합격선까지 익혀야 하기 때문에 동방명언의 경우에는 개인 연습을 하고 있었고 데비드는 경공을, 장천은 검술을 집중적으로 익히기 시작했다.

"그럼 오늘은 어제에 이어 본 교의 상승 검법 중의 하나인 마령검법에 대해서 배우도록 하겠다. 두형."

"예."

"앞에 나와서 마령검법을 시전해 보도록."

"예."

사범의 말에 자리에서 일어난 장천은 천천히 검을 들어 자세를 잡고는 마령검법의 기수식을 취했는데 그때 사범인 단징이 손을 올리며 말했다.

"잠깐! 거기서 멈추게!"

"큭!"

마령검법의 기수식은 조금 까다로운 편에 속했다. 검을 든 오른손은 하늘로 들며 칼은 앞으로 향해야 하고 왼손은 땅의 지기를 받아들이는 자세였다.

허리를 곧게 펴고 왼발은 앞으로 직각을 이루며 오른발은 뒤로 내밀어 직선을 만들어야 하니 들리는 말에 의하면 이 자세를 삼 각만 유지하면 허리에 쥐가 온다는 말이 있을 정도로 힘든 자세였다.

단징에게는 아침의 일에 대한 나름대로의 복수가 담겨 있는 일이었으니, 장천에게로 가까이 간 그는 막대기를 들어 여기저기를 두드리며 장장 반 시진가량을 마령검법 기수식에 대하여 설명하기 시작했다.

"자, 거기까지. 이제 들어가도록 하게."

"예."

반 시진의 기수식 자세로 파김치가 되어버린 장천은 어깨를 늘어뜨리며 자기의 자리로 돌아갔으니 단징을 향한 살기가 피어나고 있었다.

간단한 검술 수련이 끝나자 이제 개인 수련을 하기 위해 자신의 숙소로 돌아가는 장천에게 검술 사범인 단징이 걸어오더니 말했다.

"오늘 아침은 고마웠다, 두형."

"별말씀을요. 그런데 무슨 일이죠?"

"혹시 마령검법 말고 다른 것을 배울 생각은 없나?"

"마령검법 말고 다른 거라뇨?"

"이번에 교에서 열두 명의 학생을 선출하여 홍련십팔검을 전수하라는 지시가 내려왔는데 난 네 녀석을 추천하고 싶구나."

"홍련십팔검이라면 지부에서도 어느 정도 직위가 있는 사람만 익힐 수 있는 상승무공이잖아요?"

"금선곡이 역사가 짧기는 하지만 교에서 상당히 신경 쓰고 있는 곳이니 아마 본 교의 간부가 될 인재들을 키우기 위한 것 같구나. 어떠냐, 한번 해보겠느냐?"

"당연하죠. 단징 사범님을 직급으로 눌러서 쫓아낼 호기를 왜 놓치겠어요?"

"녀석, 알았다. 명단에 네 이름을 올리도록 하마."

장천으로선 단징의 말이 크게 기쁘지 않을 수 없었다.

들리는 소리에 의하면 금선곡을 나온 후 홍련교 지부의 최하급 간부가 되는 것도 최소 삼사 년은 걸린다는데 그것을 단축하게 되었기 때문이다.

단징의 말대로 이번 특별 선발제에 뽑힌 인물들은 모두 금선곡 내에서 실력이 있다고 인정된 열두 명의 인재들이었다.

현재 서열 1위에 있는 동방명언을 비롯하여 데비드와 장천 등이 뽑혔는데 가장 진전이 떨어진다고 알려져 있는 은조상이 이번 특별 선발제에 뽑혔다는 것은 조금 의외의 일이었다.

"어쩌면… 가장 문제있는 열두 명의 학생들을 제거하려고 모은 게 아닐까?"

은조상을 보며 허튼 생각을 한 장천은 온몸에서 돋아나는 닭살들을 진정시키고 있었는데 그때 금선곡의 가장 문제점이라고 할 수 있는 자칭 청금공자 문익이 통소를 입에 물고 멋드러지게 경공술을 사용하여 내려왔다.

삐리리리!

"으악!!"

극악의 통소 소리가 울리자 기다리고 있던 열두 명의 학생들은 모두 귀를 막고 쓰러지고 보니 청금공자의 음공에 대항할 수 있는 자는 단 한 사람도 없었다.

"제발 좀 멈춰요!!"

더 이상 참지 못한 장천이 소리를 지르자 그제야 조금씩 그의 통소 소리가 사그라들기 시작했다.

"금선곡의 특별 선발제에 뽑힌 제군들을 환영하는 바이다! 자, 나를 따라 안으로 들어가도록 하지!"

퉁소를 품에 집어넣은 문익은 빛나는 미소를 한번 날려 보는 이들의 온몸을 얼린 후 천천히 건물 안으로 들어갔다.

그가 들어간 곳은 금선곡 내에서 간부급 외에는 출입이 통제되어 있는 곳, 장천으로선 한번 들어가 보고 싶었지만 지금까지 단 한 번도 가본 적이 없는 곳이었다.

"음……."

입구로 들어서자 홍련교의 역사가 담겨져 있는 벽화가 그려져 있었는데 아마 홍련교 제의 의식에 사용되는 건물인 모양이었다.

"이곳은?"

데비드는 여기저기를 훑어보다 동방명언을 보며 물어보았는데 놀랍게도 그 대답은 뒤에서 따라오고 있던 은조상이 해주었다.

"이곳은 홍련교의 고대 신전입니다."

"고대 신전?"

"예, 정확한 때는 알 수 없지만 초대 교주께서 처음으로 이 고대 신전을 찾아내신 후 홍련교를 만드셨다고 합니다."

"음……."

그렇다면 이곳은 홍련교의 성지와도 같은 곳이라 할 수 있었다.

벽화를 지나 더 안으로 들어서자 지하로 향하는 계단이 눈에 들어왔는데 그 엄청난 수를 뽐내는 지하 계단을 다 내려온 것은 그후로도 반시진이 지난 후였다.

계단을 내려서자 보이는 것은 야명주가 박혀 있는 천장으로 된 긴 통로였다.

하나만 팔아도 평생을 먹고 살 수 있을 크기의 야명주를 보며 입맛을 다시던 장천은 드디어 목적지에 도착하게 되었다.

원형의 방 가운데에는 거대한 불꽃의 석상이 보였고 그 밑으로 석상을 감싸듯이 수천 권의 장서가 자리 잡고 있었다.

"이곳은 홍련교의 초대 교주께서 발견하신 고대의 성전이다. 석상 밑에 보이는 것은 홍련교의 교리가 적힌 수만 권의 성서로 이 책을 통해 초대 교주께서는 진정한 신의 교리를 깨우칠 수 있었다. 자, 계속 나를 따라오거라."

마치 관광지를 설명해 주는 안내원마냥 설명해 주는 무익을 따라 장천 일행은 넓은 원형의 방을 지나 다시 긴 복도로 향했는데 또다시 한참을 들어가자 열두 개의 석실 문이 드러났다.

"자, 이곳이 너희들이 무공을 연마할 곳이다."

"이곳이?"

장천이 바라보니 열두 개의 석실 문에는 야차의 모습이 양각되어 있었고 그 밑에는 중원에선 볼 수 없었던 이상한 문자가 음각되어 있었다.

장천의 얄팍한 지식으로는 그 문자를 해석할 방도가 없었는데 그때 문익이 하나의 항아리를 가져와 기재들 앞에 놓았다.

"이 항아리에는 각기 다른 열두 개의 글자가 적혀 있는데 너희들은 그 글자가 있는 방을 찾아 야차의 오른쪽 눈에 끼우도록 하여라."

"예."

문익의 말에 따라 그들은 항아리에 손을 넣고 구슬을 꺼내 들었다.

장천은 다섯 번째로 항아리에서 구슬을 꺼내 들었는데 자신이 향할 석실이 첫 번째 석실이라는 것을 알 수 있었다.

구슬을 들고 천천히 석실의 앞으로 향한 장천은 조심스럽게 야차의 오른쪽 눈에 구슬을 끼웠는데 그 순간 큰 굉음과 함께 서서히 석실의 문이 열리기 시작했다.

"우와!"

어떤 방식의 기관 장치인지는 모르겠지만 자동문이라는 것에 신기해진 장천은 탄성을 내지를 수밖에 없었다.

"자! 그럼 세 달 후에 보도록 하세."

"예? 세 달이요?"

생각보다 긴 시간을 이런 석실에 갇혀 있어야 한다는 생각에 장천은 당황할 수밖에 없었지만 설마 죽이기야 하겠느냐는 생각에 마음을 가다듬고 천천히 석실 안으로 발걸음을 옮겼다. 장천이 안으로 들어서자 석실 문은 다시 기관 장치의 작동음과 함께 서서히 닫히기 시작했다.

"음……."

다시 돌아갈 수도 없는 노릇인지라 장천은 대충 석실을 둘러보기 시작했는데 문의 맞은편 벽에 비천선녀의 벽화와 함께 한 자루의 검이 꽂혀 있는 것을 볼 수 있었다.

"우와!"

오랜 시간 동안 그 자리에 박혀 있었다고 생각되는데도 드러난 검날이 전혀 상해 있지 않은 것으로 보아 상당한 명검이라는 것을 알 수 있었다.

벽의 왼쪽 면에는 빽빽하게 하나의 구결이 적혀 있었고 오른쪽 면에는 그 구결을 실행할 수 있는 동작이 그려져 있었기에 장천은 그것이 말로만 듣던 홍련십팔검이라는 것을 알 수 있었다.

한참을 두리번거리던 장천은 석실의 한 켠에 돌로 만들어진 작은 문이 있는 것을 보고 열어보았는데 그곳에는 상당한 양의 벽곡단과 함께 양피지가 한 장 놓여 있었다.

이상한 것이 있다면 벽곡단에서 조금 붉은 기운이 흐르고 있는 것인데 아무래도 마교 특유의 성분이 섞여 있는 듯했다.

양피지는 근래에 준비한 듯 깨끗했다. 천천히 펴보니 그곳에는 이 석실 안에서 해야 할 일이 빼곡하게 적혀 있었다.

"음… 여기서 홍련십팔검을 익혀야 한다는 것이군."

양피지에 적혀 있는 바에 따르면 이곳은 홍련십팔검을 익히기 위한 모든 준비가 되어 있는 곳으로 비천선녀의 조각 앞에서 홍련십팔검을 연성하면 강한 지기가 진전도를 크게 높혀준다고 적혀 있었다.

조각 앞에 놓여 있는 검은 이곳의 홍련십팔검을 극성 이상으로 익혀야만 뽑을 수 있는 것으로 그 검을 뽑는다면 홍련교의 십이사도의 한 자리가 주어진다고 쓰여 있었다.

지금까지 이 검을 뽑은 사람이 모두 다섯 명이니 석실로 들어간 인물들 중 다섯 명의 방에는 이런 검이 없다는 뜻이었다.

"좋아! 홍련십이사도나 한번 돼볼까?"

어쨌든 장천은 검이 있는 석실에 들어왔다는 것에 감사하며 천천히 왼쪽 벽에 있는 구결을 읽어 나가기 시작했다.

석실의 무공을 익혀 나가기 시작한 지 한 달. 장천은 이제 검 초식을 자유자재로 시전할 수 있을 만큼의 실력을 갖추어 나갔지만 문제는 무공 연마보다 외로움에 있었다.

"흑흑흑… 날 밖으로 내보내 줘!!"

어떠한 인간이라도 좁은 석실 안에 혼자 내버려 둔다면 밖으로 나가고 싶은 것은 당연할 것이다.

한 달은 무사히 버텼지만 이제 무공 연마보다는 밖의 신선한 공기를 맡고 싶은 욕망이 장천에게는 더했다.

석실의 문을 치며 발광하고 있었지만 애석하게도 방음 장치까지 되어 있는지 석실은 열릴 생각을 하지 않으니 소년의 절규만이 석실을 가득 메울 뿐이었다.

사부에게 배웠던 모든 무공을 사용하여 석실을 문을 부수어 버리기 위해 시도해 봤지만 석실로 들어올 때 들고 온 것이라고는 한 자루의 검밖에 없는데다 문을 파괴하고 밖으로 나갈 만한 무공이 장천에게는 없었다.

궁여지책으로 검을 도처럼 사용하며 문을 부수려고 했지만 들고 있던 검마저 두 동강 나버려 이제 그에게는 허탈감만이 남아 있었다.

"아!"

빠져나갈 수 없다는 생각에 바닥에 드러누워 버린 장천은 두 눈을 감고 이제 죽을 날만을 기다리는 꼴이 되어버렸다. 올해 나이 열일곱의 장천, 여기서 잠들 것인가……

"엄마… 흑흑흑……"

눈물로 시간을 보내던 장천은 그렇게 몇 시진을 누워 있었지만 도저히 방법이 없는지라 어쩔 수 없이 자리에서 일어나 다시 홍련십팔검을 연성하기 시작했다.

고독감을 잊기 위해 쉬지 않고 수십 번, 수백 번 검을 휘두른 장천은 이제 탈진 상태가 되어버렸다. 석실의 한쪽에서 흐르고 있는 지하수로 기어가서 간신히 목을 적셨다.

"휴우~"

꿀과 같이 느껴지는 달콤함이었다.

장천은 갈증이 해소되자 기문숙에게 배운 태극일기공을 운공하기 시작했다.

무아지경에 빠지게 되면 시간이 얼마나 흐르는지도 모르게 되는 것을 알고 있었기에 그에게 남은 것은 이제 이런 것밖에 없었다.

워낙 천방지축의 장천이었는지라 그가 운기조식으로 참을 수 있는 시간은 기껏해야 두 시진 정도에 지나지 않았지만 아무것도 없는 이 석실 안에서의 장천에게 무아의 경지에 몰입해 있는 시간은 늘어가기 시작했다.

'이건……'

그렇게 또다시 한 달의 시간이 흘러갔을 때 장천은 태극일기공의 운기조식 중에 무엇인가 뇌리를 스쳐 가는 듯한 느낌을 가질 수 있었다.

지금까지 단 한 번도 경험한 적이 없는 그런 느낌은 천천히 그의 몸을 가볍게 하고 있었다.

'사부님이 말씀하시던 것이 이런 것일까?'

기문숙은 태극일기공을 계속 연공하다 보면 새로운 느낌을 가지게 될 것이란 말을 한 적이 있었다.

온몸의 기가 하나가 되어 신체의 혈도를 정화시키듯 흘러가는 듯한 느낌을 가지게 되며 그 순간은 단 한 번도 경험한 적이 없는 희열감을 가지게 될 것이라는 기문숙의 말.

그런 알 수 없는 좋은 느낌이 천천히 장천의 몸을 휘감아가자 마치 공중이 뜨는 듯한 느낌이 들기 시작했다.

'아!'

자신의 몸이 마치 공기와도 같이 변해간다는 느낌이 점점 가속되기 시작하자 이제는 자신이 우주와 같이 변하여 자유롭게 하늘을 날고 있다는 것을 알 수 있었다.

무심코 아래를 내려다본 장천은 순간 가부좌를 틀고 운기하고 있는 자신의 모습을 볼 수 있었으니 이것이 바로 말로만 듣던 유체이탈이라는 것을 알 수 있었다.

"엥? 그럼 죽는 거잖아! 젠장!"

유체이탈은 술사가 아닌 다음에야 죽은 자에게만 느껴지는 것이라는 것을 알고 있었기에 황급히 자신의 몸으로 유영해 갔다.

"헉!!"

눈부신 광채가 자신의 몸을 분열시킨다고 생각한 순간 장천은 헛바람 소리를 내며 일어섰고 그제야 자신이 석실 안에 있다는 것을 알 수 있었다.

연공을 마치고 일어선 장천은 조금 배가 출출해지는 감이 있었기에 간단하게 벽곡단 몇 알을 손에 들고 벽에 등을 기대고는 천천히 천장을 올려다보았다.

촘촘히 박혀 있는 야명주가 하늘의 별과 같이 느껴지고 있었기에 한참을 그렇게 쳐다보고 있었는데 문득 벽곡단을 들고 있던 손을 보는 순간 크게 놀라지 않을 수 없었다.

"어라?"

이상하게 자신의 손가락이 조금 길어진 것 같은 느낌이 들었기 때문이다.

적어도 한 마디 정도는 더 길어진 손가락은 이젠 귀여운 모습이 아닌 길고 아름다운 손이 되어 있었다.

"헉… 설마……?"

그제야 무엇인가가 다르다는 것을 눈치 챈 장천은 자리에서 벌떡 일어나 천천히 비천선녀의 벽화 쪽으로 다가섰는데, 아니나 다를까, 얼마 전까지만 해도 올려다보았던 예쁘장한 발이 이제는 일직선상에 존재하고 있었다.

"키… 키가 컸다!!"

자신의 키가 컸다는 것은 장천으로선 크게 기쁘지 않을 수 없는 일이었다.

얼마나 컸는지는 모르겠지만 오랜 시간 작은 키에서 머물러 왔던 장천에게는 한 치라도 키가 컸다는 것이 세상의 금을 몽땅 가지는 것보다 더 기쁜 일이었다.

기쁜 마음을 주체하지 못하고 사방을 휘젓고 다니던 장천은 근 삼 일 만에 간신히 마음을 안정시킬 수 있었으니 그의 키 크고 싶은 욕망이 얼마나 컸던가를 짐작케 하고 있었다.

하지만 기쁨과 광란의 시간만을 보낼 수 없는 법, 이제 키가 커진 만큼 그만큼의 능력도 보여야 한다는 생각에 장천은 다시 홍련십팔검을 연공하기 위해 검을 들었는데 애석하게도 자신이 들고 온 검은 반 토막 난 상태였기에 검법을 익히는 데 불편하기 그지없었다.

"음……."

장천으로선 검을 붙이기 위해 여러 가지 방법을 고민했지만 역시 방법이 없자 허탈한 마음에 문에 등을 기대고 앉아 있는데 그때 자신의 눈앞으로 하나의 검이 들어왔다.

"아!"

자신의 석실에 있는 장검. 뭐, 바위에 꽂혀 있기는 하지만 뽑는다면 서열 상승과 함께 명검을 얻게 되니 일석이조가 아니겠는가?

"한번 도전해 볼까?"

아직까지 자신의 힘이 미약하다고 생각해서 한 번도 시도해 보지 않았지만 지금이라면 해볼 만하다는 생각이 들었다. 단순히 몸만 커진 것이 아니라 전체적으로 과거보다 한 단계 위로 올라갔다는 느낌이 들었기 때문이다.

검으로 다가간 장천은 손잡이를 잡고 잠시 심호흡을 한 후 부처님께 잠시 백 번 절하고 천지신명께 이천 번 빈 후 천천히 손에 힘을 가해갔다.

"으랏차!! 끄아악!!"

놀랍게도 비천선녀의 벽화 앞에 꽂혀 있는 검은 너무나 쉽게 뽑혀져 장천으로선 황당하지 않을 수 없었다.

"뭐야, 이거?"

원래 뽑혀 있었던 것이 아닐까 생각하며 천천히 검이 뽑혀진 구멍을 살펴보았지만 역시 구멍만 봐선 뭔지 모를 수밖에 없었으니 대충 넘어가기로 한 장천은 검에 내공을 불어넣어 보았다.

그 순간 검의 한쪽 면에서 글자가 나타나기 시작했기에 장천은 천천히 그 글을 읽어 나갔다.

축하드립니다. 당신은 오늘부터 홍련교의 십이사도입니다.

"……."

새삼 홍련교에 대해서 무엇인가 나사가 하나 빠진 종교가 아닐까 하는 의심이 드는 장천이었다.

어쨌든 십이사도가 된 장천은 길게 한숨을 내쉰 후 벽에 쓰여 있는 홍련십팔검을 연공하기 시작했는데 이상하게도 전에는 조금 막혔던 초식이 물 흐르듯이 흘러가는 것을 느낄 수 있었다.

"이건······."

자신의 내공이 늘었다고는 하지만 이렇게까지 부드러운 초식일 리 없다고 생각한 장천은 홍련십팔검은 자신이 들고 있는 이 검으로 시전해야만 제대로 연성할 수 있는 무공이 아닐까 하는 헛된 생각을 잠시 했지만 이내 고개를 젓고는 다시 검을 연성해 갔다.

시간은 점점 흘러 약속된 세 달의 시간이 다가와 장천은 문 앞에서 떨리는 가슴을 진정시키며 기다리고 있었는데 어느 순간 천천히 문이 열리면서 한 사람의 모습이 드러나기 시작했다.

"곡주!!"

"수고하셨습니다, 나의 귀여운 두형··· 엥?"

청금공자 문익은 미소를 지으며 장천을 맞이하려다 한순간 말을 잃고 말았다.

세 달 동안 고생한 귀여운 장천을 맞이하려던 그의 눈에 녀석은 사라지고 웬 녀석이 대신 들어가 있었기 때문이다.

"헉! 나의 귀여운 두형은 어디로 갔단 말인가?"

문익은 들고 있던 섭선을 뒤로 던지며 잠시 경악한 표정을 짓고는 석실 안으로 들어가 여기저기를 둘러보았지만 역시나 자신이 원하는 사람은 없었으니 눈물이 날 수밖에 없었다.

"오오! 어찌 이런 일이 있을 수 있단 말인가? 흑흑흑!"

허망한 듯 눈물을 흘리며 천천히 석실 밖으로 나간 문익은 손가락을 들어 장천을 가리키며 말했다.

"흑흑··· 자네가··· 바로 두형인가······?"

"예. 그런데 왜 그러시죠?"

"흑흑흑!!"

그 순간 문익은 갑자기 장천을 가슴 가득히 끌어안고 이유 모를 눈물을 터뜨리며 통곡했다.

"흑흑… 어떻게 나의 귀여운 두형은 사라지고 난데없이 사랑스러운 두형이 나타났단 말인가?!"

그의 말이 끝나는 순간 두형은 소름이 끼침과 동시에 등에서 식은땀이 흘러내리는 것을 느꼈다.

귀여운 두형이 사라졌다는 것은 만족할 만한 답안이었지만 사랑스러운 두형이라니?

문익의 이런 소름 끼치는 모습과 마찬가지로 석실에서 나온 다른 문도들 역시 크게 당황하는 표정이 역력했다.

문익과 자신을 둘러싸고 있는 그들의 얼굴은 세 달 동안의 석실 생활이 힘들었는지 피폐하게 말라 있었는데 그중 데비드는 더욱더 놀라는 표정을 지으며 석실 안으로 들어가더니 소리쳤다.

"오! 너무합니다. 우리들 석실에는 맛없는 벽곡단만 넣어주고 두형 친구의 석실에는 산해진미를 넣어주었단 말입니까?"

"헛소리!"

데비드의 말에 일침을 가한 장천이 끝없이 끌어안고 있을 것만 같은 문익을 발로 밀어버리고는 천천히 앞으로 나섰는데 그때 동방명언이 앞으로 다가오면서 말했다.

"두형, 축하하네. 상당히 키가 컸군."

"고마워."

"진짜 동굴에 벽곡단 말고 다른 것이라도 들어 있었던 것 아니야?"

세 달 만에 갑자기 커버린 장천을 보며 많은 이들이 어리둥절해했다.

그도 그럴 것이, 장천의 키는 족히 일 척은 더 커진 듯했기 때문이다.

어쨌든 그렇게 해서 홍련교 금선곡의 특별 선발 훈련은 모두 끝마쳤고 장천은 갑갑한 지하 석굴을 지나 평범한 생활로 돌아올 수 있었다.

장천은 외부로 나와서야 간신히 자신의 얼굴 생김새를 확인할 수 있었다.

"음……."

과거 귀여운 모습의 장천은 이제 완전히 사라져 버렸고 지하수가 모여 있는 샘 위에는 조금은 성숙한 소년의 얼굴이 보이고 있었다.

젖살은 조금 빠지고 백옥 같은 피부를 지닌 소년의 모습. 아직 자신의 원래 나이만큼으로는 보이지 않았지만 열 살이 아닌 열세 살 정도의 모습이었다.

"아무래도 벽곡단에 이상한 성분이 있었나 본데… 휴… 난 왜 이렇게 잘생긴 거지? 고민이다……."

한 대 때려주고 싶은 대사를 여지없이 읊어대는 장천을 보며 주위에서 세수하고 있던 청년들은 모두 꽁꽁 얼어 지하수 속으로 사라져 버리고 말았다.

무공 연마를 위해 병기를 챙겨 들고 있을 때 권법의 달인이라 알려져 있는 권법 사범 마천수가 그 둔중한 몸매를 흔들며 장천에게 다가가서니 큼지막한 손으로 엉덩이를 후려쳤다.

"끄악!!"

"단련된 궁둥이로군. 좋아, 좋아."

"마천수 사범!!"

장천은 마천수를 보며 떨리는 주먹을 진정시키고 있었는데 그런 것에는 아랑곳하지 않는 듯 그는 오른손에 들고 있던 닭다리를 뜯으며 말했다.

"준비는 다 했는가?"

"무슨 준비요?"

장천으로선 마천수의 뜬금없는 말에 고개를 갸우뚱거리며 물었다.

"이번에 금선곡 특별 선발제를 나온 열두 명의 기재들은 본 교 본단으로 가 특수 임무를 맡게 된다는 말을 아직도 못 들었는가?"

"예?"

장천으로선 그런 이야기를 들은 적이 없었던지라 적잖이 당황할 수밖에 없었는데 그 말에 마천수는 혀를 차며 말했다.

"크크크크, 당장 들어가서 곡을 나갈 준비나 하도록 해라."

"예."

일단은 답답한 금선곡을 나갈 수 있다는 생각에 장천은 가던 길을 돌아서 숙소로 들어가 물품을 챙기기 시작했고 얼마 지나지 않아 데비드와 동방명언 역시 황급히 들어와 물건을 챙기기 시작했다.

"오우! 배신자! 자기 혼자만 나가려고 했습니까?"

데비드는 혼자 준비를 서두르고 있는 장천을 보며 투덜대기 시작했다.

"나도 방금 마천수 사범에게 들어서 겨우 알았다고! 넘겨짚지 마!"

서둘러 곡을 나갈 준비를 마친 세 사람은 급히 곡 외로 나가는 바구니가 있는 곳을 향해 경공을 날렸는데, 아니나 다를까, 그곳에는 은조상을 비롯한 나머지 아홉 명의 기재들과 함께 검술 사범 단징과 도술 사범 순유, 그리고 가장 문제의 인물인 금선곡주인 청금공자 문익이 기다리고 있었다.

"내 사랑!"

장천이 나타나자 청금공자는 석실에서 나온 후 만날 때마다 했던 방식대로 다시 장천을 향해 두 손 벌리고 뛰어들었다.

"죽어라!"

망설이지 않고 장천이 청금공자를 보며 그대로 일각을 내뻗으니 그대로 금선곡의 절벽으로 떨어져 버렸는데 다행히 이런 일을 예상하고 있던 단징은 문익의 몸에 끈을 묶어두고 있었다.

"휴우……."

한심하다는 표정으로 줄을 끌어 올린 단징은 얼마 가지 않아 피가 얼굴로 몰려 시뻘게진 청금공자를 끌어 올릴 수 있었다.

머리로 몰린 피를 잠시 통통거리며 밑으로 떨어뜨린 문익은 헛기침을 몇 번 하고는 기재들을 보며 말했다.

"본 곡의 무공 훈련을 끝마친 여러분들을 축하하는 바이다."

그 말과 함께 문익은 옆에 있는 사범들에게 지시하여 장천 등에게 하나의 패를 건네주었는데 청동으로 만들어진 패에는 붉은색의 불꽃 그림이 그려져 있었다.

"자네들에게 내려준 패는 본 교의 신분 표시로 교주께서 머무르고 있는 본산으로 들어가기 위한 증명이라고 할 수 있다. 본산에 들어간 후엔 새로운 직위와 함께 임무가 주어질 것이나 여러분들이라면 잘 해내리라 생각한다."

간단한 설명을 마치자 천천히 바구니가 입구 쪽으로 내려와 단징과 순유가 먼저 바구니에 올라탔고 장천 일행 역시 바구니에 올라탔다.

제12장
출세를 위하여

　금선곡에서의 모든 일을 끝낸 장천은 정식으로 홍련교의 일원이 되는 길을 가게 되었다.

　"그나저나 본산에선 무슨 일이 기다리고 있으려나?"

　동방명언, 데이브와 나란히 말을 타고 가던 장천은 조금 따분한지 말 등에서 누워서 물었다.

　"본산의 일? 글쎄, 들리는 말에는 중원 일통 오개년 계획이라는 것을 하고 있다고는 하는데 아직까지 별로 소득은 없다고 하더라고. 아마 우리들은 그곳에 투입되겠지."

　어느 정도 교에 대한 정보를 가지고 있는 동방명언이 대충 생각하는 바를 이야기해 주었다. 장천은 동방명언의 말을 듣고 과거 쌍도문을 나왔을 때 있었던 일을 생각해 보고는 그것도 오개년 계획에 들어간 일이 아닐까 조심스럽게 추측해 보았다.

그렇게 본다면 그때부터 지금까지의 시간이 약 이 년 정도가 흘렀으니 삼 년 후 무림에 큰 폭풍이 불어닥칠 것은 뻔한 일이었다.

"일선에서 한 몇 달 정도 십이 조장의 위치에서 일하고 있으면 홍화대전이 있을 테니까 그때의 성적으로 단숨에 직위를 올려볼 생각이야."

"응? 홍화대전?"

"아직 홍화대전에 대해서 모르는 거야?"

"응."

"휴~"

동방명언은 간단한 홍련교의 지식조차 없는 녀석을 보며 한숨을 쉬며 설명해 주기 시작했다.

"홍련교는 두 개로 분리되어 있는데 그것에 대해서는 알고 있겠지?"

"아니."

역시나 고개를 젓는 장천을 보며 '저 녀석 혹시 첩자가 아닐까' 라는 생각을 하며 다시 한숨을 쉬는 동방명언이었다.

"홍련교는 크게 성교와 무교로 나누어져 있는데 성교는 무림인이 아닌 일반 민초들을 말하는 것이고 무교(武敎)는 무림인들을 말하는 것이지. 이 무교의 경우에는 철저하게 강자존의 법칙이 우선시되고 있는데 일 년에 한 번 홍화대전이라는 것을 거쳐서 자신보다 높은 직급에 있는 사람들과 겨루어 승리하면 직급을 올릴 수 있지."

"음, 그러니까 일단 무공이 높으면 직위가 높아지는 거군."

"그래. 그런 이유로 우리 아버지가 현재의 직위에 오르는 것도 기적이라는 거지. 성교 출신은 평생을 일해봐야 홍련교에서 오를 수 있는 직급은 크게 제한되어 있으니까."

"명언이 넌 집안의 보물이겠군."

"음… 조금 귀하게 자라긴 했지."

장천에게 넘어가 이제는 집안일을 중얼거리는 동방명언이었다.

아무 일도 없이 보름 정도의 여행이 끝나자 홍련교의 본산에서 나온 무사들이 일행을 마중하기 위해 나왔다.

열두 명의 기재들을 인솔하고 있던 단징과 순유는 그들에게 청동패를 보여주었는데 생각 외로 두 사람의 직위가 높았는지 무사들의 대장은 두 사람을 정중하게 대했다.

"어라? 사범님들 직위가 어느 정도나 되는 거지?"

"보통 지부의 무술 사범들의 직위는 적화(赤火)급인데 일반 홍련교의 무사들을 통솔하는 십이조장의 직위인 이무화(二武火)급보다 한 단계 높은 직위라고 들었어."

"저 사람들은 본산의 무사 같은데? 본산의 무사들은 일무화(一武火)급에서 시작해서 십인조장의 경우에는 청화(靑火)급이잖아. 사범님에게 인사하는 대장의 두건에 표시되어 있는 것으로 보아선 적어도 황화(黃火)급은 되는 것 같은데?"

장천의 말에 한참 대장의 모습을 본 동방명언이 크게 놀라며 말했다.

"정말이네? 그럼 사범님들이 꽤 높은 직위라는 건데, 음… 모르겠다."

홍련교의 무급 직위는 제일 하등급 무사들이 삼무화급으로 무화의 최고는 일무화급이다. 후로 적, 청, 황, 흑, 백화급으로 올라가고 이후로 최고 간부급에 속하는 인, 지, 천화급으로 올라간다.

또 같은 등급이라 할지라도 그 소속의 위치에 따라 그 등급의 상하가 나뉘어져 있다.

본산의 무사 경우에는 같은 등급의 무사보다 한 단계 높은 축에 속하기 때문에 황화급의 경우에는 보통 지방 지부의 흑화급과 같다고 보는 것이 옳았다.

그런 인물이 자신들의 사범에게 공손히 인사하는 것을 보며 두 사람이 어찌 놀라지 않을 수 없었다.

"오랜만이네, 광지(廣知)."

"고생하셨습니다, 단 형님, 순 형님."

꽤 친한 사이였는지 광지라 불리는 사람은 두 사람에게 미소를 지으며 인사하고는 부하들을 통솔해서 장천 등을 안내해 들어갔다.

본산 무사를 따라 한참을 가자 거대한 절벽이 앞을 가로막았는데 한 무사가 앞으로 나가서 들고 있던 소라 나팔을 불자 절벽의 한쪽이 큰 굉음과 함께 열리기 시작했다.

"우와!!"

장천은 엄청난 석문이 열리는 것을 보며 크게 감탄하며 탄성을 질렀는데 한참을 생각해 보니 조금 이상한 점이 있었다.

"그런데 말이야, 한 사람 한 사람 나갈 때마다 저렇게 큰 문을 열면 조금 번거롭지 않을까?"

"음, 조금 그렇긴 한데 뭐, 다른 통로가 있겠지."

"하긴⋯⋯."

이런저런 이야기를 하며 열려진 석문 안으로 들어선 후 장천은 또 한 번 놀라지 않을 수 없었는데 절벽의 통로를 지나 밖으로 나가자 엄청나게 거대한 분지로 수많은 전각들이 늘어서 있었기 때문이다.

"우와!!"

숱하게 홍련교 본산에 대해 소문은 들었지만 실제로 보니 소문보다 더 어마어마해 크게 감탄하지 않을 수 없었는데 그때 일행의 곁으로 화려한 복장을 한 일단의 사람들이 육두마차를 끌고 다가오는 모습이 보였다.

"저건 뭐야?"

"음, 아무래도 높은 사람이 오나 보다. 저 마차는 천지인급에 해당하는 사람들이 타는 마찬데……."

동방명언은 과거에 마차를 한 번 본 적이 있었던지라 그것이 천지인급의 사람들이 타고 다니는 전용 마차라는 것을 알아보고는 이상하게 생각되었다. 그때 뒤에 있던 은조상이 천천히 앞으로 나가는 모습을 볼 수 있었다.

"은조상?"

높은 사람이 오는 마차로 은조상이 다가가자 장천은 이상하게 생각되었는데 그때 마차가 멈추어 서더니 한 사람이 황급이 뛰어내리는 모습이 보였다.

마차에서 뛰어내린 사람은 아름다운 외모의 사십 대 여인이었다.

한눈에 보아도 상당히 높은 사람의 부인이라는 것을 알 수 있을 정도로 값비싼 비단옷을 입고 있었는데 그 여인을 보며 은조상은 말에서 내렸다.

"조상아!"

"어머니."

여인은 은조상을 보더니 눈물을 흘리며 달려와 가슴 깊이 안아주었는데 놀랍게도 은조상은 그 여인을 어머니라 부르고 있었다.

"엥? 은조상의 어머니?"

"우와!"

동방명언은 어리벙벙한 은조상이 천지인급의 직위를 가진 사람의 자식이라는 것을 알고는 크게 놀라는 표정을 지었다.

보통 천지인급에 해당하는 사람의 자식은 홍련교 본산의 특급 연무관에서 개인 사범에게 무공을 익히는 것이 보통이었다.

한참을 모자 상봉으로 주변을 떠들썩하게 만든 두 사람은 천천히 마차로 오르려다 말고 은조상이 무슨 생각이 났는지 어머니에게 무엇인가를 이야기하더니 장천 등에게 와서 말했다.

"두 형, 동방명언, 데비드, 우리 집에 놀러 가지 않을래?"

"에⋯ 예? 도련님의 집에요?"

동방명언은 은조상이 상당히 높은 집의 자손이라는 것을 알고는 평상시에 했던 말투에서 존댓말로 바뀌었다. 그 순간 은조상의 얼굴이 조금 일그러지는 것이 보였다.

하지만 장천의 경우에는 대문파인 쌍도문에서 자랐기 때문에 은조상의 직위 같은 것은 별로 문제되지 않았다.

"사범님한테 물어봐야지. 함부로 돌아다닐 수는 없잖아."

"응? 그런가? 잠깐만 기다려."

자신의 말에 장천이 허락을 받아야 한다는 말을 하자 은조상은 잠시 기다리라는 말을 하고는 단징에게로 가서 무엇인가를 이야기했고 얼마 지나지 않아 단징이 고개를 끄덕이는 것이 보였다.

"두 형, 존댓말을 써야 되는 게 아닐까?"

"왜?"

"우린 아직 급수도 못 받은 무교도인데 은조상은 가만히 있어도 백화급의 직위가 굴러 들어오는 녀석이잖아."

"그래도 저 녀석은 평상시처럼 대해주기를 원하는 것 같은데? 네가 존댓말을 쓰니까 얼굴이 일그러졌잖아."

"그런가?"

동방명언은 장천의 말을 듣고 한참을 생각하다가 고개를 끄덕였는데 그때 은조상이 다가오더니 말했다.

"단징 사범님이 아직 시간이 있으니까 괜찮다고 하셨어."

"그래? 그럼 가보자고."

장천은 사범이 승낙한 이상 별문제가 없다고 생각하고는 말에서 내려 은조상의 뒤를 따라갔고 동방명언과 데비드도 그 뒤를 따라갔다.

마차 안은 꽤 넓었는데 그곳에는 은조상의 어머니 말고도 십대 중반의 소녀가 한 명 앉아 있는 것이 보였다.

정중하게 은조상의 어머니에게 인사한 후 장천 일행은 자리에 앉았는데 그때 소녀가 장천의 앞으로 가까이 와서는 손을 들어 그의 턱을 잡고 말했다.

"음……."

"헉!"

자신의 얼굴을 보며 감탄하는 소녀를 보며 문익에게 당한 충격이 되살아난 장천은 자신도 모르게 차고 있던 검으로 손이 가니 소녀는 크게 놀라는 표정을 지으며 뒤로 물러섰다.

"무슨 짓이냐?!"

소녀는 놀란 얼굴로 소리쳤는데 그제야 정신을 차린 장천은 포권을 하며 말했다.

"소저께 결례를 범했습니다. 전 제 몸에 손을 대면 무의식적으로 검을 뽑는 것이 버릇인지라 이런 결례를 범했군요."

"영영, 무슨 짓이냐? 손님에게 버릇없이."

은조상은 그 모습을 다 보고 있었는지라 영영이라 부르는 소녀를 다그쳤고 그녀는 콧방귀를 뀌며 고개를 돌렸다.

상황이 이렇게 되자 마차 안의 공기는 싸늘하기 그지없었는데 그때 은조상의 어머니가 미소를 지으며 장천을 보며 말했다.

"두 소협께선 어디에서 오셨나요?"

"예? 아, 낙양에서 살다가 금선곡으로 오게 되었습니다."

"아! 낙양이라면 소정방 대협께서 지부장으로 계시는 곳이군요?"

"……."

낙양이라고 해봤자 실제로는 구경도 해본 적이 없었던 장천이기에 소정방이란 사람은 더 더욱 모르는 사람이었다.

뭐, 대충 홍련교에서 꽤 이름있는 무사라고 짐작하며 고개를 끄덕일 뿐이었다.

'그나저나 내가 알고 있는 마교의 사람이라면… 음, 역시 응조수 이진천뿐이군.'

자신들을 죽이려고 했던 마교 서열 34위의 응조수 이진천을 잠시 생각해 보는 장천이었다.

한참 마차를 타고 전각들을 지나친 마차는 거대한 전각이 있는 곳으로 들어섰다.

마차가 멈추어 서자 일행은 마차에서 내려 전각을 구경했는데 고래 등 같은 기와집의 모습을 보며 크게 감탄하였다.

"우와!"

"오!"

동방명언과 데비드는 거대한 저택의 모습을 보며 크게 감탄하는 듯한 표정을 지었다.

　은조상의 안내를 받으며 안으로 들어선 장천은 주위에 있는 무사들의 모습을 볼 수 있었는데 두건에 그려져 있는 표식으로 보아 상당한 무공을 가진 자들이란 것을 알 수 있었다.

　은조상의 안내를 받으며 도착한 곳에는 커다란 식탁이었다. 그곳에는 생전 구경도 못해본 산해진미가 가득했기에 장천으로선 크게 감동했다.

　"아! 감동이다!"

　모락모락 피어오르는 김을 보며 사랑에 빠진 소녀의 얼굴이 되어버린 장천을 본 동방명언은 가볍게 옆구리를 찌르고 있었는데 오히려 은조상의 어머니는 그런 모습을 보며 재밌어하는 표정을 지었다.

　"한참 클 나이인데 많이 먹어야지요. 자, 기다리지 말고 자리에 앉도록 하세요."

　"감사합니다. 어머님은 너무 미인인데다가 마음씨도 좋으신 것 같아요."

　"호호호!"

　장천의 아부를 들으며 그녀는 웃음을 터뜨렸다.

　이곳으로 오는 동안 제대로 된 음식을 먹어본 적이 없던 장천은 제일 먼저 식탁에 앉아 음식에 손을 가져가려고 했는데 그때 누군가가 젓가락을 집는 장천의 손을 후려쳤다.

　"큭!!"

　장천은 밥상머리 앞에서 겁도 없이 자신을 친 녀석을 살기 어린 눈으로 쳐다보았는데 그 사람은 바로 은조상의 여동생이었다.

　"당신은 예의도 모르나요?"

"무슨 예의?"

"흥!"

이제는 말도 하기 귀찮다는 듯이 콧방귀를 뀌며 물러서자 장천은 자신의 옆에 앉아 있는 은조상을 보며 살기 어린 전음을 보냈다.

[네 동생, 싫어하는 음식을 밝혀라.]

[…내가 알기로는 닭으로 만든 음식은 입에도 못 댄다고 하던데…….]

장천이 노리는 것이 무엇인지는 모르겠지만 은조상은 별일이야 있겠느냐는 생각으로 이야기해 주었는데 그때 장천의 입가에 떠오르는 사악한 미소를 보며 식은땀이 흐르지 않을 수 없었다.

자리 배치를 살펴보면 재빨리 장천이 중앙을 비집고 앉은 탓에 왼편에는 은조상이, 오른편에는 은영영이 앉아 있었기에 장천은 사이에 낀 형국이었다.

천천히 젓가락을 손에 들면서 주의를 경계하니 다행히 은영영의 시선은 다른 곳을 향해 있었기에 장천은 식탁의 이곳저곳을 파악하기 시작했다.

전방 일 척 정도의 위치에 발견된 닭찜과 우방으로 보이는 닭튀김을 확인한 장천은 천천히 녀석에게 젓가락을 가져가 가볍게 닭튀김을 들었는데 그 순간 기름에라도 미끄러진 듯 빠지더니 은영영이 짚으려고 하는 음식으로 떨어져 내렸다.

"앗! 이거 미안하군요."

"흥!"

그녀의 눈에는 젓가락질도 못하는 바보 녀석이라는 경멸의 눈빛이 가득했다. 하지만 그후로도 장천의 장난은 계속되었다.

그녀가 음식을 들려고만 하면 그곳으로 닭튀김을 날리는 것이었다.

닭으로 만든 음식은 입에 대지 못하는 은영영으로선 닭튀김이 떨어진 음식은 두 번 다시 손을 대지 않았는데 그후로도 계속되는 장천의 암수로 인하여 이제 손을 댈 수 있는 음식은 앞에 있는 밥 외에는 아무것도 없게 되었다.

"아, 맛있다! 흐흐……."

만족한 모습으로 음식을 탐닉하는 장천을 보며 은영영으로선 화가 났지만 음식을 앞에 두고 화를 내는 것은 예의가 아닌지라 얼굴만 붉힐 뿐이었다.

이 두 사람의 싸움을 지켜보던 은조상과 그의 어머니는 재밌다는 듯이 미소를 짓고 있었으니 장천으로선 아무런 문제 없이 자신의 승리를 자축하며 멋드러지게 닭찜을 찢어 입으로 가져갔다.

"쿠쿠쿠쿠!!"

더 이상 참지 못한 은영영은 분노를 가누지 못하며 손을 떨더니 급기야는 눈물까지 흘리기 시작했다.

"음……."

그녀의 상황이 심각하게 변한 것을 보며 조금 미안한 마음이 드는 장천이었는데 그 순간 그는 갑자기 다리 밑으로 한기가 밀려오는 것을 느낄 수 있었다.

'헉!!'

단순히 여자가 한이 맺히면 오뉴월에도 서리가 내리는 차원이 아니라는 것을 깨닫고 조심스럽게 밑을 보자 그 순간 옆에 앉아 있던 은영영의 왼발이 그를 향해 빠른 속도로 날아왔다.

"큭!!"

다행히 미리 방비하고 있었기에 발을 들어 그녀의 공격을 막을 수 있었다.

하지만 그녀의 다리를 막은 발에서 한기가 밀려오기 시작하니 음공을 이용한 다리 공격이라는 것을 알 수 있었다.

하지만 내공을 끌어올리는 것이 다소 늦었던지 장천의 다리로 냉기가 밀려왔다.

한순간에 장천의 머리 위로 흰 서리가 맺히기 시작했다.

"두형!!"

음식을 먹고 있던 사람들은 장천의 몸이 이상하다는 것을 깨닫고는 크게 놀라 자리에서 일어났다.

"영영, 무슨 짓이냐? 오빠의 친구에게 한월각법(寒月脚法)을 사용하여 공격하다니!"

은영영이 사용한 공격은 홍련교의 무공 중 하나인 한월각법이라는 음공의 하나로 홍련교의 대표적인 상승무공이었다.

장천으로선 갑작스럽게 공격당했기 때문에 한월각법의 냉기를 차단하는 것이 늦어 그로 인하여 온몸으로 냉기가 퍼져 나간 것이다.

하지만 장천이 익히고 있는 내공은 태극일기공. 약간의 시간이 지나자 그의 몸은 점점 정상으로 변하여 다른 사람들은 금세 안심할 수 있었다.

냉기가 풀리기 시작한 장천은 뻣뻣해졌던 목을 간신히 움직여 옆에 있는 은영영을 향해 살짝 미소를 지으며 천천히 젓가락을 놓더니 손으로 앞에 놓인 닭찜을 집어 들었다.

"……."

두 사람 사이의 심상치 않은 기운에 다른 이들은 마른침만 꿀꺽 삼

키고 있었는데 닭찜을 자신의 앞으로 끌어온 장천의 표정이 미소에서 음흉한 웃음으로 변해가더니 자리에서 벌떡 일어남과 동시에 그대로 은영영의 얼굴을 향해 닭찜을 집어 던졌다.

"꺅!!"

왼쪽 얼굴에 정면으로 닭찜 공격을 받은 그녀가 옆으로 자빠지며 나가떨어지니 동방명언과 데비드는 그 순간 자신의 심장도 떨어지는 듯한 충격을 받았다.

"오! 두형! 너무 과격해요!"

데비드의 말에도 아랑곳하지 않은 장천이 의자에서 몸을 일으키니 그의 다리는 직각으로 얼어 있었다.

"나 방금 죽을 뻔했다."

"……."

그 말과 함께 장천의 입에서 핏줄기가 흘러내리니 빙공으로 인해 내상을 입었다는 것을 알 수 있었다.

한편 장천이 던진 닭에 맞고 땅에 쓰러진 은영영은 천천히 자리에서 일어나 식탁을 향해 걸어오더니 근처에 있던 음식이 든 쟁반을 들어서는 그대로 장천을 향해 던졌다.

다리는 얼고 내상으로 인해 움직임이 불편했던 장천은 그대로 음식이 든 쟁반에 맞아 얼굴에 덕지덕지 음식과 함께 기름이 흘러내리는 꼴이 되어버렸다.

[은조상, 닭 다음으로 싫어하는 음식은?]

"헉!"

장천의 전음을 들은 은조상은 그 순간 자신도 모르게 뒤로 자빠지고 말았으니 전음으로 전해진 그의 기백에 압도당한 때문이었다.

[닭 다음으로 싫어하는 음식은?]

"허헉… 처, 청경채……."

천천히 청경채 앞으로 다가선 장천이 청경채가 든 쟁반을 들어서는 손으로 약간 집어 먹고는 만족한 웃음을 날림과 동시에 그대로 쟁반을 날려 은영영은 청경채를 뒤집어써야만 했다.

"호호호호!"

이 심각한 상황에 은조상의 어머니는 무엇이 그리 재밌는지 웃음을 터뜨리니 진실로 두려운 사람은 바로 이 여인이라 할 수 있었다.

"죽어라! 이 기생오라비야!"

"성질 더러운 계집애, 너나 죽어라!"

은영영이 드디어 노기를 참지 못하고 내공을 돋우어 공격해 오니 장천도 더 이상 참지 못하고 그녀를 향해 일장을 뻗었다.

"뭐 해! 두 사람 좀 말려봐!!"

은조상이 드디어 본격적으로 싸움이 시작되자 동방명언과 데비드를 향해 소리치자 그제야 정신이 든 두 사람은 황급히 앞으로 나서서 두 사람의 사이에 끼어들어 싸움을 말리기 시작했다.

이각 정도가 지나서야 간신히 두 사람의 싸움을 말릴 수 있었던 그들은 안도의 한숨을 쉴 수 있었는데 아직도 노기가 사라지지 않았는지 은영영과 장천은 서로를 노려보며 씩씩거리고 있었다.

"휴~"

은조상은 동생의 팔을 잡고 싸우지 못하게 만든 뒤 한숨을 내쉬었다. 그때 식당으로 중년 정도의 남자가 걸어오더니 난장판이 된 식당의 모습에 황당한 얼굴로 울었다.

"무슨 일이냐?"

"아빠!! 흑흑흑!'

중년 남자의 얼굴을 본 은영영은 갑자기 울음을 터뜨리며 그에게 달려들었다. 아빠란 말로 미루어보아 은조상의 아버지라는 것을 알 수 있었다.

그는 갑자기 기름 범벅이 된 자신의 딸이 울면서 달려들자 크게 당황하는 표정으로 자신의 아내를 보았는데 그녀는 아무것도 아니라는 듯이 손을 내저으며 말했다.

"별거 아니에요. 원래 아이들이란 싸우면서 지내는 것 아니겠어요?"

"음, 그렇긴 한데… 이건……."

그녀의 말뜻을 모르는 바는 아니었지만 식당의 참변을 보며 아이들의 싸움치곤 조금 심한 것이 아닌가 하고 생각하는 그였다.

다행히 격전은 은조상 어머니의 도움으로 장천에게 아무런 피해 없이 끝이 나 네 사람은 간단히 몸을 씻을 겸 욕실로 향했다.

대리석으로 만들어진 거대한 욕실에는 뜨거운 김이 모락모락 나고 있었기에 장천은 오랜만에 땀 좀 빼겠구나 싶은 마음에 방금 전의 격전을 모두 잊을 수 있었다.

"음… 좋은데?"

"정말… 난 이런 욕실은 처음이야."

뜨거운 물에 몸을 맡기자 만족스러운 얼굴이 된 장천이었다.

"그나저나 은조상, 네 여동생 원래 그렇게 드세냐?"

"음… 아무래도 너를 적수로 생각하는 것 같다."

"적수?"

장천은 그녀가 자신을 적수로 생각한다는 말에 되물어볼 수밖에 없었다.

"옛날부터 내 여동생은 무엇 때문인지 미모가 뛰어나거나 무공이 강한 아이들을 보면 가만히 내버려 두지 않았거든."

"응? 그런데 왜 나야?"

"아무래도 네 녀석이 한인물 하잖아."

"음… 그래도 난 남잔데?"

"그럼 괜히 미움받는 얼굴인가 보지."

생각지도 않은 적이 등장했다는 것을 깨달은 장천은 심각한 표정을 지었다.

내가 그렇게 미움을 받을 만한 외모의 소유자인가 하는 생각에 차라리 과거의 어린 모습이 더 나을 뻔했다는 생각이 들었다.

"쳇!"

얼굴에도 흉터라도 내야겠다고 생각하는 장천이었는데 그때 욕실로 이상한 기운이 밀려오기 시작했다.

"응?"

심상치 않은 기운이라는 생각에 천천히 고개를 돌리자 문쪽에서 두 개의 퍼런 불빛이 다가오고 있었다.

"누구냐?!"

장천이 문쪽에서 누군가 다가왔다는 것을 깨닫고는 크게 소리를 지르자 천천히 문 뒤에서 퍼런 불빛이 그 모습을 드러내기 시작했다.

"헉!!"

그 모습을 보는 순간 장천 일행은 모두 크게 놀라지 않을 수 없었는데 문 앞으로 나온 것은 엄청난 몸집의 대호였기 때문이다.

"호랑이다!!"

어흥!!

"끄악!!"

욕실 문 앞으로 다가선 호랑이는 장천 등을 보며 날카로운 송곳니를 드러내 큰 소리로 울부짖으니 혼비백산할 수밖에 없었다.

목욕 중이었기에 병장기를 밖에 두고 와 가진 것은 맨몸뿐이었다. 그때 데비드가 욕실에 있는 작은 창문을 보고 소리쳤다.

"창문으로 도망가자!"

그 말과 함께 물 밖으로 나온 일행은 작은 창문으로 몸을 날려 호랑이를 피해 달아났다.

하지만 창문 밖에는 호랑이보다 더 무서운 것들이 기다리고 있었으니 그들의 모습을 보는 순간 일행은 얼굴이 시뻘게지고 말았다.

"까아악!!"

"어머나!!"

욕실의 창문 밖에서는 이십여 명 정도의 여인들이 정원의 꽃밭에서 다과회를 즐기고 있었다.

난데없이 창문이 깨지면서 벌거벗은 남정네들이 튀어나오자 여인들은 크게 놀라며 비명을 질렀는데 손으로 가린 눈망울은 손가락 사이로 남정네의 멋진 나신을 훔쳐보고 있었다. 동방명언 등은 크게 당황하며 중요한 부분을 손으로 가리며 몸을 최대한 꾸부정하게 유지할 수밖에 없었다.

"젠장할, 당했다!!"

장천이 그제야 함정에 빠졌다는 것을 알고는 크게 노하며 소리를 지르자 그때 옆에 있던 은조상이 옆구리를 찌르며 말했다.

"두형… 두형……."

"열받아 죽겠는데 왜 자꾸 불러?!"

"여인들의 눈이 있으니 조금 가리지 그러나."

장천은 나신의 몸 그대로 꼿꼿이 서서 이를 갈고 있었기에 은조상은 중요한 부분을 가리라고 말하고 있었지만 장천은 노기에 부끄러움을 모두 상실하고 있는 상태였다.

"은영영… 이 계집애, 어디 두고 보자!!"

"꺄악!!"

여인들이 당당하게 나신을 드러낸 채 다시 건물 안으로 들어가는 장천을 보고는 크게 소리치며 도망가기 시작하자 장천은 그녀들을 보고 노한 목소리로 소리쳤다.

"어딜 가!!"

"꺄아악?"

"이것들이 남정네의 벗은 몸을 봤으면 책임을 져야 할 것 아니야!!"

"자네, 무슨 소란가?"

"흥! 우리의 순결한 모습을 보았으니 어느 정도 책임을 져야 하는 것 아닌가? 동방명언, 데비드, 은조상, 이번에 내가 장가보내 줄 테니까 기대하고 있으라고! 크크크크!"

음흉한 웃음을 지으며 다음 계획을 생각하고 있는 장천을 보며 나신의 세 남자는 모두 어리둥절한 모습으로 그저 쳐다보고 있을 뿐이었다.

아무튼 전각 안으로 들어선 후 대충 옷을 갈아입고 나오자 복도의 한 켠에서 입을 가리고 웃는 여인의 모습을 볼 수 있었는데, 아니나 다를까, 은영영이었다.

욕실의 창문 쪽에 정원이 있다고는 하지만 그런 곳에서 다과회를 할 리는 없을 터, 그렇다면 분명 누군가의 사주에 의해 여인들이 모여 왔을 확률이 크다. 장천은 그녀를 노려보면서 말했다.

"오늘의 수모는 잊지 않겠다."

"흥!"

장천의 노기 어린 말에 그녀가 코웃음을 치며 사라지자 그때 은조상이 그의 뒤로 다가와 어깨를 치며 말했다.

"휴, 자네들을 이곳으로 불러온 내 잘못이 크네."

"무슨 잘못! 모두가 저 여우 같은 계집애 때문이지! 내 죽는 한이 있어도 오늘의 수모는 갚고야 말겠다!!"

다음날 은영영은 건방진 녀석을 혼내주었다는 생각에 단잠을 자고 눈을 떴는데 순간 자신의 머리맡에 이상한 것이 있다는 것을 깨달았다.

"응?"

이상한 생각에 천천히 고개를 들어 옆을 쳐다보는 순간 그녀는 크게 자지러지며 놀랐다.

자신의 침상이 피투성이가 되어 있는 것은 둘째 치고 눈앞에 호랑이 한 마리가 두 눈을 부릅뜬 채 죽어 있기 때문이었다.

"까아악!!"

은영영이 그 순간 크게 놀라며 비명을 지르자 그 소리에 사람들이 놀라서 그녀의 방으로 몰려왔다.

"아가씨, 무슨 일이십니까?! 허억!!"

그녀의 방으로 몰려온 무사들은 방문을 열자마자 크게 놀라 뒤로 넘어지며 두 눈을 가렸다. 그 모습에 이상하게 생각하여 자신의 모습을 본 은영영은 그제야 자신이 나신이라는 것을 알 수 있었다.

"까아악!!"

호랑이의 시체를 보았을 때의 두 배로 비명을 지르며 도망친 은영영은 급히 근처에 있던 옷을 주워 입었는데 그 순간 몸에서 이상한 느낌이 들기 시작했다.

무엇인가 자신의 몸에서 꿈지락거리고 있었으니, 떨리는 눈으로 천천히 그것을 쳐다본 그녀는 다시 한 번 놀라 옷을 벗어 집어 던졌다.

자신의 옷에 보기만 해도 소름이 끼치는 구더기들이 넘실거리고 있었기 때문이다.

"꺄아악!!"

다시 비명을 지르며 구더기들에게서 도망친 은영영은 다행히 비명을 듣고 달려온 하녀가 옷을 벗어 그녀에게 입혀줌으로써 더 이상의 수치는 면할 수 있었다.

"흑흑흑……."

하지만 놀라움과 수치스러움에 은영영은 하녀의 품에 안겨 눈물을 흘릴 수밖에 없었다.

처녀의 몸을 외간 남자들에게 보여주었으니 어찌 수치스럽지 않을 수 있겠는가?

한참을 그렇게 눈물 흘리던 은영영은 그 짓이 어제 왔던 건방진 녀석들 짓이라는 것을 깨닫고는 검을 빼어 든 채 일그러진 얼굴로 장천 일행의 방으로 쳐들어갔는데 애석하게도 그곳에는 그들의 모습이 보이지 않았다.

"이것들은 어디로 사라졌느냐?!"

"아침 일찍 일이 있다고 나가셨습니다."

"죽일 놈들……."

한편 장천 일행은 명단이 적힌 종이를 들고 은조상의 안내로 여기저기를 헤매고 있었다.

"여기가 맞는 거지?"

"경비 무사의 말을 들어보니 거의 대부분이 백화당 소속의 여인들이라고 했으니까."

일행이 도착한 곳은 홍련교의 본단에 있는 백화당으로 이곳은 홍련교에서 유일하게 여자들만 기거하는 당이었다.

현재의 백화당주는 구천음녀 단희상으로 탈명귀조(奪命鬼爪)라는 무공으로 유명하며 홍련교 서열 21위의 고수였다.

백화당 앞으로 들어서자 두 명의 여자 무사가 검을 들이대며 일행의 앞을 막아섰다.

"여기서부턴 당주의 허락이 없으면 어느 누구도 들어올 수 없습니다."

"은명석 장로님의 서신을 가지고 왔습니다. 단 당주님을 뵙고 싶군요."

은조상이 건넨 서신을 받은 여무사는 고개를 끄덕이며 말했다.

"잠시만 기다려 주십시오."

그녀의 말에 문 앞에서 두 식경 정도를 기다린 후에야 백화당으로 들어갈 수 있는 허락을 얻은 일행은 전각 안으로 들어섰는데 역시나 여인들이 모여 있는 만큼 들어서자마자 단아한 꽃 향기가 물신 풍겨왔다.

"좋은 냄새군."

"냄새에 현혹되지 않았으면 좋겠군. 이 향기는 백화당의 취화향(醉花香)이라는 것으로 남자들의 정신을 혼미하게 하는 효과가 있으니까 말이야."

그 말과 함께 은조상은 품에서 약병을 꺼내어 천에다 적셔 각자에게 나누어 주었다. 장천은 그것이 취화향을 중화시키는 약이라는 것을 깨닫고 코에다 대고 가슴 깊이 들어 마셨는데 그 순간 머리가 맑아지는 것을 느낄 수 있었다.

여무사의 안내를 받으며 몇 개의 문을 지난 그들은 화려한 꽃이 가득한 정원에 도착했다. 그 가운데에는 작은 연못과 함께 자그마한 정자가 세워져 있었다.

정자의 안에선 삼십 대 정도의 미부가 앉아 조심스럽게 수를 놓고 있었는데 장천은 그녀가 바로 백화당주인 구천음녀 단희상이라는 것을 알 수 있었다.

역시나 그 무사는 정자로 그들을 안내해 가서는 조용히 그녀의 앞으로 가서 말했다.

"은 장로님의 서신을 전달한 자들이옵니다."

"물러가거라."

"예."

여인의 말에 여무사는 대답과 함께 물러갔고 그녀의 모습이 사라지자 단희상은 천천히 고개를 들어 은조상의 얼굴을 잠시 응시하더니 말했다.

"은 장로님의 젊었을 적 모습을 그대로 빼다 박았구나. 네가 금선곡에서 무공 수련을 마치고 온 은조상이로구나?"

"예, 단 당주님."

자신의 말에 은조상이 공손히 예를 다하여 대답하니 미소를 지으며 물었다.

"그래, 백화당에는 무슨 일로 들렀느냐?"

그녀의 물음에 장천이 앞으로 한 발자국 나서 포권지례를 하며 말했다.

"단 당주님께 아룁니다."

"말하거라."

"저희는 어제 금선곡의 수련을 마치고 본단에 도착하여 잠시 은 장로님의 저택에 머무르고 있었는데 그곳에서 백화당의 여인들과 불미스러운 일이 있어 찾아뵈었습니다."

"불미스러운 일?"

장천의 말에 그녀는 의아한 얼굴을 하며 물었다.

"소인들이 치기를 버리지 못한 장난으로 그녀들의 순결에 큰 치욕을 가져다 준 것입니다."

"무슨 말인가?"

"여인의 순결에 치욕을 가져다 주었다는 것은 가문은 물론 본 교에 큰 죄를 저지른 것이니 어찌 용서를 빌지 않을 수 있겠습니까?"

그 말과 함께 장천이 옆 사람들에게 눈짓을 하자 그들이 수중에서 단검을 꺼내 드니 단희상으로선 크게 놀라지 않을 수 없었다.

"아니, 이게 무슨 짓들인가?"

"여인들에게 지은 죄를 죽음으로 갚고자 하오니 내세에는 이런 불미스러운 일을 저지르지 않기를 부처님께 청할 따름입니다."

그 말과 함께 손에 들고 있던 단검을 들어 자결하려 하니 크게 놀란 단희상이 빠르게 앞으로 쇄도해 들어가 자신의 몸을 찌르려고 하던 그들의 단검을 탈명귀조를 사용하여 쳐내며 소리쳤다.

"무슨 잘못인지는 모르겠네만 다짜고짜 이러면 어떻게 하겠는가? 자결은 일의 진상을 알고 난 후라도 늦지 않으니 소협들은 잠시 기다리도록 하게. 여봐라, 게 아무도 없느냐?"

백화당에서 사람들이 죽는 것, 그것도 장로의 아들이 자결하여 죽으려 한다는 것은 작은 일이 아닌지라 단희상은 사람들을 부르기 시작했고 얼마 지나지 않아 그곳으로 어제 저택에서 그들의 나신을 본 여인들이 하나둘씩 모여들기 시작했다.

"너희들은 자초지종을 설명해 보도록 하여라."

"……."

단희상은 어제의 일에 관련된 사람들이 오자 자초지종을 물어보았는데 홍련교의 규율은 상당히 엄한 편인데다가 은영영과 짜고 이들을 골탕 먹였다는 것은 말할 수 없는지라 그녀들은 아무 말도 할 수가 없었다.

그 모습을 보며 장천은 앞으로 나와 그녀들을 보며 말했다.

"어제 저희들이 범한 잘못으로 소저들의 순결에 큰 우를 범한 것인지라 어찌할 바를 모르고 이렇게 찾아왔습니다. 부디 저희들의 죄를 용서해 주시기 바랍니다."

"아!"

여인들은 장천의 말에 크게 놀라지 않을 수 없었다.

보통 이런 경우에는 서로 간의 명예란 것이 있느니만큼 함구하는 것이 보통일 텐데 장천은 그것을 대대적으로 들고 나온데다가 용서까지 구하고 있는 것이다.

"무슨 일이냐고 묻지 않느냐?"

단희상은 그 모습에 더욱더 그녀들을 다그칠 수밖에 없었는데 암암리에 장천과 나머지 세 사람이 손에 내공을 돋우어 천령개를 쳐 자결하려는 모습을 취하고 있기 때문이었다.

"흑흑… 당주님, 잘못했습니다."

더 이상 버티지 못한 여인 중 한 명이 그 자리에서 무릎 꿇고 잘못을 시인하니 나머지 여인들 역시 무릎 꿇기 시작했다.

단희상으로선 영문을 알 수 없는지라 당황할 뿐이었다.

"도대체 무슨 일인지 모르겠구나."

영문을 모르는 그녀가 황당해하는 얼굴로 말하자 한 여인이 자신들의 죄를 소상하게 아뢰니 그제야 단희상은 일의 자초지종을 알 수 있었다.

"그게 무슨 말이더냐?"

모든 이야기를 다 들은 단희상이 크게 노한 얼굴로 소리치자 장천이 앞으로 나서며 말했다.

"당주께서 자초지종을 아셨으니 교 내의 모든 분들께 잘못을 고하고 목숨을 끊음으로써 모든 것을 마무리하도록 하겠습니다."

"소협, 그것이 무슨 말인가?"

"무릇 여인이 그 정절을 잃었다 함은 단순히 몸을 잃었다 말하는 것이 아니라 생각합니다. 역사를 되돌아볼 때 그 몸을 바치며 나라를 구한 여인을 말할 때 그녀에게 정절을 잃었다 하지 않은 것처럼 말입니다. 묻겠습니다. 당주께서는 지금껏 교의 여인들에게 치욕을 준 자들을 어떻게 하셨습니까?"

"아!"

그 말에 단희상은 크게 놀라지 않을 수 없었다.

홍련교는 세상에서 알고 있는 만큼 그렇게 사악한 종교가 아니었다.

단순히 그들이 믿고 있는 신앙이 다른 이들과 다를 뿐이고 그에 대한 규범이 조금 심할 뿐이지 여인이 정절을 지키는 것은 여타 종교와 다르지 않았다.

하지만 강호에서는 사악한 종교라 하며 홍련교의 여인들 역시 정절을 모르는 음녀라 생각해 범하는 이들이 있었으나 단희상은 언제나 그들을 용서하지 않았다.

장천의 일행이 남자라고는 하나 몸가짐을 바르게 하는 것은 남녀를 막론하고 법도를 아는 이들로선 당연한 일, 만약 반대의 경우로 이런 일이 생겼는데 이들이 교의 인물이 아니었다면 단희상은 장천 등의 목을 베어 여인의 모욕을 풀어주었을 것은 당연한 일이었다.

일이 이렇게 되니 조용히 끝낼 수도 없었다.

만약 조용히 끝내려 한다면 장천 등이 자결할 것처럼 보이고 있었기 때문이다.

단희상이 크게 당황하는 모습을 보이자 장천은 미소를 지으며 말했다.

"단 당주께 아룁니다."

"말하세요."

난처한 상황이 되자 단희상은 장천에게 존대를 하기 시작했다.

"강호에서 여인의 정절에 해를 가했다면 법도를 아는 남아로서 책임을 져야 하는 것은 당연한 일이니 이들에게 역시 같은 것을 내리심이 어떠할까 합니다."

"책임?"

"그렇습니다."

장천의 말에 한참을 생각한 단희상은 그제야 그가 무엇을 말하는지 알고는 얼굴이 일그러질 수밖에 없었다.

"음… 자네는 처음부터 이것을 노렸던 것이로군."

"법도를 따진다면 당연한 것이지요."

한참을 그렇게 장천을 노려보고 있던 단희상은 갑자기 큰 소리로 대소를 터뜨리더니 말했다.

"호호호호! 간만에 교에 재밌는 아이가 들어왔군요. 이름이 무어라 했습니까?"

"두형이라 합니다."

"두 소협의 법도에 따르는 일을 본 당주는 허락하는 바입니다."

"당주의 결정에 탄복할 따름입니다."

장천은 자신의 일이 성공했다는 것을 깨닫고 미소를 지었다. 그의 미소를 보던 단희상은 고개를 돌려 여인들을 향해 말했다.

"너희들이 은영영이라는 아이의 말에 따라 우를 범했다 하나 그 책임은 면할 수 없는 법, 백화당의 당주로서 명령하니 너희들은 이 아이들을 책임져야 할 것이다."

"책임이라 하시면?"

"오늘부터 너희들은 이 아이들의 처첩으로 들어가야 할 것이다."

"아!"

그 말에 장천과 단희상을 제외한 다른 이들은 크게 놀라지 않을 수 없었다.

남자가 여인의 벗은 몸을 본 것으로 아내로 들이는 일은 있지만 여인이 남아의 벗은 몸을 본 것으로 지아비로 맞이하는 것은 중원의 역사에도 없는 일이었기 때문이다.

하지만 여인들로선 당주의 명령을 어길 수는 없는지라 고개를 끄덕일 수밖에 없으니 장천 일행은 순식간에 많은 여인을 처첩으로 맞아들이게 된 것이다.

이로써 은영영에게 일격을 당한 후 다른 이들을 장가보내 주겠다는 장천의 말이 이루어졌으니 나머지 세 사람은 크게 감탄했다.

본단에 있는 백화당의 여인들은 실력이 뛰어나거나 교 내에서 어느 정도 힘이 있는 집의 여식들이었으니 그들로서 어찌 감탄하지 않을 수 있겠는가?

은조상이야 시간이 지나면 처첩을 맞아들이는 것은 그렇게 어렵지 않았으나 동방명언이나 데비드로선 이런 귀한 집의 여식을 받아들이는 것은 오랜 시간이 지난 후에야 가능한 일이었기에 서로를 보며 기쁨의 포옹을 나누었다.

백화당에서 얻은 성과는 어여쁘고 돈 많은 여인 스무 명이었다.

강호에서 흔히 도는 말 중에 영웅은 삼처 사첩을 거느린다 하였으니 순식간에 영웅과 같은 등급으로 변한 이들이었다.

이 소문은 금세 홍련교 전체에 크게 퍼져 본단의 사람들은 장천 등의 기지에 놀라고 말았다.

본단에 위치한 신화전(神火殿). 이곳은 홍련교의 교주와 열세 명의 장로가 교의 대사를 논의하는 자리였다.

신화전의 맨 위쪽에는 오십 대 정도의 준엄하게 생긴 얼굴에 긴 수염을 지닌 자의의 남자가 크게 웃음을 터뜨리고 있었다.

"하하하! 재밌는 일이로군. 은 장로는 큰 복을 얻은 셈이군요. 한꺼번에 며느리를 대여섯 명이나 얻게 되었으니 말입니다."

"송구스러울 따름입니다."

은조상의 아버지인 은명석 장로는 이마에서 연신 땀이 흘러내릴 수밖에 없었다. 그도 그럴 것이, 축하를 받아야 하는 일일까라는 생각이 아직도 머리 속에 가득했기 때문이다.

"그래, 식은 언제쯤 하실 생각입니까?"

"그것이……."

"내일 모래가 성혼을 올리기 좋은 날이니 그때 하도록 합시다."

"예? 하지만……?"

"허허허, 원래 좋은 일은 서둘러야 하는 법 아니겠습니까? 성혼 때는 본좌 역시 참석할 예정이니 은 장로는 이만 물러나 준비하시는 것이 좋을 듯하군요."

"…예."

은명석으로선 그의 명령을 거부할 수가 없었으니 자신에게 말하고 있는 이는 바로 홍련교의 태산이라고 할 수 있는 교주 유문영이기 때문이었다.

신화전의 결정에 의하여 성혼 날이 결정되니 은 장로의 저택은 크게 분주해졌다.

신랑 세 명과 신부 스무 명이나 되는 대성혼식이니만큼 준비할 것이 많을 수밖에 없었던 것이다.

바쁘게 혼사 준비를 서두르고 있는 은가장의 한곳에선 은조상이 알 수 없다는 얼굴로 장천을 보며 물었다.

"두형, 넌 이대로도 좋은 거야?"

"물론."

"참나, 한순간에 우리들을 유부남으로 만들어놓고 자기는 살짝 빠지다니 과연 두형답구나."

"하하하하!"

신랑이 세 명인 이유는 바로 장천이 빠진 때문이었다.

물론 백화당의 당주는 이 일에 큰 공헌을 한 그가 빠지는 것을 물어보았는데 장천은 어린아이의 몸을 본 것은 법도로 따질 일이 아니라는 말 한마디로 자신만 쏙 빠진 것이었다.

　남아라고는 하나 어린아이의 벗은 몸을 봤다고 그것이 정절에 큰 문제가 될 것은 없기 때문이었다.

　물론 장천의 몸이 조금 커지고 실제의 나이는 동방명언보다 많다고는 하나 아직 열서너 살 정도로 보이기 때문에 간단히 빠져나올 수 있었다.

　"그나저나 몸조심하고 있어야겠다. 여동생이 너를 생각하며 이를 박박 갈고 있으니까 말이야."

　"하하하! 그깟 계집애가 두려워 몸을 사릴 나라고 생각하는가? 은 아우는 그런 걱정일랑은 하지 마라."

　"음… 하긴 너라면 내 동생은 역부족이라고밖에 말할 수 없겠군."

　이 결혼이 이루어진 후 네 명은 형제의 의를 맺었는데 장천이 가장 어리게 보이기는 하나 그 지계나 무공에선 친구들 중 가장 뛰어났기 때문에 만장일치로 맏형이 되었다.

　또 둘째는 나이가 가장 많은 데비드가, 셋째는 은조상, 넷째는 동방명언이 됨으로써 네 사람은 서로 간의 우정을 돈독하게 가지게 되었다.

　물론 이들의 성격상 서로 간에 존대를 하는 것은 피하기로 했다.

　세 사람으로선 가장 맏형인 장천을 제외하고 성혼을 한다는 것이 조금 미안하기는 했지만 다른 생각으로는 장천은 자신들이 맞이하는 여인들보다 더 뛰어난 여인을 아내로 맞아들여야 한다고 생각했기에 이 일을 받아들일 수 있었다.

　"그나저나 은 장로님께서 크게 고생하시는 것 같아 마음이 안 놓이는군."

"일단은 교주님께서 정하신 성혼 날이니까 어쩔 수 없는 일이지. 아 참, 교주님께서 오늘 저녁에 우리를 만나고자 하시니 준비나 해두라고."

"교주님께서?"

동방명언은 은조상의 말에 크게 놀라는 표정을 지었다.

자신의 아버지는 물론 그 위의 조상 분들까지 교주를 만난 사람이 없었는데 이런 영광스러움을 자신의 대에 와서 가지게 되었기 때문이다.

그날 장천 일행은 은조상의 집에서 마련해 준 옷으로 갈아입으며 교주를 만날 준비를 했다.

역시나 옷이 날개인지 멋드러진 옷을 입은 네 사람은 강호에서 흔히 볼 수 있는 탐화공자들보다 훨씬 더 멋있게 보였다.

"촌스러운 것들……."

은영영이었다.

자신의 공작이 완전히 틀어져 친구들을 모두 오빠와 그 친구들의 첩으로 보내는 우를 범한 그녀는 통한의 눈물을 흘릴 수밖에 없었다.

하지만 장천에 대한 복수는 버리지 못한 듯 언제나 그들의 곁에서 한마디씩 하는 것을 잊지 않고 있으니 은영영은 장천 일행에게는 정말 보기 싫은 존재였다.

그렇다고 의형제의 동생을 무시할 수는 없는 일인지라 가끔씩 아는 척을 해주기는 했지만 시간이 지나면서 그녀의 한마디는 더욱 무서워지고 있었다.

[아무래도 사태가 심각한 것 같다.]

[시집보낼 때가 된 거겠지. 불쌍한 내 동생…….]

동생의 투정을 보며 눈물 흘리는 은조상이었다.

하지만 잘 생각해 보면 자신들에게 수많은 처첩을 안겨준 것엔 은영영의 공도 컸기 때문에 그녀의 말을 무시하는 이는 장천 외에는 없었다.

"부럽나 보지?"

"부럽긴 누가 부럽다는 거야!"

"친구들은 다 시집가는데 혼자 노처녀로 남아 있으니 말이야. 푸하하하!"

"이…….'

물론 은영영의 나이로 본다면 노처녀라고 하는 것은 조금 무리가 있는 말이기는 했지만 상대가 장천이다 보니 그녀로선 노기가 치솟았다.

원래 아무런 의미도 없는 말도 원수가 하면 세상에서 가장 큰 욕과 같이 들리는 섭리라고 할 수 있었다.

은조상 등은 장천이 알아서 하겠지라는 생각으로 조용히 방을 빠져나가니 넓은 방에선 은영영과 장천만이 불똥을 튀기며 노려보고 있을 뿐이었다.

"그나저나 어떻할까? 친구들이 모두 오빠 친구들의 처첩이 되니 못된 시누이가 되어버렸네그려?"

"그럴까? 내 친구들이 모두 당신 의형제들의 처가 되었으니 앞으로는 혼자 외롭게 지내셔야 할걸?"

"그런가? 하긴 워낙 숫자가 숫자이니, 뭐, 정 외로우면 나중에 몇 명소박 놓으라고 해서 대신 마누라 삼으면 되겠지."

"흥!"

두 사람은 한 발도 물러서지 않으려는 듯 언쟁을 계속해 언제 끝날지 모르는 판이었는데 장천이 섭선을 들더니 그녀의 눈앞에 멋드러지게 편 후 말했다.

"어쨌든 난 너 같은 입이 험한 계집과는 말할 시간이 없다. 애석하게도 교주님께서 부르시니 말이야. 늦으면 의형제의 버릇없는 여동생 때문이라고 핑계를 될 테니 좋게 말할 때 비키시지?"

"칫!"

그녀 역시 홍련교의 교도인지라 교주에게 가는 장천을 막을 도리가 없었기에 이를 갈며 길을 비켜주자 장천은 대소를 터뜨리며 여유있게 그녀의 곁을 지나갔다.

'흥! 얼마나 잘되는지 보자. 교주님 곁에도 내 친구가 있으니 말이야. 호호호.'

은영영은 그가 교주와의 대면에서 겪을 일을 생각하고는 지금은 웃고 있지만 그때 가서는 눈물을 흘리리라는 것은 믿어 의심치 않으며 속으로 교소를 터뜨렸다.

과연 교주의 곁에 있는 은영영의 친구는 누구인가?

준비를 끝낸 일행은 교주가 기다리고 있는 천화전(天火殿)으로 걸음을 옮겼다.

천화전은 교주와 그의 식솔들이 머무르고 있는 전각으로 본단에서 가장 큰 건물이었다.

평상시에도 전각을 지키고 있는 무사들만 해도 그 수가 이백 명을 넘었고 일을 처리하는 하인이나 하녀까지 합하면 보통 삼백여 명이나 되었다.

이러한 이유로 천화전의 크기는 분지 안에 있는 본단 전체 면적의 오 분의 일을 차지하고 있었기에 본단에서 교주가 차지하고 있는 비중이 얼마나 큰 것인가를 알게 해주었다.

천화전의 대문에 도착한 장천 일행은 이미 기다리고 있던 사람의 뒤를 따라 백화가 만발하고 있는 꽃밭에 위치한 정자에 도착할 수 있었다.

그곳에는 조심스럽게 꽃을 다듬는 멋드러진 노인과 함께 묘령의 소녀가 있었는데 장천은 그 노인이 홍련교의 교주라는 것을 알 수 있었다.

[저분이 교주님이시고 옆에 계신 분은 교주님의 손녀이신 유능예님이시니 예의를 갖추고 몸조심하도록 해.]

은조상은 다른 이들에게 전음을 날리며 주의를 기울이게 하고 있었는데 교주는 전음이 모두 끝남과 함께 뒤로 돌아서더니 너털웃음을 지으며 말했다.

"허허허, 이곳은 사석이니 그리 예의를 갖출 필요 없다네, 은 공자."

"헉!"

교주의 말에 자신의 전음을 들었다는 것을 안 은조상은 크게 당황할 수밖에 없었다.

하지만 이내 정신을 차릴 수 있었으니 옆에 있던 장천이 미소를 지으며 앞으로 나서더니 대표로 인사를 올렸기 때문이다.

"교주님께 인사드립니다."

장천의 말과 함께 다른 이들도 모두 정중하게 예를 취하니 잠시의 당황함을 이어진 인사로 감출 수 있는 은조상이었다.

"자, 이리 앉도록 하게나."

교주가 장천 등을 보며 미소를 지으며 천천히 정자로 가며 말하자 장천 등은 예의를 차려 대답하고는 자리에 앉았다.

잠시 후 어여쁜 미인이 다가와 조심스럽게 향이 진한 용정차를 가져다 놓으니 장천은 교주라는 것도 꽤 해볼 만한 것이라는 생각이 들었다.

"그래, 새신랑들은 지금 기분이 어떠한가?"

갑작스런 교주의 물음에 일행은 뭐라 말도 못하고 당황할 수밖에 없었는데 역시 중원 사람과는 다른 데비드가 그의 물음에 대답했다.

"얼떨떨하기만 합니다."

"그럴 테지. 나 역시 처음 성혼할 때는 그랬으니 말이야. 허허허."

다행히 데비드의 말이 마음에 들었는지 교주는 미소를 지으며 말하고 있었는데 그때 교주의 손녀가 새침한 얼굴을 하고 말했다.

"이 중에 두형이란 사람이 누구지요?"

"제가 두형입니다."

유능예의 말에 장천은 무슨 일인지 모르는 까닭에 어리둥절한 표정으로 대답했는데 그녀는 얼굴을 잠시 뜯어보더니 콧방귀를 뀌며 말했다.

"흥! 과연 기생오라비 같은 얼굴이군요. 듣자 하니 당신이 간계에 능하다 들었는데 사실입니까?"

"간계요?"

"멀쩡한 여인들을 덜떨어진 남자들의 처첩으로 안겨주었으니 간계가 아니면 무엇인가요?"

예상치도 못한 공격에 장천은 당황할 수밖에 없었는데 이러한 것은 다른 이들 역시 마찬가지였다. 한순간에 덜떨어진 남자가 되어버렸지만 상대가 상대인만큼 뭐라 말하지도 못하고 얼굴이 벌게졌다.

애석하게도 이 상황을 말려줄 유일한 인물인 교주는 이 상황을 재밌게 지켜보고 있었는지라 장천들로선 계속 당할 뿐이었는데 역시 장천은 어이없이 당하고 싶은 생각이 전혀 없었다.

"유 소저께선 아무래도 성혼을 하시기가 어려울 듯해 보이는군요."

"그게 무슨 말입니까?!"

그의 말에 유능예가 얼굴을 일그러뜨리며 소리치자 장천은 미소를 지으며 그 이유를 말했다.

"세상의 중신아비들이 모두 간계가 뛰어나다 여겨질 텐데 어찌 믿고 성혼을 하시렵니까?"

"흥!"

장천은 자신은 단지 세 친구들을 위해 중신을 섰을 뿐인데 그것이 죄가 되느냐 하는 식으로 대답한 것인데 실제로 친구들이 모두 아름다운 미녀들을 손에 넣어 많은 처첩을 거느리게 됐음에도 그는 어떠한 여인도 처첩으로 받아들이지 않고 있었기 때문에 중신아비라 칭해도 별문제가 없었다.

상대가 만만치 않다는 것을 깨달은 그녀가 잠시 기회를 보기로 생각하고 입을 다물자 교주는 미소를 지으며 장천에게 말했다.

"그러고 보니 자네는 이번에 처를 맞아들이지 않는다고 하던데 마음에 드는 규수가 없던가?"

"아닙니다. 단지 아직 성혼을 하기에 이르다 생각했기 때문입니다."

"남아가 뜻을 세웠다면 그것으로 장부라 할 수 있지 않은가?"

"뜻을 이루기 위해 때를 기다릴 뿐입니다."

"허허허허."

한마디도 지지 않고 대꾸하는 장천의 말에 교주는 크게 웃음을 터뜨릴 뿐이었다. 세월을 어느 정도 안다고 할 수 있는 나이이니만큼 그에게 혈기 왕성한 장천 같은 아이는 귀엽게 보일 수밖에 없었다.

하지만 그의 손녀인 유능예는 교 내 최고의 좌에 있다고 할 수 있는 할아버지의 말에 지지 않고 대꾸하는 장천이 건방지게 보일 뿐이었다.

"그나저나 성혼이 끝난 후 예정대로라면 일주일 후에 임무를 위해 본단을 일 년 정도 떠나 있어야 하는데, 어떤가? 자네들이 원한다면 본단에서 일을 할 수 있도록 주선해 보지."

교주의 말에 세 사람은 모두 크게 반가운 표정을 지었지만 장천은 고개를 저으며 말했다.

"아닙니다. 저희들을 원래의 계획대로 보내주시기 바랍니다."

장천의 말에 다른 이들은 물론 교주까지 놀라지 않을 수 없었다.

본단에서 일하게 주선한다 함은 그들을 배려하고자 함은 물론이요 교 내에서 중용하겠다는 뜻을 포함하고 있었음에도 그것을 거절하고 있었기 때문이다.

"자네라면 그 이유가 있겠지?"

"예, 저희들은 좁은 세상만을 접했을 뿐입니다. 좁은 하늘만을 보며 살아간다 함은 자칫 그 하늘에 만족해 버리는 정저지와(井底之蛙)의 우를 범할 수 있다고 생각하기 때문입니다."

"하하하하! 재밌는 아이로구나!"

장천의 말에 크게 만족한 듯 웃음을 터뜨린 교주는 미소를 지으며 말했다.

"알겠네. 자네들이 원한다면 그렇게 해주도록 하지."

"감사합니다."

교주와의 대면이 끝난 후 장천 일행은 안도의 한숨을 쉬며 돌아섰는데 그때 은조상이 고개를 갸웃하며 물었다.

"그나저나 왜 본단에서 일하는 것을 거부한 거지? 두형 자네라면 교주께 말한 것 외에 다른 뜻이 있을 듯한데 말이야?"

"푸하하하! 당연하지!"

"당연하다니?"

"본단에서 살게 되면 내가 만족할 만한 여인을 찾을 수 없을 것이 뻔한데 뭣 하러 이곳에 있는다는 거야? 혹시 너희들만 장가들면 끝이라고 생각한 것은 아니겠지?"

"역시나! 하하하하!"

장천의 말에 크게 웃음을 터뜨린 일행이었다.

하지만 장천이 본단에서 일하지 않겠다고 한 이유는 따로 있었다.

본단에서 일해봤자 그에게 전해지는 정보는 작은 것에 불과하다고 생각한 때문이었다.

스승의 말에 따라 뜻을 이루기 위해선 본단의 작은 직위에 멈추어 있는 것이 아니라 외부로 나가 홍련교의 중원 통일 계획의 모습을 자신의 눈으로 파악하는 것이 중요하다 생각했기 때문이다.

또 무천무급을 얻기 위해선 큰 공을 세워 자신의 위치를 끌어올리는 것이 중요하기에 지금과 같은 시기에 본단에 있는 것보다는 외지로 나가 공을 세우는 것이 더 나을 것이란 생각도 있었다.

이 모든 것이 사문인 쌍도문을 위한 것이니 장천의 거룩한 희생이라 할 수 있었다. 물론 그것은 장천 혼자만의 생각일 수도 있지만 말이다.

홍련교 명문가의 여식이 스무 명이나 성혼을 하게 되니 본단은 한마디로 축제 분위기가 될 수밖에 없었다.

물론 가문의 반대가 있었지만 여식이라고 해도 무교에 속한 자식은 소속된 책임자의 명을 반드시 준수해야 하기 때문에 백화당의 당주인 단희상의 허락이 있느니만큼 교를 탈퇴하지 않는 이상 이 성혼을 깨기는 어려웠다.

거기에다 교주의 허락까지 있었으니 어찌 번복할 수 있겠는가?

성혼식에 나온 신부의 모친들은 거의 대부분이 이 사기 같은 성혼에 눈물을 흘리지 않는 이가 없었다.

스무 명이나 되는 만큼 신랑 세 명이 다 같이 마누라를 삼을 수 없는 일인지라 신부들은 자신들의 결정에 따라 신랑을 선택할 수 있었다.

이 선택의 시간에서 예상외의 일이 벌어지고 말았는데 대부분의 신부가 명문가인 은조상을 선택할 것이라는 예상을 깨고 가장 많은 신부를 거느린 사람은 바로 데비드였다.

이 일에 대해서 많은 논란이 있었지만 가장 큰 이유는 처음 이들이 인연을 맺었던 그 은가장의 목욕탕 창문 밖이라 할 수 있다.

그곳에서 그녀들은 남정네의 모든 것을 보았으니 어느 쪽이 더 남자 구실하기에 좋을 것인지 알 수 있었기 때문이다.

이렇게 해서 결정된 것이 데비드가 여덟 명의 부인을 거느리게 되었고 은조상이 일곱 명의 신부를 맞이했으며 동방명언이 다섯 명의 여인을 안게 되었다.

동방명언은 자신이 가장 적은 수의 아내를 거느리게 됐다는 것에 별로 불만을 품지 않고 있었는데 나중에 들어본 바에 따르면 자신은 능력도 안 되니 당연하다고 했다.

뭐, 한 명의 여인만을 신부로 삼았다고 해도 동방명언의 입장에선 감지덕지였을 것이다.

어쨌든 형제들 중 가장 적은 수의 부인들을 얻었다고 해도 다섯 명이다 보니 결과적으로 그는 홍련교에서 잘 나가는 다섯 가문의 후광을 얻게 되었으니 입이 찢어질 지경이었다.

장천은 그들의 성혼 모습을 보면서 천천히 다가올 그들의 삶의 고통에 미소 지었다.

쌍도문에서 나온 자신들의 사형들이나 곽무진은 한 명의 부인을 가졌음에도 불구하고 고생스러운 표정이 역력했는데 그들은 어쩌겠는가?

원래 여자 쪽이 잘 나가면 남자는 힘을 못 쓰는 법이었으니 데비드와 동방명언이 얼마나 죽어 살 것인가에 눈물이 찔끔 나올 만큼 즐거운 장천이었다.

이렇듯 축제와 같은 성혼식이 진행되는 동안 내내 장천은 등에 날카로운 송곳을 찌르는 듯한 느낌을 받아야 했다.

"젠장……."

살기와 같은 시선이 느껴짐에도 차마 뒤돌아보지 못하는 이유는 그 시선의 주인을 알고 있었기 때문인데, 그들은 바로 은영영과 교주의 손녀인 유능예였다.

친구들을 한순간에 잃어버린 그녀들의 원한은 상당했으니 이미 교내의 모든 규수들에게는 장천의 세 치 혓바닥을 경계하는 서신이 돌았음은 물론이요, 절대로 이 두 사람의 허락이 없으면 그에게 접근하지 말라는 경고도 있었다. 물론 무단으로 경고하여 얼빠진 남자에게 시집가게 되는 경우가 있음을 잊지 않았으니 본단의 여인들에게 장천은 만인의 적일 수밖에 없었다.

이 혐의를 풀기 위해선 형제 세 사람과 살게 된 여인들이 만족해야 했으니 형제들의 건투를 빌 뿐이었다.

지금 서 있는 자리 역시 써늘한 시선의 두 주인공을 제외하고는 어떠한 여인도 장천의 곁에 삼 장 이상 접근하는 자가 없었으니 본단에 남아 있지 않기를 잘했다고 생각하는 장천이었다.

일단은 그도 장가는 들고 싶은 건전한 남자였기 때문이다.

이런 일 외에 장천에게는 엄청난 업무가 들어오고 있었는데 바로 중신아비의 업무였다.

어떠한 중신아비도 이러한 결과를 창출해 낸 자가 없었으니 중신아비의 등급으로 말하면 장천은 특급에 속하는지라 그에게 들어오는 청탁은 한 시진에 스무 통 이상이었다.

사례금만 해도 족히 몇 년은 먹고 살아도 충분한 액수를 제시해 오니 장천은 모든 것은 때려치우고 중신아비로 전업이나 할까도 고민하고 있었다.

성대했던 성혼식은 거의 마무리 단계로 들어가니 멀리서 여인들에게 끌려가며 피눈물을 흘리고 있는 세 형제들의 모습을 확인하며 장천은 근처에 있던 돼지 뒷다리를 하나 들고는 말없이 본단의 연무장에 있는 참나무를 등에 대고 떨어져 가는 해를 바라보며 사색에 잠겼다.

'언제쯤 모든 것이 끝날까?'

기한을 알 수 없는 임무였기에 향수병이 든 장천이었다.

'엄마… 아빠…….'

자상하게 웃고 있는 어머니의 얼굴이 생각나자 장천의 눈에선 굵은 물방울이 흘러내리고 있었는데 그때 한 사람이 그의 앞에서 나타나더니 말했다.

"철면피 녀석에게도 눈물이 있었네?"

"…영영이구나……."

"네 녀석에게 친근하게 불릴 이름이 아니야."

"알았으니까 좀 앉거나 아니면 가주지 않겠어? 고개를 올려 보려니 목이 아파서 말이야."

"흥!"

장천의 말에 그녀는 콧방귀를 뀌더니 자리에 털썩 주저앉아 손에 들고 있던 술병을 들이켰다.

"어린 나이에 음주는 별로 안 좋은 거야."

"당신 같은 사람에게 주의받고 싶은 생각 없으니 입이나 닥치고 있으라고."

"…사랑해……."

"헉… 캑캑……!"

장천의 말을 듣는 순간 은영영은 크게 놀라 사래가 들려 기침을 해대기 시작했으니 만족할 만한 성과에 미소 짓는 장천이었다.

"이런 말을 남자에게 듣고 싶은 나이구나, 영영은."

"너, 이 자식!!"

은영영으로선 장천의 말에 이가 갈릴 수밖에 없었으나 오빠가 성혼하는 날에 소란을 피울 수는 없는 일이었기에 꾹 참을 수밖에 없었다.

장천은 다시 저무는 해를 보려고 눈을 들었는데 애석하게 태양은 산으로 사라지며 붉은 노을로 하늘을 물들이고 있었다.

얼마 지나면 어둠이 다가올 것이기에 장천은 자리에서 일어나 은영영에게 손을 내밀며 말했다.

"자."

"흥!"

손을 내밀며 도와주려는 장천의 손을 친 그녀가 콧방귀를 날리며 사라지자 장천은 말없이 그녀의 뒷모습을 쳐다보았다.

평퍼짐한 엉덩이를 보며 애 하나는 쑥쑥 잘 낳겠네라는 얼빠진 생각을 잠시 한 뒤 장천은 은가장으로 향했다.

어두워진 하늘을 보며 은가장으로 들어서는 장천이었는데 그때 은가장의 문 한쪽에서 음침해 보이는 남자가 서 있는 것을 볼 수 있었다.

"네가 두형인가?"

"…그렇소만… 누구십니까?"

그의 말에 대답하며 장천이 조심스럽게 물어보자 그는 천천히 앞으로 다가오더니 장천의 앞에 서서 말했다.

"유소양(劉小陽)이라 하네."

"아!"

장천은 그의 이름을 듣고 크게 놀라지 않을 수 없었다.

유소양. 그 이름은 홍련교에 있는 사람치고 모르는 이가 없었는데 그가 바로 다음 대 홍련교를 이을 소교주였기 때문이다.

상당한 무공과 함께 지략에 능하다고 알려져 있는 인물인 유소양은 홍련교 내에서도 자신의 사설 무사단을 가질 정도로 막강한 세력을 유지하고 있는 야심 가득한 인물이었다.

현 교주의 손자로 유능예의 오빠이기도 한 그를 직접 만나게 되자 장천으로선 조금 긴장감이 몰려올 수밖에 없었다.

"소교주님이셨군요. 다시 한 번 인사드리겠습니다."

"필요없네. 오늘 온 것은 그런 인사나 받으러 온 것이 아니니 말일세."

"그럼 무슨 일로?"

유소양의 말에 장천은 어리둥절한 모습으로 물어보았다.

"자네… 나의 휘하로 들어오지 않겠는가?"

"예?"

"본인은 중원 통일 계획이 마무리되기 전까지 교 내에서 나만의 세력을 전체 세력의 삼 분의 일 이상으로 늘일 생각이네."

"아!"

"그러기 위해선 인재들이 필요한 것은 당연한 일이지. 자네가 나의 힘이 되어준다면 내 삼 년 안에 장로의 자리를 보장할 수 있는데, 어떠한가?"

그의 말에 장천은 잠시 고민에 잠겼다.

'삼 년 안에 장로라……. 그렇다면 한 가지 외에는 불가능하다.'

소교주가 아무리 교 내에서 힘이 있다고 하더라도 자신과 같은 사람을 삼 년 안에 장로의 지위까지 올린다는 것은 불가능할 수밖에 없었다.

그런 이유로 장천은 그가 하려고 하는 일을 어느 정도 짐작할 수 있었다.

'소교주는 현 교주 체제를 전복하려 하고 있다…….'

현재의 교주를 몰아내고 교주가 된다면 그가 말한 요구는 지켜질 수 있을 것이다.

한번 해볼 만한 일이기는 했지만 장천으로선 과연 자신의 앞에 있는 자가 그만큼의 능력이 있을까 고민될 수밖에 없었다.

"잠시 생각해 볼 시간을 주시겠습니까?"

"물론이네."

장천의 말에 소교주는 고개를 끄덕이고는 천천히 그의 곁을 스쳐 지나갔다.

그가 완전히 사라진 후에도 장천은 그 자리에 서서 계속 생각에 잠 겼다.

만약 소교주를 도와 일을 성사시켜 장로의 신분에 오른다면 사부의 염원인 무천무급을 얻는 것은 더욱 쉬워질 것이기 분명했지만 만약 소 교주의 계획이 실패한다면 장천은 영영 그것을 얻는 걸 포기하는 것은 물론이요 죽음을 면치 못할 것이다.

어느 쪽을 선택할까 고민하며 장천은 천천히 걸음을 옮겼다.

느린 걸음으로 자신의 방으로 들어가려는데 그때 누군가가 자신을 부르는 소리가 들렸다.

"두 소협, 여기네."

"아! 은 장로님!"

장천을 부르고 있는 사람은 은조상의 아버지인 은명석 장로였다.

장천은 공손히 인사하고는 그의 앞으로 걸어갔다.

조금 술에 취한 듯 얼굴이 빨갛게 상기되어 있는 은명석 장로는 오 른손에 들려 있던 술병을 흔들어 보이며 말했다.

"친구들은 모두 장가가는데 혼자 외롭겠구먼. 이 늙은이랑 한잔하지 않겠나?"

"예."

장로를 따라간 곳은 저택 안의 작은 방이었는데 창문 하나 없이 막 혀 있는 곳이라 이상하게 생각되었다.

"여긴?"

"교 내의 일로 비밀리에 일을 처리할 때 사용하는 방이라네."

"그렇군요."

장천은 벽을 두드려 보았는데 역시 상당히 두터운 벽으로 감싸여 있음을 알 수 있었다.

방 안에는 술상이 준비되어 있는 것으로 보아 자신이 오기를 기다리고 있었던 것을 안 장천은 머리를 만지작거리며 말했다.

"이거 저를 위해 준비해 두신 자리 같군요."

"은가에 큰 복을 가져다 준 사람을 위한 자리라네."

"별말씀을 다 하십니다."

장로의 말에 약간의 겸손을 보인 장천은 자리에 앉아 그가 따라주는 술을 받아 조심스럽게 입으로 가져갔는데 그때 그의 얼굴 표정이 조금 진지해지는 것을 볼 수 있었다.

"다른 용건이 있으신 것 같군요?"

"뭐, 그렇다고도 할 수 있지."

술잔 가득히 술을 따라 마신 은명석 장로는 장천을 보며 말했다.

"자네 주위에 감시가 붙어 있더군."

"그렇군요."

장천 역시 이상한 기운을 느끼고 있었기에 장로의 말에 고개를 끄덕였다.

"소교주님을 만나뵈었는가?"

"예."

"조심하게. 소교주님은 생각보다 잔혹한 분이시니 말일세."

"어느 정도 눈치는 채고 있었습니다."

장천은 소교주의 눈에 비친 차가운 기운을 읽고 있었기에 장로의 말을 수긍할 수 있었다.

"어떠한 말이 오고 갔는지는 모르지만 거절한다면 자네의 목이 위험할 것일세."

"그렇군요."

살인멸구. 소교주가 그토록 중요한 말을 자신에게 아무런 여과 없이 내뱉은 이유를 알 것 같았다.

"그나저나 이젠 어떡할 셈인가?"

"글쎄요, 그쪽에서 내건 조건이 워낙 좋은지라 생각해 보고 있던 참입니다."

은명석 장로가 소교주와 반대의 입장에 있음을 알면서도 장천은 이 자리에선 거짓을 말하면 안 될 것 같은 느낌이 들었다.

"…솔직하구먼."

"은 아우의 아버님이시니 저의 아버님과도 같은데 어찌 거짓을 말하겠습니까."

"고맙군."

그 말 이후 한동안 아무 말 없이 술잔을 나누는 두 사람이었다.

"형제들을 적으로 돌리는데 괜찮겠는가?"

"그 반대로 형제들을 적으로부터 보호할 수도 있지 않겠습니까?"

"음, 그렇겠군."

소교주의 편에 선다면 형제들과 적이 될 수도 있지 않겠느냐는 장로의 말에 미소를 지으며 답했는데 그 말이 은명석은 상당히 마음에 드는 듯했다.

"인의를 중시한다면 자네의 행동은 무림인으로선 실격일세."

"대의를 중시한다면 저의 행동은 정당할 수 있겠죠."

한마디도 지지 않는 장천을 보며 은명석은 자신의 딸과 왜 그렇게 사이가 좋지 않은지 이해가 되었다.

둘 다 지기 싫어하는 성격인데다가 두 사람 다 자신의 능력에 자신 있어하는 사람이었기 때문이다.

한참을 장천의 얼굴을 보던 은명석은 그에게 서신 한 장을 건네주며 말했다.

"위험하다 싶으면 이것을 꺼내 보도록 하게."

"감사합니다."

장천은 은명석의 서신을 공손히 받아 품에 갈무리했다.

물론 그 서신의 내용이 무엇인지는 알 수 없었지만 은명석이라면 자신에게 도움이 될 것을 제시했을 것이라고 생각했다.

"자, 이만 돌아가 보도록 하세."

"예."

장로와의 간단한 술자리가 끝난 장천은 천천히 자신이 머무르고 있는 전각으로 걸음을 옮겼다.

'세 명인가……?'

엉기적엉기적 걸으며 불규칙한 보폭을 통해 자신을 감시하고 있는 자와의 거리를 불규칙하게 만들며 녀석들의 수를 가늠하는 장천이었다.

'방금 전의 장로님과의 일로 의심받기 시작하겠군.'

다음날 아침 일찍 자리에서 일어난 장천은 간단히 운기조식을 마치고는 오랜만에 도법을 연성하고 있었다.

물론 그가 하고 있는 도법은 금선곡에서 배운 홍련교의 입문 무공이었지만 도가 그어지고 있는 길 하나하나에 흐트러짐이 없었기에 그의 도법이 얼마나 성장했는가를 말해 주고 있었다.

현재 그의 수준은 사부와 금선곡에서 계속적으로 제대로 된 수련을 거쳤기에 과거에 비해 몇 배나 실력이 상승되어 있었다.

지금의 수준이라면 공동파의 꽃돌이와 대적한다고 해도 과거와 같은 추태를 부리지 않을 자신이 있는 장천이었다.

가볍게 입문 도법을 마치자 누군가의 박수 소리가 들려오기 시작했다.

"훌륭한 솜씨네."

"아! 순 사범님."

장천의 도술에 박수를 치며 감탄한 사람은 금선곡의 도술 사범인 순유였다.

그는 촐랑거리는 걸음걸이로 그에게 다가오더니 말했다.

"금선곡에선 검술에 신경을 많이 쓰는 것 같더니 도술에 어느 정도 자신이 있어서 한 행동이었구면?"

"가전의 무공과 함께 우연히 도법이 적힌 책을 하나 얻어 익힐 수 있었으니까요."

"음, 우연이라……."

장천의 말에 순유는 잠시 생각에 잠길 수밖에 없었다.

모든 무공을 익힘에 가르치는 사람이 있고 없음의 차이는 크다고 할 수 있었다.

철저한 실전을 통하여 배우는 것도 스승이 있고 없고에 따라 초식은 상당히 달라질 수 있다. 아무리 뛰어난 사람이라고 해도 자질에는 한계가 있는 법이었기에 자신의 결점을 찾는 것은 힘든 일이었다.

순유가 보는 장천의 초식은 뭐랄까, 군더더기가 없는 그런 초식이었다.

무공이란 것은 초기에는 단순히 수렵을 위한 것이 발전된 형태였지만 시간이 지남에 따라 인간을 상대로 하는 것으로 변화해 갔다.

인간의 몸은 그 움직임에 어느 정도 규칙성이라는 것이 있기에 무공은 그 규칙성을 넘어서는 동작을 가지게 된다.

이러한 이유로 혼자서 무공을 익히게 될 경우에는 그 규칙성을 쉽게 벗어나지 못하기 때문에 초식에 문제가 생기는 것인데 책을 통해 혼자 익혔다고 하기에는 너무나 깨끗한 초식이라는 것이 이상하게 생각되었다.

하지만 무턱대고 이상하게 생각하는 것은 사람을 믿지 못한다는 말이었으니 고개를 저은 순유는 미소를 지으며 말했다.

"그렇구나."

"그나저나 사범님께선 무슨 일로?"

"다른 녀석들에게는 미안한 일이지만 너희들이 갈 곳이 정해졌단다."

"아!"

드디어 기다리고 있던 일이 왔다는 생각에 장천은 탄성을 내질렀지만 그것도 잠깐, 막 신혼의 즐거움에 잠긴 녀석들이 외지로 나가야 한다는 생각에 형제들에게 조금 미안한 생각이 들었다.

"떠날 시간은 언제입니까?"

"교주님의 배려로 한 달 정도 후를 잡고 있지만 그것도 녀석들에겐 조금 짧을 것 같구나."

"그럴 테지요."

"아무튼 네가 말을 좀 전해주도록 하여라."

"네."

순유는 장천에게 부탁하고는 돌아갔다.

"휴~"

형제들에게 말해야 된다는 생각에 저절로 한숨이 나오는 장천이었다.

장천은 그래도 셋 중에 가장 마음이 가벼울 것 같은 동방명언이 머물고 있는 방으로 갔다.

"어? 명언?"

이상하게도 동방명언은 밖으로 나와 한숨을 쉬고 있었는데 방 안에선 여인들의 다툼 소리가 들리고 있었다.

"무슨 일이야?"

"어? 두형이구나. 휴~"

동방명언은 장천의 물음에 길게 한숨을 쉬며 말했다.

"너도 알다시피 우리 가문은 홍련교 내에선 그리 좋지 않은 가문이잖아."

"응."

"그 일로 마누라들이 다투는 거야."

"왜?"

"아무래도 나중에 출세를 위해선 데릴사위로 들어가는 것이 좋다는 말이 나온 것까지는 괜찮은데 어디로 들어가느냐로 싸우는 거지."

"음……."

남자가 여자의 집보다 떨어지면 생기는 불상사였던 것이다.

"그 외에는 별문제는 없는 거야?"

"응, 다들 나한테 만족해하더라고."

그 말에 장천은 고개를 끄덕였다.

동방명언은 잘생긴 편에 속하는데다가 무공에 대한 자질도 뛰어난 인물이니만큼 남편감으론 충분했다.

"그럼 한 오 년의 유예 기간을 가져 봐."

"오 년?"

"응, 순유 사범님께서 우리 일이 한 달 후부터 시작된다고 하더라고. 오 년 정도면 충분히 홍련교에서 공을 세워 출세할 수 있는 시간일 테니까 데릴사위는 일단 그만두고 기다려 달라 하라고. 어차피 우리들의 나이야 약관도 넘지 않은 나이이니 오 년 정도야 처가 쪽도 시간을 주겠지."

"아! 고마워, 두형!"

동방명언은 그제야 집안의 환란을 잠재울 수 있다는 생각에 어여쁜 장천의 볼에 수십 번 뽀뽀를 하며 감사의 표시를 한 후 갑자기 장천의 옷을 벗기기 시작했다.

"이 자식이, 무슨 짓이야?"

"아, 미안. 뽀뽀하다 보니 내 마누란 줄 알았지."

"……."

동방명언에게 소식을 전달한 장천은 은조상의 신혼방으로 찾아갔다.

"흑흑흑……."

애석하게도 은조상 역시 편하지 못한 듯 마루에 앉아서 눈물을 흘리고 있었다.

"은조상, 무슨 일이야?"

"흑흑흑, 장천… 아무래도 나 이 결혼… 실패인 것 같아."

"실패?"

어여쁜 마누라를 일곱 명이나 얻어놓고서 실패라고 하는 말에 장천으로선 이해할 수가 없었다.

"도대체 무슨 일이야?"

"내 힘이 부족해서 마누라를 만족시켜 줄 수가 없어. 아무리 힘써도 서너 명은 언제나 나에게 원망의 눈초리를 보내니 어떻게 살라고… 흑 흑흑……."

그 말에 조금은 이해가 가는 장천이었다.

은조상도 사람이니 어찌 하루에 일곱 명을 상대할 수 있을 것인가?

"니가 일찍 죽어 청상과부 만들어 재가시키는 방법은 어떨까?"

"……."

"농담이고, 그렇담 이렇게 해봐."

"어떻게?"

"이른바 천궁의 날!"

"천궁?"

"그러니까 한 사람에게 하루씩 투자하는 거야. 일단은 하루에 모든 힘을 한 사람에게 쏟을 수 있으니 편할 테고, 원래 사람이란 기다리는 맛이 있어야 하니 날을 기다리는 마누라들은 네가 자신에게 올 날을 기다리며 잘 대해줄 것 아니야."

"무슨 말이야?"

"바보같이, 생각을 해봐. 일주일이나 기다린 네 녀석이 축 늘어진 자세가 되어 자신을 맞이하려 한다면 당사자는 얼마나 진이 빠지겠니? 그러니 그런 것을 방지하고자 너를 극진히 모시는 것은 분명한 일이잖아."

"아!"

그제야 은조상은 장천이 이야기하려 하는 바를 이해할 수 있었다.

"고맙다, 두형."

"별말을……. 아, 그리고 우리 임무 날짜가 정해졌어."

"…언젠데?"

"한 달 후."

"휴~ 그때는 조금 편해지긴 하겠군. 알았어."

"그럼 난 간다."

신혼도 신혼 나름이었다.

만약 한 명의 아내를 얻었다면 은조상도 헤어지는 것이 아쉬웠겠지만 워낙 많다 보니 임무를 나간다는 것이 탈출로 여겨지고 있었던 것이다.

두 명의 형제들은 이렇게 힘들게 보내고 있는 반면 단 한 사람만은 예외였으니, 그것은 바로 가장 많은 여인을 얻게 된 데비드였다.

"하하하하!"

데비드의 신혼 방에 도착하자마자 밖으로 그의 우렁찬 웃음소리가 들리고 있었는데 역시나 그는 아내들이 차려주는 아침을 먹으며 재미나게 이야기를 나누고 있었다.

"데비드."

"오! 형제, 어서 와요."

다른 형제와는 달리 너무나 행복한 모습의 데비드를 보며 비결이 무엇일까 궁금해졌다. 일단은 말을 전해주어야 했기에 장천은 그가 있는 쪽으로 걸음을 옮겼다.

"형제, 무슨 일입니까?"

"음… 너무나 행복하게 보여서 말하기 조금 미안한데… 데비드, 우리의 보직이 결정되었다."

"오! 지저스!"

데비드는 보직이 결정되었다는 말에 알 수 없는 소리를 중얼거리더니 옆으로 쓰러지자 수많은 부인들이 크게 놀라며 그에게 달려들었다.

"여보!!"

이들의 모습을 보니 마치 어미 돼지에게 여덟 마리 새끼 돼지들이 젖 달라고 달려드는 것 같은지라 부인이 많은 것도 힘들 것 같다는 생각에 고개를 내저었다.

"오, 부인들! 우리 이제 헤어져야 할 시간입니다."

"흑흑흑……!"

데비드의 서글픈 어투의 말에 여인들은 모두 눈물을 흘리며 그의 몸 여기저기에 들러붙었는데 여덟 명이나 되는 여인들을 모두 안고 있음에도 끄덕없는 그를 보며 만약 동방명언이나 은조상이라면 조금 버거웠을 것이라는 생각이 들었다.

'그렇군.'

그제야 장천은 데비드 네 가정이 왜 이렇게 우애가 좋은지 알 수 있었다.

역시나 남자가 가정의 행복을 이루기 위해선 뭐니 뭐니 해도 체력이 우선되어야 했던 것이다.

"날짜는 한 달 후니까… 그 시간 동안 열심히 신혼 분위기를 내라고!"

"오! 알았습니다, 형제!"

그 말이 끝남과 동시에 여인들은 비명과 함께 데비드를 따라 어디론가 사라지니 이 시끌벅적한 분위기에 미소가 절로 나왔다.

제13장
귀곡성(鬼哭聲)의 남자를 장가보내라!

데비드를 끝으로 형제들에게 모두 소식을 전달한 장천은 다시 무공을 수련할 겸 연무장으로 향했는데 그곳에서는 한 젊은이가 멋들어진 자세로 권법을 연마하고 있었다.

"오!! 은조상!!"

그 젊은이의 뒷모습이 은조상과 같은지라 반가운 마음에 달려든 장천은 그의 뒷통수를 후려치며 소리쳤다.

"짜식! 신혼의 단꿈에 젖어 있을 줄 알았더니 무공도 연성하네?"

하지만 잠시 후 장천은 무엇인가 이상함을 느꼈다. 분명히 은조상은 뒷짱구임에도 불구하고 상대에게선 그런 느낌이 들지 않았기 때문이다.

두려운 마음에 그는 천천히 뒷걸음질쳤지만 뒷통수를 얻어맞은 상대는 천천히 고개를 돌려 살기 어린 눈망울로 장천을 노려보았다.

상대의 얼굴은 은조상과 비슷하긴 했지만 조금 나이 든 모습이었다.

"네 녀석은 누구냐?"

"…조상이 의형제 두형인데요."

마치 지옥의 나찰이 내뱉는 듯한 목소리에 온몸에 소름이 돋은 장천이 이제 죽었다고 생각하며 천천히 자신의 이름을 밝히자 장천의 말에 잠시간 훑어본 그는 귀신의 목소리로 말했다.

"난 은조상의 형인 은석영이라고 한다. 다음부터는 조심하도록 해라."

"살려만 주신다면… 명심하겠습니다."

상대는 바로 조상의 형이었던 것이다. 하지만 장천은 두려움에 무릎 꿇고 고개를 땅에 박으며 살려만 달라고 빌 수밖에 없었다.

"흥!"

그런 장천의 모습에 은석영이 콧방귀를 뀌며 사라지자 장천은 그의 모습이 완전히 사라졌음을 확인한 후에야 간신히 움직일 수 있었다.

"흑흑흑, 너무 무서웠어."

힘이 빠진 다리를 겨우 가누며 자리에서 빠져나온 장천은 아직도 사라지지 않은 공포감에 눈물까지 흘려댔다.

간신히 정신을 차린 그는 겨우 은조상에게 가 그때의 끔찍했던 일을 말하니 모든 것을 들은 은조상은 한숨을 내쉬며 말했다.

"휴, 역시나 너도 두려움을 느꼈구나."

"네, 네 형… 너무 무서워……. 특히 목소리가."

"그럴 만도 하지. 우리 형의 교 내의 명호가 뭔지 아니?"

"뭔데?"

"귀곡성랑(鬼哭聲郎)이야. 교 내에서 우리 형의 목소리를 듣고 두려움에 떨지 않는 이가 없었다고 하지."

"음."

그의 말에 장천은 수긍할 수 있었다.

그때의 상황이 조금 안 좋기는 했지만 뭐라고 말할 새도 없이 자신은 그 목소리에 제압당해 있었고 정신을 차렸을 때는 고개를 땅에 박으며 살려달라 빌고 있었기 때문이다.

"어렸을 때는 낭랑하기 그지없는 목소리였는데 일곱 살 때 소교주님이 준 백귀뇌호공(百鬼惱號功)이라는 음공 계열의 마공 서적을 익혀서 저런 목소리가 됐어."

"백귀뇌호공?"

"응, 음공의 일종인데 백귀가 울부짖는 듯한 목소리를 내어 적의 전의를 빼앗는 마공이야. 워낙 목소리가 아름다웠던 형이었기에 백귀뇌호공은 보통 사람의 수준을 뛰어넘어 지금은 무공을 사용하지 않아도 상대를 죽일 수도 있는 목소리가 흘러나오게 된 거야."

"음, 너무 뛰어났기에 넘쳐 버렸다는 거구나."

"그래, 목소리는 저래도 무공의 자질은 물론이요 모든 면에서 난 상대도 안 된다고."

"그렇구나."

장천은 자신이 버릇없는 행동을 했음에도 동생의 의형제라는 말에 아무렇지도 않게 보내주던 그의 모습을 생각하며 관대한 면도 없지 않구나 하는 생각이 들었다.

"휴, 동생은 이렇게 명문가의 여식들을 아내로 맞아서 잘살고 있는데 형은 가증스러운 소교주 때문에 뛰어난 능력에도 불구하고 한 명의 여인도 없으니 너무 불쌍해. 흑흑흑……."

은조상이 형을 걱정하며 눈물을 흘리자 한참을 생각에 잠겨 있던 장천은 결정했다는 듯이 녀석의 손을 잡고 하늘을 가리키며 말했다.

　"형제의 두터운 우애에 본좌는 크게 감동했으니 네 형에게 저 하늘의 별이 된 직녀와 같이 아름다운 여인과 인연을 맺게 해주겠느니라!"

　하늘을 가리키며 멋드러진 대사를 뿜어내는 장천을 보며 은조상은 드디어 홍련교 제일의 중신아비가 움직이려 한다는 것을 알 수 있었다. 물론 하늘에는 별은커녕 구름 한 점 없어 신빙성이 떨어지는 대사였지만 말이다.

　임무를 수행하러 떠나기까지는 앞으로 한 달이란 시간이 남아 있으니만큼 대사(大事)를 진행하기에는 여유가 있었다. 장천의 형제들은 은조상의 형 장가보내기 대책위원회를 조직하여 활동할 수가 있었다.

　일단 도움이 되는 모든 사람들이 모이기는 했는데 문제는 후원회에 장천의 앙숙인 은영영까지 끼어 있다는 것이었다.

　"방해하지 않을 거야?"

　"어쭈? 방해해 줘?"

　"아니, 절대!"

　"큰오빠의 일이니까 너 같은 말만 잘하는 놈에게만 맡겨둘 수는 없어 찾아왔을 뿐이야."

　"뭐, 여자 문제니 외모가 조금 떨어지긴 하지만 여자가 끼면 좋긴 하지."

　"죽고 싶은가 보구나. 그래, 죽여주지."

　본단 내에게 발이 넓은 영영이 도와준다면 일이 조금 더 쉽게 이루어질 수 있다고 생각한 장천은 영영의 살기 어린 표정을 보며 두 발자국 정도 물러선 후 그러려니 하고 넘어가기로 했다.

사람이 다 모이자 장천은 첫 번째 일로 본단 내에 있는 미인들의 명단을 뽑기로 했고 그것은 예상외로 은영영의 도움으로 단시간에 이루어질 수 있었다.

"자, 첫 번째 이름은… 찢어버리자!!"

하지만 장천은 명단의 첫머리를 보며 이 자료가 극히 신빙성이 떨어짐을 깨닫고 찢어버렸다.

"뭐야? 기껏 열심히 적어줬더니!"

영영은 자신이 힘들게 적어온 명단을 장천이 보자마자 찢자 노한 목소리로 소리쳤지만 장천은 오히려 화를 내며 말했다.

"첫 번째 이름부터 신빙성이 떨어져!! 본단 최고의 미인이 너라는 것은 세상이 무너질 일이다!"

하지만 장천이야 그녀를 미인으로 보지 않고 있지만 사실 영영이 이쁘기는 했다. 본단 내 최고의 미인은 아니더라도 다섯 손가락 안에 드는 것은 누구도 부인하지 않았으나 이미 눈에 미운 콩깍지가 박혀 있는 장천에게 영영이 이쁘게 보이지 않음은 당연했다.

말도 안 된다 소리치는 장천을 보며 안면에 분노의 주먹을 작렬시킨 영영이 다시 명단을 작성해 주니 이제야 조금 나은 것 같다며 슬며시 마지막 장에 최악의 추녀로 영영을 기입하는 장천이었다.

"……."

"얼굴이 이쁘다고 여자냐… 마음이 이뻐야 여자지……."

물론 영영에게 들켜 약간의 칼부림을 당한 장천은 잠시 후 상처투성이가 된 몸으로 형제들의 앞에 서서 떨리는 목소리로 말했다.

"중신아비의 사망으로… 본 대책위원회는 여기서……."

"죽어라!!"

맞을 짓만 하고 있는 장천이었다.

잠시 후 이마에서 흐르는 선지를 손등으로 훑어낸 그는 정신을 차리며 말했다.

"최고의 미인인 영영이 마련해 준 명단에 따라 사전 조사를 할 테니까 각자 두 명 정도를 맡아 그 여인의 행동이나 여러 가지 사항을 조사해 오도록 해."

"알았어."

등줄기에 서늘하게 느껴지는 검의 느낌. 장천은 무력에 굴복하여 영영을 미인으로 인정할 수밖에 없음에 눈물이 흘러내렸다.

지피지기면 백전백승이란 말도 있듯 상대인 여인들에 대해서 잘 알고 있다면 접근하기도 용이할 것이라 생각했다.

장천이 처음 맡은 여인은 본단 제일 미녀라고 알려져 있는 하백운(夏白雲) 원로의 증손녀 하미리(夏美裏)였다.

원로의 신분답게 하가장의 저택은 본단에서도 상당히 큰 편이었다. 좌우를 요리조리 살피다 담장을 넘어 들어간 장천은 조심스럽게 하미리가 있는 소채로 숨어들어 그녀의 모습이 나오기만을 기다리며 잠복에 들어갔다.

그렇게 기다린 지 반 시진 정도가 지나자 드디어 문제의 여인이 그 모습을 드러냈으니 장천은 그녀의 미모에 과연 본단 최고의 미녀라는 말을 이해할 수 있었다.

폭포수가 흘러내리는 것 같은 긴 머리와 맑은 호수를 보는 듯한 눈동자, 앵두 같은 입술에 유려한 손가락은 미녀는 역시 다르다는 생각이 들었다.

하지만 애석하게도 그녀의 전체적인 표정은 무척이나 도도해 보였다.

최고의 미녀인만큼 어느 정도의 성깔이 있는 것은 당연하겠지만 은 영영에게 된통 당하고 시는 장천에게 성깔 사나운 여자는 미녀라도 마음이 내키지 않았다.

뭐, 서시의 미모라는 것도 일그러진 모습이 아름답다고 했으니 일단 은 지켜보며 평가하기로 했다.

"도대체 이 따위로 일을 해서 어떻게 하겠다는 거냐?"

"죄송합니다, 아가씨."

다그치는 그녀의 앞에는 여린 몸의 소녀가 있었는데 정황으로 미루어보아 하미리의 시중을 드는 여종임을 알 수 있었다.

하미리의 오른손에 비단으로 만들어진 옷이 들려 있는 것으로 보아 아끼는 옷을 망가뜨려 혼나는 것 같았다. 물론 그러한 일에 화를 내는 것은 당연하지만 점점 일그러지는 그녀의 얼굴에 처음 예쁘다고 생각 했던 것이 점점 사그라지며 정나미가 떨어졌다.

들고 있던 옷을 제 성질대로 찢어버린 하미리는 헝겊 조각이 되어버린 옷을 여종에게 던져 버리고는 씩씩거리며 방으로 들어가니 남겨진 여종은 축 늘어진 어깨로 찢어진 비단옷을 들고 걸음을 옮겼다.

그런 여종에게 두세 명의 여인이 다가왔는데 다른 곳에서 시중들고 있는 여종인 듯했다.

"또 혼난 거니?"

"응, 빨래를 잘못해서 비단옷에 보푸라기가 일었거든."

'보푸라기 때문에 저 난리였어? 성질이 더럽긴 더럽나 보군.'

그녀의 말에 장천은 하미리의 점수를 크게 깎을 수밖에 없었다.

"휴~"

울먹이고 있는 여종을 보며 다른 여인들이 한숨을 쉬며 말했다.

"너도 고생이다. 하필 아가씨께 잘못 보였으니 말이야."

"…내 잘못인걸 뭐."

"힘내."

"고마워, 언니."

여인들의 말에 미소를 짓고 있는 여종을 보며 장천은 자신도 모르게 고개를 끄덕이며 중얼거렸다.

"외로워도 슬퍼도 울지 말거래이."

불쌍한 여인을 응원해 주는 장천이었다. 그런데 자세히 보니 여종도 꽤 미인이었다. 조금 마른 편이기는 했지만 제대로 먹지 못해서 그런 듯 잘 먹고 화장도 시킨다면 수준급의 미모로 변모할 듯했다.

'하미리와 같은 성질머리 사나운 여자를 소개해 준다는 것은 조금 문제인 것 같고, 어디 저 여인이나 한번 살펴볼까?'

물론 여종이라는 신분 때문에 본단 내에서도 지위가 높은 편에 속하는 은가와 맺어지기는 어렵겠지만 그녀에게 왠지 끌리는 장천이었다.

장천은 기껏 사부에게 배워놓고 단 한 번도 써먹지 못한 최고의 비술을 쓰기로 결심했으니 바로 변태변골술이었다.

여자와 남자의 차이는 많지만 가장 큰 부분은 위에서부터 목젖과 가슴, 그리고 아랫도리의 중요한 부분, 이렇게 세 부분으로 나눌 수 있을 것이다.

변태변골술은 다른 역용술과는 달리 몸 전체를 변형시킬 수 있었기에 장천은 조심스럽게 목젖을 집어넣은 후 가슴을 약간 부풀게 했다. 그리고 이어 하체를 잠시 들여다 보고는… 그건 그냥 두기로 했다. 실수했다가 영영 안 나오면 안 되지.

막상 가슴을 키우고 보니 정말 만족할 만한 크기에 손이 절로 가는 장천이었지만 본능을 꾹 참고 여종들이 머물고 있는 처소로 찾아갔다.

한참을 이리저리 살펴보던 장천은 하미리 소저에게 욕을 먹은 여종을 발견할 수 있었는데 작은 방에 앉아서 찢어진 비단옷을 바느질하고 있었다.

꼬질꼬질한 것이 제대로 씻지도 못한 것 같은 여종을 보며 장천은 과거 기사부에게 당했던 고생을 생각하며 얼마나 찜찜할까 눈물이 나올 지경이었다.

자세히 들여다보니 진짜 그녀의 눈에선 물방울이 흘러내리고 있었는데 아무래도 서러워서 울고 있는 것 같았다. 다른 사람들에게는 아무렇지도 않은 듯이 보이고 있었지만 소녀의 여린 마음은 그리 강하지 못한 듯했다.

"이구, 불쌍한 것……."

"누구세요?"

자신도 모르게 말을 내뱉고 말아 문밖에 사람이 있다는 것을 안 여종이 놀란 목소리로 묻자 장천은 어쩔 수 없이 천천히 안으로 들어갔다.

"난 백화당 본단에 소속되어 있는 두화라고 한다."

"아!"

백화당은 홍련교에서 직급이 있는 사람들의 여식만이 가는 곳인지라 신분이 높은 사람이라는 것을 안 여종은 두 눈을 급히 닦으며 고개를 숙였다.

"너의 이름은 무엇이냐?"

"소령(小零)이라 합니다."

"소령이라… 괜찮은 이름이군."

장천은 고개를 끄덕이며 품에서 붓과 함께 한 권의 책을 꺼내어 본격적인 작업에 들어가기 시작했다.

"나이는?"

"열여섯일 것이라 생각됩니다."

"열여섯이면 열여섯이지 일 거라니?"

"그것이… 고아인지라… 확실히……."

"음, 고아라……."

책에 방년 열여섯에 고아라고 적은 장천은 어림짐작으로 신체 사이즈를 훑어보고는 그것 역시 기입했다.

"본단에서 몇 년 정도 살았지?"

"다섯 살 때쯤 주인마님께서 고아인 저를 데리고 오셨는지라 햇수로 십일 년 정도 되옵니다."

"음… 좋아하는 남성상은?"

"예?"

거기까지 말이 나오자 소령은 뭔가 이상하다는 생각이 들어 고개를 들었는데 장천은 화가 난다는 듯이 주먹으로 탁자를 치며 소리쳤다.

"좋아하는 남성상이 어떤 것이냐 물었다!"

"…저를 좋아해 줄 수 있는 분이라면……."

"음……."

그 말까지 꼼꼼하게 적은 장천은 대충 조사가 끝났다고 생각하고는 자리에서 일어나 그녀를 보며 말했다.

"가지고 싶은 것은 없느냐?"

"예?"

"뭐 가지고 싶은 것이 없느냐고 물었다."

하지만 여종으로서 오랜 삶을 살아왔던 소령인지라 선뜻 대답하지 못하자 장천은 할 수 없다는 듯 그녀에게 다가가 한 냥짜리 금원보를 쥐어주었다.

"아!"

난데없이 찾아와 희한한 것을 묻더니 이제는 평생 구경도 하기 어려운 엄청난 거금을 내어주자 그것을 받아야 할지 말아야 할지 고민될 수밖에 없었다.

하지만 무어라 말하기도 전에 그는 밖으로 나가 버렸기에 손에는 금원보만 남게 되었다. 소령을 만나본 장천은 담장을 넘어 변태변골을 풀었다.

"외모는 괜찮은데… 가문이 문제란 말이야… 가문이……."

사회적 인식이라는 것이 있기 때문에 소령과 은석영을 이어주는 것은 어려운 일이었다.

하지만 그것을 제외한다면 모든 면에서 수준급이었기 때문에 일단은 명단의 상좌에 올려놓기로 한 장천은 그 뒤로 은영영이 적어준 사람을 찾아 몇 군데 더 돌아다녀 보았다.

하지만 거의 대부분이 미모는 괜찮을지 몰라도 좋은 집안에서 살아온 여식인 탓에 성질이 더러웠으니 아무래도 이쁘고 성격 순한 혼기의 여자들은 그의 형제들이 모두 마누라로 삼은 듯했다.

그날 저녁 장천의 형제들은 모여 자신들이 조사해 온 여자들에 대한 신상명세와 함께 여러 가지를 토의하기 시작했다.

"음… 지금까지 나온 사람들 중에는 그래도 가장 나은 것이 마 당주님의 둘째 딸인 마미린 소저 같은데……."

"하지만 마미린 소저는 정혼자가 있잖아."

"휴~"

호언장담은 했지만 일이 쉽게 풀리지 않자 한숨이 나왔다. 미인들이 많다는 홍련교 본단에 이렇게 적당한 사람이 없을지 누가 알았겠는가?

한참을 고민한 장천은 은조상을 보며 물었다.

"형제."

"왜?"

"혹시… 신분이 조금 낮아도 상관없겠나?"

"신분?"

"그래."

그 말에 한참을 생각에 잠기는 은조상이었다.

"무림인들에게 신분이란 것은 별문제될 것이 없기는 하지만 말이야."

"하긴 은 형의 집안은 홍련교에서 꽤 이름난 집안이니까."

동방명언은 신분이 낮다면 조금 문제가 될 것 같다는 얼굴로 말했는데 그때 은영영이 궁금하다는 표정으로 물었다.

"그녀가 누군지는 모르지만 너의 마음에 들었다니 일단 만나보고 결정하자고."

"그럼 내일 한번 만나보도록 하지."

"그래."

그들은 오늘의 회의는 여기서 마치기로 하고 자리에서 일어났다.

다음날 은영영은 장천과 함께 하가장에 도착했는데 대문에 들어서자마자 한숨을 내쉬며 말했다.

"미안하지만 여긴 내 힘으론 조금 어렵겠다."

"무슨 소리야?"

"본단의 여인들은 세 무리로 나뉘어져 있거든. 교주님의 손녀인 유능예님을 중심으로 한 무리와 맹철 부교주님의 둘째인 맹민정, 그리고 지금 우리가 서 있는 하가장의 하미리를 중심으로 하는 무리로 나뉘어져 있어."

"엥?"

"옛날에는 능예와 내가 거느린 여인들이 본단에서 가장 컸는데 어느 빌어먹을 놈의 의형제들이 스무 명이나 빼가는 바람에 지금은 하미리가 거느린 세력들이 가장 강하단 말이야. 가뜩이나 무시당하는 판에 오빠의 일로 가면… 휴~"

"음……."

그 말을 들은 장천은 정면으로 들어서는 것은 어렵다는 생각이 들었다. 그때 대문이 열리며 두 명의 여종이 밖으로 나오자 장천은 그중에 한 사람을 잡고 물었다.

"말 좀 묻겠다."

"예."

본단의 무사 복장을 하고 있는지라 여종은 고개를 숙이며 대답했다.

"혹시 하미리 소저가 지금 어디 계신지 알고 싶은데……."

"아가씨께선 오전에 일이 있어 나가셨습니다."

"그런가? 고맙다."

그녀가 나갔다는 말에 장천은 은영영의 손을 끌고 잽싸게 저택의 벽을 따라 돌아갔다.

그가 도착한 곳은 하가장의 담이 있는 깊숙한 골목길이었다. 영영은 혹시 장천이 나쁜 짓을 하려는 것이 아닐까 하는 생각에 약간 떨렸으나 장천은 남자 같지도 않게 연약한 여인에게 손댈 생각도 하지 않고 담벼락으로 뛰어올랐다.

"뭐 해?"

"휴~"

장소 좋고 시간도 좋은데 그냥 지나치는 장천이었으니 영영은 의미 모를 한숨을 쉬며 그를 따라 담을 넘었다.

그녀를 데리고 간 곳은 어제 왔었던 여종들이 머무는 처소였는데 한참을 찾아보던 장천은 애석하게도 그녀가 없다는 것을 알 수 있었다.

"없네?"

"참나, 신분이 낮다는 것이 여종이었단 말이야?"

"응."

"절대 불가해."

"왜?"

"신분도 신분이려니와 만약 이어졌다고 해도 우리 오빠가 하미리 같은 여우의 종을 받아들였다가는 평생 무시당하며 살 거 아냐."

"칫!"

단호하게 거절하는 은영영을 보며 포기해야겠다고 생각하고 있는데 그때 여종 한 사람이 그를 보고는 급하게 달려왔다.

"저기……."

"응?"

자신을 부르는 소리에 고개를 돌려 보자 바로 어제의 그 소령이라는 여종이었다.

"무슨 일인지요?"

"아!"

장천의 목소리를 들은 소령은 얼굴은 같으나 어제 만났던 여인이 아닌지라 크게 놀라 고개를 숙이며 말했다.

"죄송합니다. 어제 찾아오신 분인 줄 알고… 실례를……."

"아! 어제 본인의 여동생이 이곳으로 찾아왔다 들었습니다."

"그러시군요."

장천의 말에 그녀는 크게 안심하는 듯한 표정을 지으며 품에서 무명으로 고이 싼 물건을 꺼내어 그에게 건네주었다.

"이건?"

"어제 무사님의 여동생 분에게 받은 금원보입니다. 천녀로선 그렇게 큰돈을 받을 수 없기에 돌려 드리는 것입니다."

"휴~ 동생이 준 것인지라 본인으로선……."

"…그렇다면 밖에 나가시거든 그 금원보를 금천사의 주지 스님께 건네주실 수 없으십니까?"

"금천사?"

"예, 소녀가 이곳으로 오기 전에 잠시 지내던 절입니다."

"음……."

장천은 금천사라는 절이 그녀가 고아로 있을 때 머물던 곳이라는 것을 알고 마음 씀씀이에 탄복하지 않을 수 없었다. 그런데 그때 은영영이 그녀에게 다가가서는 갑자기 몸의 이곳저곳을 만지기 시작했다.

"아!"

소령은 크게 놀라 뒤로 물러서려 했지만 무공을 익힌 은영영의 손을 벗어날 수가 없었다.

"음… 얼굴도 괜찮고 무공을 익히지 않은 몸인데도 기혈이 쉬이 유통되는 것이 자질도 괜찮은 것 같고… 이름이 무엇이냐?"

"소, 소령이라고 합니다."

"조만간 연락이 있을 것이니 준비하고 있도록 하거라."

"무슨 말씀이신지……?"

"때가 되면 알 것이다."

그 말과 함께 은영영은 당당하게 돌아서더니 장천의 손을 잡고 잽싸게 담을 넘어 벗어났다.

"뭐 했던 거야?"

"네가 눈독을 들이기에 조금 자세히 보니 얼굴도 꽤 괜찮고 마르긴 했지만 다부져 보이길래 한번 살펴본 거야."

"그래?"

장천은 은영영에게 무슨 생각이 있을 것이란 생각에 더 이상 물어보지 않고 그녀가 하는 대로 따르기로 결심했다.

은영영의 생각은 얼마 되지 않아 밝혀졌다.

"무공 수련을 시킨다고?"

"응, 본 교는 믿음과 자질만 있다면 그 신분이 천하다고 해도 받아들이니까 천한 하층민들 사이에 본 교가 크게 퍼지고 있는 거지."

"음……."

은영영이 하는 행동을 보며 은조상은 그녀의 생각을 짐작하고 장천에게 이야기해 주었다.

"이번 무공 수련을 담당하는 사람이 우리 형이야. 물론 이 무공 수련을 받으려면 자신이 직접 신청해야 하지만 교의 간부들에게 추천받은 사람은 반드시 수련을 받아야 하지."

그의 짐작은 틀리지 않는 듯 오 일 후 은 장로님의 추천장을 받은 소령은 무공 수련을 받기 위해 나오게 되었다.

그녀가 수련을 받는 곳은 화무관(火武館)이란 곳으로 보통은 교의 삼류급 인물들이 무공을 수련하는 곳이었다. 은석영의 실력은 본단에서 황화급 정도였기에 이번 화무관의 사범 직위를 맡게 된 것이다.

장천 일행의 직급은 금선곡과 함께 특별 선발을 통했기에 본산의 일반 무사보다 한 단계가 높은 적무화급의 직위를 가지고 있었다.

이런 이유로 은조상은 자신의 아버지에게 말해 형제들 모두 화무관의 보조 사범 직위를 맡을 수 있었다.

화무관에 온 사람들의 수는 이백여 명 정도 되었는데 일주일 정도 훈련으로 얼마나 실력이 늘까 하는 의문도 들었지만 이곳에선 그저 실전 무학의 기초 훈련만 받을 뿐이었다.

일반 문교에 속한 사람일지라도 홍련교에선 내공심법을 익히는 것을 허락하고 있었기에 다른 사람들은 모두 홍화심법이라는 내공심법을 어렸을 때부터 계속해 오고 있었다.

내공심법 자체가 몸을 튼튼하게 하고 마음을 안정시키는 효과가 있는지라 무공에 관심이 없는 사람도 익히기를 꺼려 하지 않고 본단에 있는 사람들은 그 부모들이 의무적으로 익히게 하고 있었다.

하지만 애석하게도 고아인데다가 제대로 된 대접을 받지 못했던 소령은 홍화심법을 익히지 못한 상태였고 다른 사람들이 사범들의 지시를 받으며 하는 모습을 보면서도 따라하지 못하고 있었다.

내공심법을 익힌 사람과 내공심법을 익히지 못한 사람의 동작 차이는 생각보다 크기 때문이었다.

기초 검법 수련이라고는 하지만 반드시 내공이 필요한 부분이 있었다.

보조 사범들의 일은 동작을 따라하지 못하는 사람에게 가서 잘못된

부분을 지적하는 일이었기에 장천은 그녀의 곁으로 갈 수 있었다.

"아!"

"뭐 하는 거야! 빨리 사범님의 지시를 따라하라고!"

그녀는 장천이 다가오자 조금 안심하는 표정을 지었지만 장천은 냉혹한 목소리로 그녀에게 소리 지르며 다그쳤다.

"하지만……."

"홍화심법을 익히지 못했다는 말이냐?"

"…예."

"넌 일주일 만에 하나의 검법을 완성할 수 있다고 생각하느냐?"

"예?"

"화무관의 목적은 하나의 검법을 완성하는 데 있는 것이 아니라 무사로 성장할 수 있느냐를 보는 것이다. 홍화심법을 익히고 안 익히고를 떠나 네가 최선을 다하며 정확한 검로를 펼칠 수 있게 노력한다면 그것으로 족하다는 것이다!"

"아!"

그 말에 소령은 크게 느끼는 바가 있어 장천을 향해 고개 숙인 후 사범이 지시하는 대로 검을 휘두르기 시작하니 아까와 같은 모습은 보이지 않았다.

약간의 자질도 있거니와 자신을 누르고 있는 압박감도 해소한 상태였기 때문이다.

멀리서 장천이 하는 말을 듣고 있던 은석영은 고개를 끄덕이며 그가 잘못된 점을 지적한 소녀를 보았다. 방금 전과는 달리 검을 휘두름에 자신감이 들어 있었고 내공을 익히지 않았음에도 검로가 안정되어 있는 것이 꽤 괜찮은 아이였다.

'자질은 괜찮군. 두형이란 아이가 신경 쓰고 있을 정도면 가능성이 있다는 것인가?'

화무관 사범의 일은 검법을 사람들에게 익히게 한 후 그 모습을 살펴며 본격적인 무사 수업을 받을 사람을 선별하는 것이었다.

은석영은 장천이 해왔던 여러 가지 일을 알고 있었기에 그가 선택한 아이라면 별문제가 없으리라는 생각이 들었다.

일주일간의 화무관 수련이 끝났을 때 장천은 크게 안심할 수 있었다.

짧은 시일이었지만 그동안 소령은 최선을 다하는 모습을 보였고 다른 이들에 비해 수련의 속도가 상당히 빨랐기 때문에 충분히 합격할 것이라 생각했다.

물론 이것은 장천을 비롯한 의형제들이 번갈아가며 그녀에게 다가가 틀린 점을 지적해 주고 결점을 보완하는 데 열의를 다했기 때문에 가능한 일이기도 했다.

모든 일정이 끝나자 화무관에서 수련을 담당했던 사람들이 모였다.

"이번 화무관 수련에선 그다지 쓸 만한 아이들이 없었던 것 같군요."

"음……."

이백여 명이 넘는 사람들 중에서 선출된 인재는 겨우 다섯 명에 지나지 않았는데 매년 한 번씩 있는 이 화무관 수련은 보통 열 명 정도가 선발되었기 때문이다.

장천은 조심스럽게 은석영 곁으로 게걸음으로 접근해 명단을 훑어보곤 안심하였다.

'다행이다.'

은석영의 명단에는 소령의 이름이 적혀 있었다.

"자네를 한번 믿어보려 하네."

"으혜… 혜……."

귀곡성의 목소리가 들려오자 장천은 그 순간 온몸의 힘이 빠져 버리는 듯한 충격을 받고 그 자리에서 혼절할 뻔했지만 정신을 가다듬으며 말했다.

"예? 저, 저를 믿어보다니요?"

"자네와 형제들이 추천하고 있는 아이를 이번에 내가 맡으려고 하지."

추천이라고 하는 것은 조금 무리가 있는 말이기는 하지만 일단은 은석영이 그녀를 맡는다면 앞으로 마주칠 기회가 많기 때문에 조금 안심이 갔다. 하지만 의외로 다른 사람들은 불쌍하다는 표정을 짓고 있었다.

'무슨 일이지?'

다른 사범들의 표정을 보며 아무래도 자신이 모르는 것이 있을 것이란 생각에 장천은 회의가 끝난 후 은조상을 보며 물어보았다.

"휴, 당연한 일이지."

"당연한 일이라니?"

"너, 형 목소리 들어봤지?"

"응."

"느낌이 어땠어?"

은조상의 말에 장천은 한참을 생각하다가 말했다.

"뭐랄까, 저승의 나찰이 악을 지르는 것 같다고나 할까? 듣는 순간 혼이 빠져나가지 않는 것이 이상할 정도야."

"무공을 익힌 네가 그 정도인데 하물며 이제 무공을 막 배우기 시작하는 사람은 어떻겠니?."

"아!"

그제야 다른 사범들이 불쌍하다는 표정을 지은 이유를 알 수 있을 것 같았다.

자고로 모든 일이 다 그렇지만 무공은 심신이 안정된 상태에서 익혀야 느는 법인데 가르치는 사람이 석영이라면 그 목소리를 들을 때마다 공포에 빠지니 무공을 제대로 익힐 수 있겠는가?

"형의 지도를 받아 무공을 제대로 익힌 사람은 지금까지 단 한 명도 없어."

"음… 그런데 말이야, 은 형님이 가르치는 사람들이 무공을 제대로 익히지 못하는데 왜 계속 사범으로 뽑히는 거지?"

"교주님의 지시야."

"교주님의 지시?"

"응, 형의 목소리를 들으며 지도를 받는 이들은 거의 대부분이 무공 연마에 실패하기는 하지만 만약 그 목소리를 견디고 무공을 익히게 된 사람이라면 어떨까?"

"그렇구나. 웬만한 정신력으로도 견디지 못하는 목소리를 듣고 무공을 익히는 자라면 교에서 중용할 수 있는 고수가 될 자격이 있겠지."

은조상의 말에 고개를 끄덕이긴 했지만 연약한 소령을 생각한다면 조금 불쌍한 생각도 들었다.

이틀 후 화무관 수련에서 뽑힌 사람들은 개인적으로 사범을 통해 일 년간 특별 수련을 받게 되는 화무이관(火武二館)으로 모였고 그곳에서 각 사범들에 의해 배치받았다.

장천 등은 보조 사범의 임무를 맡아 소령이 은석영에게 다가가는 모습을 볼 수 있었다.

"소령이라고 합니다. 잘 부탁드립니다."

"……."

소령의 말에 석영은 간단하게 고개를 끄덕이고는 종이 쪽지를 건네주고 돌아서니 그녀는 자신이 무언가 잘못한 것이 아닌지 불안하지 않을 수 없었다.

"뭐 하는 거야?"

"아, 무사님!"

"편하게 두형이라고 부르라고."

"예, 두 무사님."

"쳇."

끝까지 무사님이란 말을 빼먹지 않는 소령을 보며 혀를 찬 장천은 그녀의 손에 있는 종이를 보고는 고개를 저으며 말했다.

"역시 이름하고 기초 수련 방법이 적혀 있군."

"일단은 목소리 때문에 수련을 방해하고 싶지 않은 모양인 것 같아."

장천의 말에 은조상은 그 이유를 짐작하며 말했다.

"무슨 말씀이신지?"

소령은 두 사람의 말에 영문을 몰라 물어보았는데 한숨을 내쉰 장천은 그녀에게 사실대로 이야기해 주기로 결심했다.

"잘 들어. 이번에 너를 담당하는 사범님은 옆에 있는 은 사범의 형님이시다."

"아!"

"하지만 형님에게는 큰 문제가 있는데 목소리가 조금 이상하다는 거야."

"예? 목소리요?"

"그래, 어렸을 때 무공을 잘못 익혀 목소리가 조금 이상해졌지."

단지 목소리가 이상하다는 이유로 말을 안 한다는 말에 이상하게 생각되는 소령이었는데 은조상은 그것을 눈치 채고는 한숨과 함께 살기를 일으키며 소리쳤다.

"죽고 싶은가?!"

"까아악!!"

은조상의 살기 가득한 목소리에 그녀는 크게 놀라 뒤로 물러나더니 이윽고 눈물까지 찔끔거리기 시작했기에 장천 등은 한숨이 나왔다.

"그런 것으로 울면 어떻게 하겠다는 거야?"

"하지만……."

"아무튼 내 의형제가 했던 것 그 이상으로 형님의 목소리는 무섭단 말이야."

"그, 그렇군요."

"이제부터 어떻게 할지는 네가 결정하는 거야. 사범님과의 대화없이 무공을 익히는 것은 조금 힘든 일이기는 하지만 못 익히는 것은 아니니 그렇게 무언의 무공 수련을 받아도 상관없다."

그렇게 말한 장천은 손을 흔들며 그녀의 곁에서 나왔다.

"휴~"

"어떻게 하지? 살기가 실린 목소리에도 눈물을 흘리는 아이잖아."

"그러니 한숨만 나오지."

앞으로의 일이 걱정되는 이들이었다.

한편 장천 일행과 떨어진 소령은 고민에 빠질 수밖에 없었다.

'어떻게 하지?'

장천이 가르쳐 준 사범님의 비밀은 너무나 충격적이기 때문이다.

은조상이 약간 보여준 것으로도 무서웠는데 그것보다 더 무섭다니 그녀로선 어떻게 해야 할지 감이 잡히지 않았다. 하지만 소령은 마음을 굳게 먹었다.

절대로 그분의 목소리를 들어도 눈물을 흘리지 않기로 말이다.

화무이관의 숙소에서 하룻밤을 지낸 소령은 다음날 본격적인 수련으로 들어갔다.

아니나 다를까, 다음날 수련에도 은석영은 아무 말도 하지 않고 수련을 시키고 있었기에 소령으로선 답답한 마음이 들었다.

'얼마나 목소리가 무섭기에 그러실까…….'

착한 소령은 은석영이 조금 안쓰럽게 여겨졌다. 하지만 자신보다 신분이 높은 사람일 뿐 아니라 무공을 가르쳐 주는 스승이기에 말은 못하고 수업만 받을 뿐이었다.

은석영은 그녀에게 직접 적은 수련에 필요한 글을 건네주었는데 애석하게도 그녀는 어렸을 적 약간의 글을 배우기는 했지만 겨우 천자문 정도를 약간 아는 것에 불과했기 때문에 내공심법을 설명하는 난해한 문장을 해석하는 것은 어려울 수밖에 없었다.

"저… 이런 어려운 글을 잘 모르는데……."

"……."

그녀의 말에 은석영은 당혹스러워졌다. 설마 본단에서 일하고 있는 아이가 이 정도의 글도 모르리라고는 생각지도 못했기 때문이다.

본단에서 일하는 아이는 나이가 어느 정도 이를 때까지 기본적인 교의 교리와 함께 성전을 읽을 수 있을 정도로 글을 배우는 것이 보통이 었기 때문이다.

그녀의 말대로라면 성전을 배우기 위한 서당도 제대로 다니지 않았 다는 것을 뜻하기 때문에 그로선 하가장에서 얼마나 홀대했으면 이 정 도일까 하는 생각이 들었다.

"죄송합니다. 제가 워낙 무식해서… 주인마님께서 서당에 보내주셨 어도 제대로……."

사실 소령이 글을 제대로 배우지 못한 것은 무식하기 때문이 아니었 다.

하가장의 장주인 하 원로는 소령을 데리고 오면서 집안에 선비를 불 러 공부를 시켰기 때문이다. 하지만 그 공부를 자신의 손녀인 하미리 와 같이 시켰던 것이 화근이었다.

소령은 영특하여 천자문을 배울 때 하미리보다 더 빠른 속도로 글을 익혔다.

그에 비해 하미리의 자질은 그렇게 뛰어나지 못해 자연히 소령에 비 해 그 글공부가 뒤처졌고 이런 것이 하미리로 하여금 그녀를 미워하게 만든 것이었다.

하미리는 소령을 괴롭히기 시작했고 이 때문에 그녀는 글공부를 제 대로 할 수 없게 되었으니 그녀가 알고 있는 글이 천자문 수준에 불과 한 것이었다.

이런 심술은 글공부를 못하게 된 후에도 계속 이어졌고, 그후로 몇 년이 흐른 뒤 소령은 어렸을 때 배운 천자문까지도 대부분은 잊어버리 게 되었다.

할 수 없다는 표정을 지은 그는 천천히 앞으로 나아가 그녀의 자세를 바로잡아 주기 시작했는데 이십 대의 청년이 과년한 처녀의 몸을 어루만지니 소령의 얼굴은 크게 붉어지고 말았다.

하지만 그런 것에도 아랑곳하지 않은 그는 아무 표정 없는 얼굴로 그녀의 자세를 바로잡아 주며 그녀의 앞에 앉아 자신을 보라는 손짓을 했다.

"예."

은석영의 몸짓을 알아들은 소령이 고개를 끄덕이자 그는 소령이 알기 쉽게 운기조식의 기본적인 모습을 보여주기 시작했다.

두세 번의 반복이 끝나자 소령은 어느 정도 호흡법에 대해서 알 수 있었다.

하지만 운기조식이란 것은 호흡으로 흡입한 자연의 기를 맥을 따라 보내어 단전에 모아야 했으니 가르치는 사람이 당사자에게 중요한 점을 설명해 주는 것이 필요했다.

이 때문에 글로서 대체하려고 했던 은석영은 당황스러웠다.

'말을 해야만 하는가…….'

하지만 지금까지 자신이 가르쳐 준 사람이 대부분 말을 듣는 순간 심신을 안정시키지 못하고 무공 수련에 실패한 것을 잘 아는 그였으니 눈앞에 있는 소녀마저 그런 과정을 겪게 하고 싶지 않았다.

그러나 글도 모르는 상황에서 말을 하지 않는다면 도저히 방법이 없었기에 굳게 마음먹고 조심스럽게 입을 열었다.

"…나, 나의 말을 견딜 수 있겠는가?"

"꺄악!!"

목소리가 들리는 순간 소령이 크게 당황해 뒤로 물러서니 목소리의 위압감이 얼마나 큰 것인가를 말해 주고 있었다.

'이런.'

단 한마디만을 뱉었을 뿐인데도 아이가 자지러질 것 같은 반응을 보이자 석영은 크게 실망한 표정을 지었고 그 표정에 소령은 가슴이 아팠다.

언제나 마음속으로 아픔만을 가졌을 뿐 다른 이에게 그것을 표출하여 걱정시키지 않으려 했던 그녀였는데 지금 이 순간 은석영에게 너무나 못된 짓을 했다는 생각이 들었기 때문이다.

"아……."

소령은 그에게 무슨 말이라도 하고 싶었지만 도저히 입에서 나오지를 않자 자신도 모르게 두 눈에서 눈물이 흘렀고 그것을 본 은석영은 자리에서 일어나 조용히 걸음을 옮겨 수련장에서 사라져 갔다.

"흑흑……."

자신에게 실망했다 생각한 소령이 더욱 크게 눈물을 터뜨리자 그 순간 그는 뒤로 돌아서서 소리쳤다.

"무공을 익히려고 하는 이가 겨우 이 정도 목소리에 눈물까지 흘리면 어떡하겠는가?"

"끼아아악!! 흑흑……."

냉혹한 은석영의 목소리에 귀기가 사방으로 흘러 주변에서 수련하고 있던 다른 이들 역시 크게 놀라며 시선을 돌릴 수밖에 없었다.

"은 소협, 무슨 일인가?"

"은 소협, 제발 자네의 목소리 좀 안 들리도록 해주게!"

다른 이들은 은석영의 목소리에 자신이 가르치고 있는 사람이 수련을 방해당하자 호통 치기 시작했고 그 탓에 은석영은 더 이상 아무 말도 하지 않고 조용히 건물 안으로 모습을 감추었다. 한참을 울던 소령에게 한 남자가 다가왔는데 그는 은석영과 같은 사범 중 한 사람이었다.

"무서웠을 테지만 힘을 내도록 하게."

"흑흑흑… 아니에요……."

"아니라니?"

"제가 울고 있는 것은 은 사범님의 목소리가 어떤 것인지 알았으면서도 견디지 못하여 그분의 마음을 아프게 한 것이 죄송해서……."

"……."

그녀의 말에 사범은 조금 놀란 얼굴로 쳐다볼 수밖에 없었다.

'착한 아이로군.'

첫 번째 수련 날 소령은 다른 사범에 의해 간단한 운기조식하는 자세와 혈도를 배울 수 있었고, 그렇게 밤이 찾아왔다.

은석영의 방에선 아침에 울고 있는 그녀를 달래던 사범이 와 그와 이야기를 나누고 있었다.

"그렇게 수련생을 버려두고 가면 어떻게 하는가?"

"역시 나로서는 그녀를 수련시킬 수 없나 보네."

은석영은 조금 기가 꺾인 목소리로 이야기를 하고 있었는데 다행히도 상대방 사범은 그의 귀기 어린 목소리를 견디어내고 있었다.

아무리 귀곡성의 목소리라고 해도 그것을 견딜 정도의 내공으로 몸을 보호하면 견딜 수 있는 것이다. 물론 은석영이 내공을 높인 상태로 귀곡성을 터뜨린다면 견딜 수 없겠지만 말이다.

"그래도 그 아이는 조금 다른 것 같네."

"다르다니?"

"내가 말해 주긴 조금 그렇긴 한데 말이야……."

그 순간 방문을 두드리는 소리가 들리자 은석영과 이야기하던 사범은 자리에서 일어나며 말했다.

"드디어 왔군."

"누군데 그러나?"

"글쎄……."

그 말과 함께 그는 문을 열어주었는데 문을 두드린 사람의 얼굴을 본 은석영은 크게 놀라지 않을 수 없었다. 그녀는 바로 자신이 담당하는 소령이란 아이였다.

"……."

소령이 있었기에 은석영은 무슨 말을 하고 싶어도 할 수가 없었는데 그녀에게 문을 열어준 사범은 미소 지으며 말했다.

"난 이만 가보겠네."

"……."

손을 들어 소리치고 싶었지만 차마 말을 못 뱉었기에 사범은 밖으로 나가 버렸고 방에는 소령과 은석영만이 남게 되었다.

긴 침묵 끝에 소령이 조심스럽게 말을 꺼냈다.

"사, 사범님……."

"……."

"오, 오늘 아침 일… 정말 죄송해요. 흑흑."

소령은 말을 잇지 못하고 눈물을 흘렸으나 이내 다시 말을 이었다.

"다, 다시 한 번 저에게 말을 해주실 수 없나요?"

그 순간 석영은 크게 놀랄 수밖에 없었다. 지금까지 자신의 목소리를 들은 사람은 다시 그의 목소리가 들리는 것을 두려워했는데 소령은 어이없게도 다시 한 번 말을 해달라 부탁하고 있기 때문이었다.

"다, 단순히 무공을 배우고 싶어서… 그런 것은 아니에요. 사범님의 말씀을 듣고… 놀란 천녀(賤女)가 너무나 죄송스럽고… 흑흑흑……."

더 이상 말을 잇지 못한 그녀는 흐느꼈다. 목소리만 조금 무섭지 다른 것은 자상하기 그지없는 석영으로선 그런 그녀가 안쓰럽게 느껴졌다.

"…나의 말을 견딜 수 있겠느냐?"

은석영은 조심스럽게 말을 이었는데 그 순간 소령의 어깨는 크게 흔들렸다.

하지만 자신의 행동에 은석영이 크게 마음을 다칠 수도 있다는 생각에 꿋꿋하게 몸을 지탱시켰고 소령은 고개를 끄덕이는 걸로 대신했다.

물론 이것도 상당한 용기와 정신력이 필요했는데 그녀의 마음 씀씀이에 은석영은 크게 감동하였다.

그렇게 해서 다음날부터 두 사람의 무공 수련은 다시 시작되었다.

내공이 낮은 소령은 은석영의 목소리를 쉽게 견딜 수 없었지만 그를 실망시키지 않기 위해 노력하니 정신력의 향상으로 무공은 빠르게 늘어갔고 은석영은 그런 그녀가 마음에 들었다.

그런 시간이 일주일 정도가 지나자 석영의 마음은 어느덧 사랑하는 마음으로 변하게 되었지만 그로서는 차마 그녀에게 그 말을 전할 수가 없었다.

두 사람의 무공 수련이 쉽게 이루어지는 것을 보며 장천은 만족할 만한 결과를 기다리고 있었는데 화무이관에서 잠시 중간 결과를 알아보던 중 은석영의 표정이 좋지 않은 것을 볼 수 있었다.

"무슨 고민이라도 있나?"

여러 가지를 짐작하며 그의 표정 변화를 추리해 보는 장천이었지만 은석영이 워낙 말이 없는 위인인지라 좀처럼 그 이유를 알 수 없었다. 장천과 같이 온 은조상 역시 이상한 생각이 드는지라 그에게 물어보기로 했다.

"두 형, 내가 한번 형에게 물어보도록 하지."

"심장 마비 걸리지 않게 조심하고."

"응."

귀곡성을 듣기 전에 주의 사항을 말해 주는 것을 잊지 않은 장천의 말에 고개를 끄덕인 은조상은 조심스럽게 붉게 물드는 석양을 보며 멋드러지게 퉁소를 불고 있는 형 곁으로 다가갔다.

삐리리!

구슬픈 퉁소 소리가 서산으로 지는 석양의 빛과 함께 울리는 이것이 바로 외로운 남자의 낭만이 아니고 무엇이겠는가?

"아! 남아의 길이 이렇듯 힘들단 말인가?"

잠시 헛소리를 하며 분위기 잡은 은조상의 기척에 동생이 왔다는 것을 안 석영은 퉁소를 내려놓으며 말했다.

"왔느냐?"

"헉… 예."

역시 갑자기 듣는 귀곡성은 심장 마비의 위험이 크긴 했다. 은조상은 경직되는 심장을 잠시 다독인 후 물었다.

"형님, 무슨 고민이 있으신 듯 보입니다."

"……"

조상은 걱정 어린 표정을 지으며 조심스럽게 말을 꺼냈는데 은석영은 그의 말에 잠시 미소만 보일 뿐 다시 서글픈 음색의 퉁소를 석양에 흘려보낼 뿐이었다.

형님에게 이야기를 듣지 못한 은조상은 할 수 없다는 표정을 짓고 뒤로 돌아서 가는데 그때 누군가 그의 등을 치며 말했다.

"석영 형제의 동생인 조상이로구나."

"아! 소 형님 아니십니까?"

은조상의 등을 치며 부른 사람은 바로 석영의 의형제인 소철(蘇哲)이었다.

동생인 자신보다 더 오랜 시간 형과 함께 지낸 사람이 바로 소철이라는 것을 아는 은조상은 그러면 무엇인가를 알고 있으리라는 생각에 한숨을 쉬며 말했다.

"휴~"

"왜 그러느냐?"

"오늘 우연히 이곳에 오니 저희 형님께서 의기소침한 모습이 보여 안타까워 그렇습니다."

그 말에 소철은 통소를 불고 있는 은석영의 뒷모습을 보고서 무엇인가를 알겠다는 듯이 고개를 끄덕이며 말했다.

"역시나……."

"소 형님께서는 무엇인가 알고 계시는지요?"

무엇인가를 알고 있다는 투로 말을 뱉고 있었기에 은조상은 황급히 그에게 그 이유를 물어보았다.

"아무래도 사랑에 빠진 것 같으이."

"사랑이라면?"

"녀석이 과거에 말하기를 자신의 목소리가 이렇게 된 것을 부끄러워하지 않는다 했으나 그것으로 인해 사람과의 만남이 어렵게 된 것은 안타깝다 하였지."

"예."

"성혼할 나이가 됐음에도 그러지 못함은 모두 목소리 때문인지라 술자리에서 한번 물어보았는데 외부로 드러나는 목소리가 아닌 자신의 마음의 목소리를 이해할 수 있는 여인이 오기를 기다리고 있다 하더군."

"아! 그렇다면……?"

"너의 짐작대로다. 아마 이번에 들어온 소령이란 아이가 유일하게 외적인 목소리가 아닌 그의 내면의 목소리를 들어준 사람이니 어찌 마음이 가지 않을 수 있겠느냐?"

그의 말에 은조상은 크게 반가워하며 말했다.

"그렇다면 잘된 일이 아닙니까?"

"하지만 그 때문에 고민하고 있는 것이지."

"예?"

"솔직히 그의 귀곡성에 가까운 청혼을 받아들일 수 있는 여인이 몇 명이나 되겠는가? 물론 소령이가 화무이관에 들어오기 전에는 종의 신분이라 강제로 안을 수도 있겠지만 그가 진정으로 원하는 것은 자신을 사랑해 줄 수 있는 여인이지 강제로 안을 여인이 아니지 않는가?"

"그렇군요."

그제야 형님의 고민을 이해할 수 있는 은조상이었다.

정말 사랑하는 여인이기에 아무것도 못하고 속만 앓고 있는 것이다.

자신으로선 이 일을 해결할 방도가 없는지라 은조상은 급히 장천에게 가서 소철에게 들은 이야기를 해주었다.

"음, 일은 잘 풀린 편이군. 좋아, 가자고."

"가자니? 어딜?"

"석영 형님의 마음을 알았으니 소령의 마음을 알아야 하지 않겠냐?"

"그렇군."

장천은 그녀의 마음을 알기 위해 소령이 머물고 있는 숙소를 향해 걸음을 옮겼다. 그녀의 숙소는 불이 밝혀져 있었기에 장천은 조심스럽게 그녀의 방문을 두드렸다.

"소령 소저, 잠시 만나뵐 수 있겠소이까?"

"뉘신지요."

"두형이라 하오."

"아!"

이미 장천과는 안면이 있었던지라 그녀는 급히 문을 열어 공손히 고개를 숙이며 말했다.

"누추하지만 안으로 들어오세요."

"고맙소."

장천과 은조상이 방 안으로 들어와 자리에 앉자 소령은 조심스럽게 그들의 앞에 차를 따라주었다. 소령의 다소곳한 모습에 은조상은 형의 배필로 전혀 손색이 없다는 생각이 들었지만 무엇인가 조금 이상한 생각이 들었다.

'설마……?'

차를 따라주며 공손히 고개를 숙이고 있는 그녀의 볼은 붉게 물들어 있었는데 간혹 가다 그녀의 시선이 장천을 향하는지라 일이 크게 잘못됐음을 알 수 있었다.

하지만 장천은 그러한 것을 전혀 눈치 채지 못하고 있었다. 남의 밥그릇은 챙겨도 제 밥그릇 깨지는 것은 보지 못하는 것과 같은 놈인 것이다.

"무공을 익히는 것이 힘들지는 않은지요?"

"두 대협께서 배려해 주시니 열심히 배우고 있습니다."

"배려라니요? 하하하!"

겸손한 말을 내뱉으며 웃고 있는 장천을 본 소령은 몸 둘 바를 몰라 했고 은조상은 더욱 가슴이 답답해 왔다.

"혹시… 혼처를 알아보신 곳이 있으신지요?"

"천녀같이 신분이 낮은 여인을 누가 받아주겠습니까?"

그의 말에 소령은 종이라는 그녀의 신분 때문에 의기소침해 있는 것 같았다.

"그렇다면 다행이군요. 내 소저를 위하여 혼처를 하나 주선하고 싶은데 마음이 있으신지요?"

"아!"

장천의 말에 소령은 크게 놀란 표정을 짓고 그를 쳐다보았는데 그 눈빛은 놀랐다기보다는 무엇인가 남아의 가슴을 울리는 안타까움이 배어 있었기에 은조상은 소령이 장천을 마음에 두고 있음을 알 수 있었다.

"저… 천녀는 아직… 그런 생각을 해본 적이 없습니다……."

"아!"

그녀의 말에 장천은 아직 그녀가 남자에 관심이 없다고 생각할 수밖에 없었는데 그때 은조상의 전음이 들려왔다.

[두 형!]

[뭐야?]

[아무래도 소령 소저가 너를 좋아하는 것 같아.]

[응?]

은조상의 전음에 장천이 크게 놀라 그녀의 눈을 쳐다보자 자신과 눈이 마주친 그녀가 크게 놀라는 듯하며 붉어진 얼굴을 하는 것이 바로 사랑에 빠진 여인의 얼굴인지라 크게 탄식하고 말았다.

"아! 이 얼마나 얄궂은 하늘의 장난이란 말인가?"

"예?"

속으로 내뱉어야 할 말을 밖으로 하고 만 장천은 자신의 실수를 깨닫고 손을 내저으며 말했다.

"아, 아닙니다."

자신의 혼잣말에 반응하는 그녀를 보며 손을 내저은 장천은 다시 생각에 잠겼다.

'이 일을 어찌 처리해야 한단 말인가?'

옆을 돌아보니 은조상은 어떻게든 처리해 달라는 간절한 눈망울을 굴리고 있었으니 장천은 때가 아니라 생각하며 일단은 이대로 물러나기로 했다.

"그렇다면 전 이만 물러가도록 하겠습니다."

"…예……."

장천이 간다는 말을 하자 소령은 아쉬운 표정을 지었다.

간단히 인사를 한 장천은 뒤로 돌아서 빠른 속도로 그녀의 방을 빠져 나왔다.

"두형, 어찌한단 말인가?"

"아무래도 연극을 벌여야 할 것 같다."

"응? 웬 연극?"

갑작스런 그의 말에 은조상은 어리둥절한 표정을 지었다.

삼 일 후 소령은 장천 등에게 초대받게 되어 홍련교 총단의 주점으로 가게 되었는데 이 모임에는 은석영과 소철 역시 초대되었다.

소령은 본단에서도 높은 가문의 사람들이 자신을 초대하자 기뻐할 수밖에 없었는데 그것은 주점에 도착하기 전까지의 상황이었다.

애석하게도 그들과 소령은 지금까지 살아왔던 세월이 너무나 달랐던 것이다.

장천은 쌍도문에서 귀한 도련님 대접을 받고 있는 사람이었고 동방명언 역시 부잣집 도련님, 데비드는 자신이 살고 있던 곳에서 이름있는 기사 가문의 셋째 아들인지라 종으로 들어온 소령과는 비교도 안 되는 집안에서 교육을 받았다.

소령이 알지도 못하는 그저 귀한 집 도련님들이나 하는 이야기를 하는 이들이었으니 그녀가 소외감을 느끼는 것은 당연했다.

"하하하! 정말 그런 물건을 일만 냥에 샀단 말인가?"

"그 정도야 싸게 먹힌 것이 아니겠는가?"

"무슨 소리, 나라면 족히 구천 냥 정도에 그 물건을 살 수 있었을 것이네."

"응? 정말인가?"

은조상과 홍겨운 얼굴로 이야기를 나누다 믿지 못하겠다는 은조상의 말에 장천은 내기를 제안했다.

"그렇다면 은 백 냥으로 내기를 하지."

"좋아. 아! 우리만 할 것이 아니라 다른 이들도 같이 내기를 하는 것이 좋겠네. 형님은 어떻습니까?"

은조상이 자신 옆에 조용히 앉아 있는 은석영을 보며 넌지시 제안을 하자 장천 역시 다른 이들에게 제안하니 사람들은 주머니에서 백 냥짜리 은원보를 꺼내서 탁자 가운데에 올려놓기 시작했다.

하지만 여종인 소령이 그런 거금이 있을 턱이 없었는데 역시 눈치없는 데비드가 소령을 보며 물어보았다.

"오! 소령 소저 당신도 내기를 하려면 돈을 거시오. 설마 본단에 있는 사람이 그 정도 잔푼도 없지는 않겠지요?"

"아!"

"이런, 하긴 여종 출신인 그녀니 백 냥이라는 돈은 없을 법도 하겠군."

장천이 은 백 냥도 없냐는 식으로 은연중에 깔보는 듯한 목소리로 중얼거리자 소령은 고개를 숙일 뿐이었다.

본디 사람이란 비슷한 수준끼리 모여 사는 것이 보통이니 가난한 자들이 부자 동네에 살면 창피함을 느끼는 것처럼 소령 역시 이 지체 높은 사람들과 이야기하는 것에 소외감을 느낄 수밖에 없었다.

종으로의 삶이 힘들기는 했지만 후회할 정도는 아니었던 소령은 자신이 사모했던 장천이 깔보는 투로 이야기하자 서글플 수밖에 없었다.

그리고 역시나 자신은 이들과 함께할 수 없다는 생각에 눈물까지 맺히고 있었으니 그녀를 마음속으로 사모하고 있던 은석영은 그녀의 슬픔을 눈치 채고는 자리에서 벌떡 일어나 살기를 띠며 장천 등을 노려보기 시작했다.

"형님, 왜 그러십니까?"

장천은 갑작스러운 은석영의 행동에 당황한 모습을 보였고 은석영은 그런 그의 멱살을 잡고 음침한 목소리로 말했다.

"네 녀석이 이런 녀석인 줄은 몰랐구나!"

"윽! 무슨 말씀이십니까, 석영 형님?"

"되었다."

장천을 내던진 은석영이 말없이 주점을 나가자 소철이 혀를 차며 말했다.

"이거 단단히 화가 난 모양이로군. 평소에 화를 내지 않는 석영 아우가 저런 행동을 하니 말이야."

"저로선 영문을 모르겠습니다."

"나도 마찬가지일세."

은조상의 말에 소철 역시 그가 화를 내고 있는 이유를 모르겠다는 표정을 지었는데 한참을 생각에 잠긴 그는 옆에 있는 소령을 보며 말했다.

"소령 소저."

"예, 소 사범님."

"자네가 한번 석영에게 가보지 않겠는가?"

"알겠습니다."

소령은 현재의 자리에 앉아 있는 것이 조금 힘들었기 때문에 소철의 말에 고개를 끄덕이고는 은석영을 찾아 밖으로 나갔다.

소령이 나가자 장천은 자리에 털썩 주저앉아 한숨 쉬며 말했다.

"휴… 이거 석영 형님에게 완전히 미움을 사게 됐는걸?"

"그래도 어쩔 수 없잖아. 뭐, 나중에 진심을 말하면 지금의 행동을 알아줄 거야."

"그렇겠지?"

은조상은 석영에게 미움을 받은 장천을 위로하듯 말했다.

"그나저나 잘된 걸까?"

소철은 두 사람의 모습을 미소 지으며 보고 있다가 장천을 향해 물었다.

"글쎄요, 석영 형님이 침묵을 지킨다면 소령 소저로선 왜 형님이 화를 내며 밖으로 나갔는지 이유를 알 수 없을 테지만 단 한 마디만 한다면 그녀의 마음은 바로 형님에게 돌아설 것입니다."

"한 마디?"

"예, 바로 미안하다는 말이죠."

"응?"

사람들은 장천의 말에 궁금하지 않을 수 없었다.

"미안하다는 말을 하면 소령 소저의 마음이 돌아설 것이라니, 그게 무슨 말인가?"

"하하하! 별것 아닙니다. 일단은 저희가 한 연극은 그녀의 가슴속에 있는 약한 부분을 자극한 것에 지나지 않습니다. 그녀가 생각하기에 저희들은 자신과 비교한다면 크게 지체 높은 사람이니까요. 그 때문에 저희들이 한 행동과 말에 큰 소외감을 느꼈을 것입니다. 단 한 사람도 그녀의 마음을 알아주는 이가 없었으니까요."

"그렇게 행동하긴 했지."

"사람이란 자신을 알아주는 사람에게는 크게 호감을 느끼는 것이 인지상정입니다. 은 형님 또한 그녀보다 높은 지위에 속한 사람인데 우리들을 대신하여 그런 잘못을 했다는 것을 소령 소저에게 사과하게 된다면 첫째, 은 형님은 유일하게 그녀를 알아주는 사람이 되는 것이고, 둘째, 타인의 잘못을 모두 뒤집어쓰려는 행동은 곧 대인의 모습으로 비추어질 것이며, 셋째, 이성으로서 여인을 감싸주는 것이니 어찌 그녀가 감동하지 않겠습니까?"

"아!"

그제야 사람들은 장천이 주도한 이 연극에 대해 눈치 챌 수 있었다.

"그런데 형님이 아무 말씀도 안 하신다면 어떻게 되는가?"

은조상의 물음에 장천은 고개를 내저으며 말했다.

"말없이 한 사람을 위한다는 것은 그것을 상대방이 알게 되었을 시 크게 호감을 느끼게 되기는 하지만 그것을 알기까지는 시간이 걸리는 것이 사실입니다. 또 일이 뜻대로 풀리지 않으면 상대방에게 오히려 부담감으로 작용할 수도 있기 때문에 실패할 확률이 높아진다고 할 수 있지요."

"음… 일단은 한마디라도 그녀에게 말을 하는 것이 중요하다는 것 인가?"

"예, 무릇 기회란 것은 스스로 잡으려 하지 않는다면 놓치는 것이기 때문입니다."

"그렇군."

"저희가 지금 할 일은 하늘에게 비는 정도에 지나지 않으니 술이나 한잔하면서 빌어보도록 하지요."

"좋군. 자, 석영의 한마디 말을 위해 잔을 들도록 하세."

"예."

소철의 말에 다른 이들도 모두 석영의 성공을 위해 잔을 들었다.

한편 은석영을 찾아 밖으로 나간 소령은 한참을 돌아다니다가 문득 한곳이 생각나 그곳으로 걸음을 옮겼다.

소령이 도착한 장소는 바로 은석영이 가끔 하늘을 바라보며 퉁소를 부는 장소였다. 소령 역시 그의 퉁소 소리를 들은 적이 있었던지라 그곳이 그가 자주 머무는 곳임을 알고 있었다.

역시나 은석영은 자리에 앉아 퉁소를 불고 있었으니 잔잔한 퉁소음이 밤하늘의 은빛 별과 어우러지는 것이 아름답기 그지없어 소령은 뒤에 조용히 앉아 퉁소의 음색을 감상했다.

그렇게 반 시진이 가까운 시간이 흐르자 은석영은 천천히 퉁소를 내려놓고는 뒤로 돌아서서 땅에다 글씨를 썼다.

"아!"

무공을 익히고 난 후 밤눈이 밝아진 소령은 그가 쓴 글씨를 알아볼 수 있었는데 그것은 바로 장천이 원하고 있던 말이었다.

아우들의 결례를 용서해 주시구려.

"결례라니요?"

아무것도 아니라고 대답하는 소령이었지만 그만이 당시 자신의 서글픈 마음을 알아주었다는 생각에 고개를 숙였다.

그리고 그와의 일을 생각해 보니 말없이 무공을 가르쳐 주며 자신이 무서워할까 봐 하고 싶은 말도 하지 못하며 답답해하는 그의 얼굴을 보아왔던 것이 생각나 그도 자신과 같은 마음으로 살아왔다는 생각이 들었다.

"전… 천한… 계집인걸요."

하지만 자신의 눈앞에 있는 사람이 그들과 다를 바 없는 지체 높은 사람이라는 것을 알기 때문에 소령은 천한 계집이란 말을 할 수밖에 없었고 그 말을 듣는 순간 은석영은 자리에서 벌떡 일어서더니 노한 얼굴로 그녀의 얼굴을 노려보았다.

"은, 은 사범님……."

갑작스러운 행동에 그녀는 당황되었다. 은석영은 무엇인가 답답한 듯 말을 내뱉고 싶은 얼굴을 하다가 도저히 참을 수 없다는 듯이 소리를 질렀다.

"도대체 당신이 무엇이 천하단 말입니까?!"

"아……!"

요귀의 절규와도 같은 그의 목소리에 소령은 크게 두려움을 느끼고 고개를 숙이고 말았으니 은석영은 그제야 자신의 실수를 깨닫고 크게 당황하는 표정을 지으며 뒤로 돌아서 자리에 앉았다.

"사, 사범님……."

두려움에 움츠렸던 소령은 자신의 실수를 깨닫고 그에게 다가갔는데 그 순간 그녀는 크게 놀라지 않을 수 없었다.

뒤로 돌아서 있는 그의 얼굴에 달빛이 반사되어 은빛을 띠고 있는 물방울이 흘러내리는 게 보였다.

"사범님… 이 천녀를 용서해 주세요."

은석영이 크게 마음을 다친 상태라는 것을 알고 있었던 소령이 자기가 그의 아픔을 더욱 크게 했다는 생각에 고개 숙이며 용서를 빌자 석영은 통소로 땅에 글씨를 적었다.

제 자신이 너무 초라하여 흘리는 눈물이니 소저는 마음 쓰지 마시오.

"하지만……."

소령은 더 이상 말을 잇지 못했다.

'아… 사범님의 아픔을 알면서도… 왜 난 아무 도움이 될 수 없는 것일까?

　그런 은석영을 보며 주점에서의 일은 어린아이가 부모 앞에서 투정을 부린 것 같은 기분이 드는 소령이었다.

　그런 생각이 들자 소령은 자연스럽게 은석영에게 다가가 그의 손을 잡으며 말했다.

　"전… 전… 사범님의 목소리가… 무서워요……. 하, 하지만… 사범님을 무서워하는 것은 아니에요. 목소리는… 무서워도… 세상에서 제일 소령이를 아껴… 아껴주시는 분은… 사범님이라는 것을… 알고 있으니까요……. 그러니… 절 너무… 미워… 흑흑……."

　소령이 은석영을 보며 자신의 마음속에 있는 말을 내뱉었지만 모두 잇지는 못하고 눈물을 흘리자 그런 그녀의 행동에 은석영의 닫혀진 마음도 조금씩 열리면서 그의 손은 천천히 소령을 자신의 가슴으로 끌어당기고 있었다.

　"사범님……."

　'소령…….'

　소령은 은석영이 마음속에서 부르는 자신의 이름을 들으며 그의 품으로 빨려 들어가듯 몸을 맡겨갔다.

제14장
정파의 거짓된 모습(1)

장천 일행은 화무이관에서 수련을 받고 있는 소령의 모습을 보며 흐 뭇한 미소를 짓고 있었다.

"그나저나 정말 오랜만이네. 형의 미소 말이야."

"응."

은조상과 은영영은 소령을 가르치는 은석영의 얼굴에서 미소가 그 려져 있는 것을 보며 기뻐하고 있었다.

"원래 사랑에 빠진 남자는 멍청한 얼굴로 웃기 마련이지."

"멍청한 얼굴이라고 하기에는 조금 그렇기는 하지만 어색한 것만은 사실인 것 같군요."

"하하하!"

명언의 말에 사람들이 모두 크게 대소를 터뜨렸다. 은석영이 드디어 반려자를 만났다는 것에 모두들 기쁨을 감출 수가 없었던 것이다.

"그나저나 앞으로 보름 후면 오빠들도 지부로 가야겠네요. 각자의 부인들 단속은 잘 해뒀나요?"

"……."

영영의 말에 장천을 제외한 다른 이들은 모두 한숨을 쉬고 있었으니 갓 결혼한 마누라, 그것도 한두 명도 아니니 일을 떠나는 남자들의 마음이 어찌 편안할 수 있겠는가?

"멍청하게 있지 말고 갈 때까지 신혼 기분이나 내라고."

"음, 그래야겠군."

장천의 말에 모두들 고개를 끄덕이며 돌아가는지라 그곳에는 장천과 영영만이 남게 되었다.

은석영의 일로 조금은 사이가 좋아지기는 했지만 장천에게 차갑게 대하는 것은 여전한 영영이었기에 장천에겐 조금 껄끄러운 자리라고 할 수 있었다.

"나도 이만……."

더 이상 버티지 못하고 손을 흔들며 살짝 자리를 빠져나가려 하는데 그때 영영이 옷을 잡으며 말했다.

"잠깐만요."

"응?"

자신을 잡는 그녀의 손이 떨리는 것을 보며 조금 긴장하지 않을 수 없었는데 그때 영영이 갑자기 장천에게 달려들어 뜨거운 입맞춤을 했다.

"으윽……."

장천이 조금 크기는 했지만 영영과 키가 비슷했기 때문에 갑작스러운 입맞춤을 피할 수가 없었다.

"무슨 짓이야!"

"후후……."

겨우 떨어진 장천은 영영을 보며 소리쳤는데 그녀는 작은 미소를 지으며 물러서 손을 흔들고는 말했다.

"오빠의 일을 도와준 선물이에요. 그럼."

"……."

안 좋은 기분이 등줄기부터 스쳐 지나가는 장천이었다.

보름의 시간이 지난 후 은가장에서 머물고 있던 일행은 준비를 마치고 본단의 입구로 나왔는데 형제들 중 유일하게 독신인 장천이 늦기에 이상하게 생각되었다.

"유부남들은 이렇게 일찍 나왔는데 뭐 하고 있는 거야?"

은조상은 사방을 돌아보며 그를 찾고 있었는데 그때 멀리서 급하게 말들을 몰고 오는 사람의 모습이 보였다.

"장천?"

"워~"

급하게 말을 몰아온 장천은 형제들의 앞에서 말들을 세우더니 크게 숨을 내쉬며 말했다.

"뭐 해? 빨리 가자고!"

"뭘 그렇게 서두르는데?"

"젠장할! 빨리 가자고!"

그 말과 함께 장천은 출구를 향해 말을 몰아갔고 형제들도 어쩔 수 없이 그의 뒤를 따라 밖으로 나갈 수밖에 없었다.

"무슨 일일까요?"

은석영과 같이 장천 등을 배웅하러 나온 소령은 모르겠다는 표정을 지으며 그를 향해 물었는데 그때 뒤쪽에서 급하게 말을 몰아오고 있는 사람들을 볼 수 있었다.

"응?"

그들은 족히 이십여 명이 넘는 여인들이었으니 선두에는 은영영과 함께 교주의 손녀인 유능예가 있었다.

그녀들은 은석영의 앞에서 멈추며 황급한 표정으로 소령을 보며 말했다.

"오빠! 두형하고 다른 사람들은 어디 있지요?"

"저… 그분들은 벌써 떠나셨는데요."

"젠장! 눈치 챘구나!"

"무슨 일이냐?"

은석영이 그녀들이 갑자스럽게 왔다는 것에 의문을 느끼며 묻자 그 순간 그의 목소리에 말이 크게 놀라면서 날뛰기 시작했기에 대답을 듣기까지는 삼 각 정도 시간이 걸리고 말았다.

"교주님께 같이 동행하여 나가는 것을 허락받았는데 두형 그 자식이 그 사실을 알고 도주했어요!"

"음……."

은석영은 그제야 왜 장천이 형제들과 같이 도망갔는지 이해할 수 있었다. 은영영과 유능예의 뒤에 있는 여인들은 나머지 의형제들의 부인이었던 것이다.

"아무튼 아버지한테 잘 이야기해 줘요!"

그 말과 함께 은영영 등은 우르르 몰려 출구로 말을 몰아 가니 장천 일행이 조금 불쌍하게 생각되는 그였다.

"음… 조금 고생되겠군."

"예."

두 사람은 장천 일행의 명복을 빌며 다정한 연인의 모습으로 화무이관으로 향했다.

그가 명복을 비는 이유는 영영 일행에게 잡힐 수밖에 없었기 때문이었다. 본단을 빠져나가기 위해서는 수차례의 관문을 지나야 하는 절차가 필요하기에 장천의 일행은 자연히 군데군데 멈춰야 했지만 영영 일행은 유능예라는 존재 때문에 절차를 간소화할 수 있기 때문이었다.

아니나 다를까, 장천 등은 은영영의 일행에게 잡히고 말았으니 일행은 결국 스무 명이 넘는 여인들과 동행하게 되었다.

세 명의 초보 남편이야 부인과 같이 지내는 것에 크게 흡족한 얼굴을 했지만 장천만은 본단에서도 대가 세기로 유명한 은영영과 유능예 사이에 끼어 울상이 되고 말았다.

"젠장! 영영은 이미 선언했으니 알겠는데 교주의 손녀인 넌 왜 나를 따라오는 거야!"

"응?"

"말이 그렇잖아. 너같이 신분이 높은 사람이 우리 같은 말단 무사들을 따라올 이유가 없잖아?"

장천은 유능예가 따라오는 것에 항의했는데 그녀는 손을 내저으며 말했다.

"휴~ 나도 어쩔 수 없었다고."

"어쩔 수 없다니?"

"나와 영영은 두 사람 중 한 사람에게 좋아하는 사람이 생기면 그 사람에게 같이 시집가기로 했거든. 그런데 영영이 먼저 네 녀석을 좋아

한다고 하니 난 따를 수밖에 없는 거지."

"그런 게 어딨어?"

"어딨긴……. 이건 우리 두 의자매의 피의 맹세이기 때문에 어길 수 없단 말이야. 너 같은 기생오라비 같은 놈한테 나 역시도 시집가고 싶은 마음은 없단 말이야."

"젠장!"

영영에 이어 덤으로 유능예까지 얻어버린 장천은 눈물을 흘릴 수밖에 없었다. 뭐, 영영이나 능예 둘 모두 본단에서 유명한 미인이거니와 가문과 능력도 출중하니 사람들은 장천이 복이 터졌다고 하겠으나 만만치 않은 여인 두 사람을 상대하는 것이 꼭 좋은 일만은 아니었다.

이들이 이번에 가게 될 지부는 호남 형산지부였다. 형산은 검으로 유명한 형산검문이 있었지만 그렇다고 정파의 세력은 그리 강하다 할 수 없었기 때문에 홍련교에서는 이곳에서 교의 세력을 크게 강성하게 할 생각이었다.

장천 등은 그곳에서 소규모 무사대를 지휘하게 되어 있었고 능예와 영영은 교주에게 졸라 소수의 여인 무사들로 이루어진 여인대를 맡게 되었다.

이들 일행이 길을 지날 때마다 사람들은 자신들의 입에 흐르는 침을 가누지 못하고 있었으니 장천 등의 일행에 있는 여인들은 미색이 출중했고 조금 못생겼다고 해도 그것은 일행끼리 비교하면 그렇다는 것일 뿐 보통의 여인과는 비교할 수도 없는 미색이었다.

물론 하나같이 홍련교 본단의 백화당 소속인지라 그 무공 또한 출중한 수준이었기에 군데군데 숲길에서 여인들을 노리고 나온 산적들은 여인을 탐하려 하다 평생 내시로 살아야 하는 운명을 맡게 되었다.

물론 여인들의 이런 가차없는 행동은 네 명의 남자에게 바람을 피우거나 한다면 이렇게 될 것이다라는 경고가 들어 있었기 때문에 형제들은 혹시나 산적 꼴이 되지나 않을까 두려움에 떨었다.

그 탓에 일행의 행로는 모두 영영과 능예가 결정하게 되어 남자들의 꼴이 말이 아니었다.

"이곳에서 장강의 뱃길을 따라가요."

"음… 멀리 돌아가는 길이잖아."

장강을 타고 가면 편하기는 하지만 위치상 시간이 더 걸리기에 장천은 그녀들의 말을 거절할 수가 없었다. 수많은 여인들의 따가운 시선이 그에게 몰려오기 시작했다.

"헉!"

마치 지옥 수라들의 살기와도 같은 기운은 장천을 숨 막히게 하기에 충분했고 영영은 날카로운 교성으로 소리쳤다.

"한 달이란 시간밖에 없어서 이번에 시집간 우리 자매들은 네 의형제들과 제대로 된 여행도 못했단 말이야. 그 때문에 이번에 신혼여행 겸 무산삼협 관광을 조금 하기로 결정했는데, 뭐, 불만있어?!"

"…없어……."

역시 숫자로 밀어붙이자 힘을 쓰지 못하는 장천이었다.

"그렇지만 무산삼협이라면 청룡방(靑龍幇)과 금린방(金鱗幇)의 세력권일 텐데 이런 남녀의 비율이라면 조금 위험하지 않을까?"

동방명언은 수적 중에서도 꽤 유명한 청룡방과 금린방이 무산삼협에 있기 때문에 웬만하면 안전한 곳으로 가고 싶다는 생각에 이의를 제기했지만 영영은 별것 아니라는 표정을 지으며 말했다.

"그건 걱정 말라고. 이미 능예가 준비를 다 해두었으니까."

"준비?"

"응, 두 방파가 조금 위험하기는 하지만 우리에겐 홍련교 최고의 배가 준비되어 있거든?"

"설마… 화룡패선(火龍覇船)을……?"

"능예가 할아버지께 이틀간을 졸라서 겨우 얻어냈다고."

은영영이 자랑스럽다는 얼굴로 미소를 지으니 두 사람의 말도 안 되는 힘에 동방명언은 황당할 수밖에 없었다.

"도대체 화룡패선이 뭔데?"

동방명언이 크게 놀라는 표정을 짓자 장천은 궁금하여 물어보았다.

"화룡패선은 교주님의 전용 함선으로 장강에서 단 한 번 모습을 드러냈는데 그 당시 장강을 주름잡고 있던 장강수로십팔채의 이백여 척의 배를 침몰시켰다고 전해지는 무적의 함선이지."

"……."

장천으로선 홍련교에는 별 희한한 것도 많다는 생각이 들었다.

무림에 몸을 담고 있는 조직이 수적도 아닌 주제에 그 따위 배를 가져서 뭐 하겠느냐는 생각을 잠시 했지만 일단은 좋은 배 한 척이 있는 것도 나쁘지 않다는 생각에 고개를 끄덕였다.

"휴~ 그렇다면 이미 결정된 사항이란 거로군."

동방명언이 놀랄 정도의 배를 가지고 있다면 별문제가 없을 것이란 생각에 장천은 은영영 등의 생각에 따르기로 했다.

어떻게 연락했는지는 모르지만 장강에 도착하자마자 거대한 배 한 척이 일행을 기다리고 있었으니 그것이 바로 동방명언이 침이 마르도록 설명한 화룡패선이었다.

선두에는 거대한 용의 머리가 달려 있었고 양쪽으론 관에서나 사용함 직한 수십 문의 화포가 달려 있는 배는 전장 삼십삼 장이 넘을 정도로 거대했다. 또 하늘 높을 줄 모르고 솟아 있는 돛대에 장천은 뭐 이런 배가 다 있냐는 생각을 할 수밖에 없었는데 문제는 그런 화려한 모습이 다가 아니었다.

화룡패선의 갑판 위에서는 수많은 선원들이 황급히 움직이고 있었고 지상에선 수십 개의 밧줄을 잡아당기며 힘을 쓰고 있는 무사들이 땀을 뻘뻘 흘리고 있었다.

그 탓에 장천은 영문을 알 수 없어 옆에 있던 은조상에게 물었다.

"뭐야, 저건?"

"…좌초됐군."

"……."

이름도 거창하고 시설도 완벽한 홍련교 최대, 최고의 함선인 화룡패선은 어이없게도 장강을 여행하는 시작부터 좌초되고 말았던 것이다.

〈2권 끝〉